世界を読み解く
一冊の本

薔薇《エーコ》の名前

迷宮をめぐる〈はてしない物語〉

図師宣忠

慶應義塾大学出版会

「世界を読み解く一冊の本」

エーコ『薔薇の名前』

迷宮をめぐる〈はてしない物語〉

目　次

凡例

一、『薔薇の名前』からの引用は、河島英昭訳『薔薇の名前（上・下）』東京創元社、一九九〇を用い、（上・頁数）という形で示した。

一、『ヨハネの黙示録』からの引用は（黙・章数・節数）という形で示した。聖書からの引用は新共同訳に従った。

一、その他の出典は注で示した。

一、引用に際して、訳語や文体の統一のため一部改変している。引用文中の「……」は中略を示す。ルビは適宜採用した。

序

舞台は中世キリスト教世界——。一三二七年一一月末、北イタリアのベネディクト会修道院で奇怪な連続殺人事件が起こる。『ヨハネの黙示録』になぞらえたと思《おぼ》しきその事件の謎に挑むのは、頭脳明晰なフランチェスコ会の修道士バスカヴィルのウィリアムとその弟子メルクのアドソ。やがて迷宮構造の図書館に収められた一冊の書物の存在が「謎」への鍵として浮かび上がるのだが……。記号論の大家ウンベルト・エーコが紡ぎ出した遠大な物語世界とその中に幾重にも張り巡らされた「知」のたくらみ。「現代」を生きる私たちは、「中世」を舞台としたこの物語から何を読み取ることができるだろうか。

碩学エーコによる小説『薔薇の名前』は、一九八〇年にイタリアで出版されると、以来、三三五週間売れ行きベストテンに入り続けるほどの人気を博した（図0-1）。また、各国語にも翻訳され、批評家にも一般読者にも熱狂的に受け入れられていった。イタリアのストレーガ賞、フランスのメディシス賞（外国小説部門）を相次いで受賞するなど、二〇世紀後半を代表する世界的な文学作品とされる。一九八六年にはジャン＝ジャック・アノー監督、ショーン・コネリー主演で映画化され、『薔薇の名前』への関心はさらに増していく。日本では、この映画のほうが邦訳書の刊行に先立って話題と

図 0-1　エーコの肖像（1984 年）

なっていたが、イタリアのみならず欧米各地でのそれぞれの翻訳がベストセラーになっていることが伝えられる中、一九九〇年に河島英昭氏により待望の日本語訳が刊行される。日本翻訳文化賞を受賞した本作品は、日本においても多くの読者を獲得していった。エーコが亡くなった二〇一六年時点での発行部数は世界中で五五〇〇万部を数え、いまだに版を重ねるロング・ベストセラーである。二〇一九年にはジャコモ・バティアート監督のテレビシリーズ（全八回）も公開され、『薔薇の名前』人気は新たな展開を見せつつある。

「謎」に満ちたこの小説は、随所に記号論的分析、聖書分析、西洋中世研究、文学理論といった諸要素をふんだんに盛り込んだ知的で難解な作品である。ミステリー？　探偵小説？　はたまた歴史小説？　そのいずれでもあり、そのいずれの枠にも収まりきらない、それ自体がまるで迷宮であるかのような深奥で複雑な内容と構造を持つこの作品は、「世界を読み解く一冊の本」に相応《ふさわ》しい。

エーコは、メルクのアドソという「中世の年代記作者の口を通して語る」ことで「中世について語るだけではなく、中世の中で語る」ことを目論んでいる。そのため、物語を読み進めるうちに、私たち読み手は「中世」の現実をまざまざと追体験することになる。『薔薇の名前』は「過去を語る」という歴史認識をめぐる諸問題についてもじつに刺激的な問いを投げかけているのだ。エーコによって語られた「中世」の世界は、リアルとフィクションのはざまでどのような相貌を見せるのか。本書では、中世ヨーロッパという過去の世界のさまざまな側面に光を当てながら、エーコの『薔薇の名前』を繙《ひもと》き、その魅力に迫ってみたい。

『薔薇の名前』の解読

一九八〇年に『薔薇の名前』が刊行されて以降、数多くの注釈本や解説本、研究論文がこれまでに著されてきた。たとえば、T・M・インジ（一九八八年）によると、『薔薇の名前』の書評や記事は、一九八五年時点で英語のものだけで一四六点を数える（W・ウィーバーによる英語訳が出されたのは一九八三年）。日本でも『ユリイカ』（一九八九年五月号）で「ベストセラー『薔薇の名前』はいかにして生まれたか」としてエーコ特集が組まれ、錚々たるメンバーがエーコ論を展開している（巻末の参考文献リストを参照）。また、K・イッケルトとU・シック（独）、A・J・ハフトほか（米）、コスタンティーノ・マルモ（伊）、トーマス・シュタウダー（独）など海外の注釈本も精力的に翻訳され紹介されてきた。また、一九八三年に出されたエーコ自身による解説も翻訳されている（『「バラの名前」覚書』）。近年では、エーコと親交のあったイタリア文学者の和田忠彦氏が二〇一八年九月にNHKの「一〇〇分de名著」の番組に出演され、「理論化できないことは物語らなければならない」というエーコの思いを軸に、「笑い」の意味をめぐって『薔薇の名前』の明快な読み解きを行っている。そのテキストである和田忠彦『ウンベルト・エーコ『薔薇の名前』』（NHK出版、二〇一八年八月）は、コンパクトながらエッセンスの詰まったおススメの本である。

「世界を読み解く一冊の本」シリーズの本書では、これらの先人の読み解きから多くを学びつつ、一方で『薔薇の名前』を書いたエーコにはどのような「中世」の景色が見えていたのか、その世界に入り込んでみることで、少し違った角度から小説『薔薇の名前』に迫ってみたい。『薔薇の名前』はいろいろな読みに「開かれた」作品であるが、ここでは西洋中世史・西洋中世研究に携わる歴史家として『薔薇の名前』の読み方の一例を示したい。私たちはエーコという「知の巨人」の肩に乗る小人さながら、ほんの少しだけ遠くを見渡すことができるだろうか。巨人の足跡を辿りながら、鳥の目で俯瞰するとともに、虫の目も通して「中世」の痕跡を集めてみよう。

『薔薇の名前』と西洋中世研究

ところで、日本に「西洋中世学会」という学会があるのはご存知だろうか。[2] 西洋中世の歴史・文学・哲学・美術・建築・音楽など各分野の研究者が集《つど》う学際的な場であるのだが、本学会の大会は一般にも開かれており、これまでにもシンポジウムや個別報告に加えて、羊皮紙展示や騎士の甲冑《かっちゅう》展示など各種イベントを開催してきた。この学会では若手の分野横断的な交流を促進する取り組みも行っており、その一環として二〇一二年に若手セミナー「西洋中世学の伝え方――「薔薇の名前」の世界を語る」という企画を実施したことがある。じつは学会メンバーにも『薔薇の名前』の熱烈なファンが多いのだ。

本企画では研究と教育をつなぐという趣旨で、大要次のようなテーマを設定した。昨今の教育現場では、実践的能力として教育に関わる要素の比重は高まっている。「伝える」技術がより一層必要とされる中、西洋中世学の研究成果を大学生や高校生にどのように伝えることができるか。エーコの小説『薔薇の名前』（あるいはジャン゠ジャック・アノー監督の映画「薔薇の名前」）を題材にして、高校や大学で教壇に立っているスピーカーに「授業」をしてもらうことで、その内容をもとに参加者と一緒に西洋中世学を伝える手法について考えてみたのだった。[3] 専門研究と教育現場をつなぐ上で、どのようなハードルが存在しているのか、またいかなる手法が有効であるのか、『薔薇の名前』はそうした問いへの格好の題材であった。本書の基本的な枠組みには、そのときに出されたアイデアのほか、その後、西洋中世学会のメンバーと折に触れてあれやこれやと語り合った内容が反映されている。

実際、研究と教育をつなぐツールとして『薔薇の名前』を活用する事例は、海外においても多く確認できる。『薔薇の名前』を大学の西洋中世史の授業のテキストとして使用している事例はもとより、『薔薇の名前』を通じて西洋中世学を教える」というコンセプトで編まれたアリソン・ガンツ編『中世への後書き』（二〇〇九年）には、中世主義の観点も含めて示唆に富む多彩なアプローチが紹介されている（巻末には授業のシラバスも付されている）。[4] また、エーコが亡くなった翌年の二〇一七年には、カリフォルニア大学ロサンゼルス校で「ウンベルト・エーコ、中世、『薔薇の名前』」というタイトルでシンポジウムが組まれた。[5]『薔薇の名前』とは、エーコによる中世の「夢」であり、中世研究・聖書分析・文学理論を組み合わせた形而上学的な怪奇小説である。エーコが「中世について」ではなく「中世において」語ることを目論んだ点に着目すれば、なるほど『薔薇の名前』を通じて中世世界へと降り立っていくというのもなかなか面白い接し方ではないだろうか。本書においてもエーコが「夢

図 0-2 『薔薇の名前』表紙（英・伊・仏語版）

見た中世」と西洋中世研究が明らかにする「中世」を行き来しながら『薔薇の名前』と向き合うことになるだろう。

エーコと「中世」との距離

ウンベルト・エーコ（一九三二〜二〇一六年）が『薔薇の名前』で小説家としてデビューしたのは四八歳のときのことである（図0-2）。すでに記号論学者として世界的に名を知られていたボローニャ大学教授のエーコが小説を書くということのみならず、そのデビュー作の長編小説が世界的にこれほどまでの熱狂を巻き起こすなど誰が予測できたであろう。多様な読者を惹きつけてやまない『薔薇の名前』はどのような知的背景のもとで生み出されることになったのか。『薔薇の名前』の世界に足を踏み入れる前に、エーコの略歴を辿ってみよう。『薔薇の名前』が生み出されるまでのエーコの主要著作についても、本作品の理解に関わる範囲でその概要に触れておきたい。[6]

ウンベルト・エーコは、一九三二年一月五日、会計士の父ジューリオと母ジョヴァンナの子として、イタリア北部ピエモンテ州の都市アレッサンドリアに生まれた。エーコの父方の祖父は植字工であったが、退職後、祖父は製本の仕事をしていた。祖父の家には、製本される前の本がたくさん置いてある棚があり、大半が挿絵入りの本だったという。祖父の死後、エーコの父が相続したそれらの本は大きな箱に収められ、地下貯蔵庫に置いてあった。未製本の本がひしめく地下室に降りていくことは、八歳の子供だったエーコにとって素晴らしい体験であり、そこにある何もかもが知的好奇心を刺激したという。書物とエーコの関係はこうして幼少期から培われていたようである。

エーコは、州都のトリノ大学文哲学部において美学教授ルイージ・パレイゾンの薫陶を受け、卒業論文『トマス・アクィナスにおける美学問題』を著す。この卒業論文は一九五六年に『聖トマスの美的問題』として刊行され、七〇年には増補改訂版（『トマス・アクィナスにおける美学問題』）が出されている。トマス・アクィナス（一二二五頃〜七四年）とはドミニコ会士の神学者・哲学者で、『神学大全』で知られるスコラ学の代表的な人物である。中世美学に関する本著作において、エーコはトマス哲学における美の超越性と芸術という二つの問題を検討する。ここで注目すべきは、エーコのトマス（ひいては「中世」）との距離の取り方である。エーコはトマスを中世という時代に位置づけて、トマスが追求する体系的な思考を中世の文脈において浮かび上がらせようとした。これは、ベネデット・クローチェの思弁的歴史観のような中世をすでに乗り超えられたと見る態度とも異なるし、ネオ・トミスムのようなトマスの思想を性急に現代に拡大適用させようとする態度とも異なっている。つまり、「中世」をありのままに捉えようとする姿勢と言える。ここで展開されるトマスの哲学と中世文化への眼差しをエーコは一貫して持ち続けることになる。もちろん『薔薇の名前』にもそれは反映されるであろう。

美学から記号論へ

一九五五年から五九年にかけてイタリア国営放送（ＲＡＩ）に勤務していたエーコは、テレビの文化番組の制作を手がけながら、のちの記号論へとつながるさまざまな知見を体得していった。仕事の関係でミラノに居を移したエーコは、そこでアヴァンギャルドの芸術家たちとの交流を深めていく。こうしてミラノでのテレビ制作の実践とアヴァンギャルド経験は、のちに野心的な前衛芸術論として形をとることになる。エーコの名を一躍高めることになった『開かれた作品』（一九六二年）である。本書では、音楽、絵画、文学、建築、映画などさまざまな芸術作品が「開かれた作品」というキーワードのもとで分析されていく。

「開かれた作品」とは、作り手が受け手に対して一方的に意味内容を授与するような「閉ざされた」形態ではなく、受け手が作り手の作品に積極的に参加することで、可逆的に意味内容を発見する「開かれた」形態の作品を意味する。あらゆる芸術は無限の解釈過程に開かれている。ここで問題となるのは、そのような芸術に本質的な「開かれた」状態がいかなる文化的背景のもとで増幅されるかであった。この著作の段階では、まだ明確には形をとっていないが、受け手の立場を重視し、解釈の多義性を許容する記号論研究への道は開かれようとしていた。

テレビ局に勤務しながら、美学研究も続行していたエーコは、しだいに書籍編集の仕事へと比重を移していき、一九五九年、ボンピアーニ社に協力して、哲学・社会学・記号論関係の評論叢書の編集に着手する。その中で、『美学史の諸時代および諸問題』第一巻にエーコが執筆した「中世美学の展開」という章は、一九八七年に『中世美学における芸術と美』として刊行されている。

一九六〇年代に入ると、エーコは大学で教鞭をとるようになる。一九六二年から六四年にはトリノ大学文哲学部で、六四年から六五年にはミラノ大学建築学部でそれぞれ美学を教え、六六年から六九年までフィレンツェ大学建築学部で視覚コミュニケーション論を講じた。一九七〇年にはミラノ大学建築学部で、初めて記号論の講義を受け持ち、翌年にはボローニャ大学文哲学部でも記号論の講義を担当している。そして一九七五年には、このヨーロッパ最古の大学であるボローニャ大学で、世界で最初に設けられた記号論講座の正教授に就任する。

エーコの記号論研究の成果としては、『不在の構造』(一九六八年)および『内容の諸形式』(一九七一年)を経て、体系的な『記号論』(一九七五年)が新たにまとめられた。エーコはこの一般記号論において、記号の表現と内容との間にあるコード化された相関関係を想定している。そのコードが慣習化されている限りにおいて、記号の世界は確立され、記号は現実世界との指示関係に限定されない広がりを持って作動するものと捉えられる。

知の巨人エーコ、小説を書く

その後も読者=受け手が解釈の作業に関与するというテクスト記号論の著作『物語における読者』(一九七九年)を著し、国内外の大学で教鞭をとるなど記号論学者として活躍していたエーコであったが、一九八〇年、四八歳のときに突如『薔薇の名前』という長編小説を発表する。学者エーコの小説家デビューである。二〇世紀のイタリアを代表する知識人であるエーコの関心は、中世哲学・美学、現代社会におけるメディア論・コミュニケーション論、大衆文化論から記号論に至るまでじつに幅広く、学術書のみならず批評やエッセーなどの著作も膨大な数にのぼる。創作に際してもそこでの知見や問題意識が込められている。『薔薇の名前』創作の根幹には、中世ヨーロッパ世界とその美学に関する該博な知識、物語に散りばめられたテクストの精緻な記号論的・文献学的研究、さらにエーコの現代社会に対する政治的・社会的評論に通底する問題意識があった。ストーリーを追う以外にもさまざまな深読みの可能性へと開かれているとされる所以《ゆえん》である。

執筆の動機には、一九七八年三月から五月に起きた極左テロ組織「赤い旅団」による元首相アルド・モーロの誘拐殺人事件があったという。アルド・モーロは一九五九年にキリスト教民主党書記長になり、次期大統領とも目されていた人物である。モーロは一九七八年三月一六日にローマで誘拐された。解放のため赤い旅団との交渉を求めるモーロ自身の手紙が何通も届けられたものの、その要求が拒否されると、同年五月九日、ローマ市内に乗り捨てられた車の中から死体となって発見されたのだ。フランスの週刊誌「ル・ヌヴェル・オプセルヴァトゥール」のインタビュー（一九八二年）に答えてエーコは言う。モーロ事件は狂暴にも知識人の発言を封じてしまった。しかし、エーコにとって歴史小説を書くことは、逃避・逃亡をはかることではなく、政治的な選択だったのだという。現代と中世との間を思考し続けるエーコにとって、中世を舞台に選ぶことは「現在をより良く解読するためのひとつのやり方」であったわけだ。モーロ事件以後、「イタリアではすべてがうす暗い場所で起こることになった」。中世と現代の間を問いかけの対象としてきたエーコは、この「うす暗い場所」について語ろうとしたのだ。こうして「中世」はエーコの現代社会への思いと響き合う。「ある国が深刻な危機を体験しているが、その原因はさだかではない……そういう国は過去を通じて自らをとらえかえす必要があるのです」[7]。エーコの物語は現代世界への眼差しと不可分ではないのだ。

　こうして『薔薇の名前』は中世と現代のいずれにも根ざした物語として世に送り出された。はたしてどのような物語が繰り広げられるのだろうか。読破するには時間と労力を要するボリュームのある小説である。だが、いろいろな読みの可能性に開かれている作品であり、単なる探偵小説やミステリーの枠を超える壮大な物語世界が展開される。そこで、本書では次のように順を追って『薔薇の名前』を読み解いていきたい。

　まず第Ⅰ章では、エーコが「中世」をどのように用意したのか、時代背景と舞台設定について確認した上で、ストーリーを辿ってみる。次いで第Ⅱ章では、エーコが古今のさまざまなテクストから物語を紡ぎ出した、その仕掛けに迫ってみよう。最後に第Ⅲ章において、エーコの「中世」と西洋中世学が明らかにしてきた「中世」の異同を確認しながら、「いま」「ここ」とは異なる世界を読み解く意味について考えてみたい。

I 『薔薇の名前』の舞台

物語の枠組み

『薔薇の名前』では、一三二七年一一月末の七日間にわたって物語が展開する。各一日は修道院の典礼時刻（聖務日課）に即して章節に分けられており、七日間で四八の章節が置かれている。また、この七日間に起こる物語全体を挟み込む形で、第一日の前には「プロローグ」が、第七日の後ろの巻末には「最後の紙片」が配置されているため、合計で五〇のパートに分けられていることになる。基本的にはボッカッチョの『デカメロン』（一三五一年）のような枠物語の形がとられているのだが、さらに「プロローグ」の前、書物の前書きにあたる冒頭部分には「手記だ、当然のことながら」という導入パートが挿入されている。ここにおいて、一九六八年八月一六日、作者エーコと思しき「私」が、メルクのアドソという修道士が書き残した手記（=写本）の内容をまとめなおしたヴァレなる人物による書物を発見し、その内容を『薔薇の名前』として出版するに至る経緯が語られる。このパートは本作品の読み解きにとってきわめて重要な要素を含んでおり、詳細については本書の最後で触れることにしたいと思う。ここでは中世の物語の舞台設定がどのようになされているのかを確認し、その上で物語の筋書きを辿ってみよう。

なお、「手記だ、当然のことながら」には「私」による「注記」も付されている。アドソの手記が七日に分かれ、各一日がそれぞれの典礼時刻に合わせて区分されていること、各区分の冒頭には小見出しが付され、そこで展開する物語の概要が示されていること、三人称で記されたその小見出しはおそらくヴァレによって付け加えられたものであること、典礼時刻が聖ベネディクトゥスの会則に基づ

表 1-1　典礼時刻

時課	時間
朝課	（深夜課という古い言い方をアドソが使う場合もある）深夜二時半から三時まで。
讃課	（古くは朝課と言われた）夜が明ける刻限に合わせて、午前五時から六時まで。
一時課	七時半頃、日の出直前。
三時課	九時頃。
六時課	正午（冬期に、修道僧が畑で労働しない僧院では、食事の刻限でもあった）。
九時課	午後二時から三時まで。
晩課	四時半頃、日没時（会則では夜の闇が降りきらないうちに夕食を取るよう定めている）。
終課	六時頃（七時までに修道僧は就寝する）。

上の換算は、北イタリアの11月末には、午前7時半前後に日が昇り、午後4時40分前後に日が沈む、という事実に基づいている（上・20頁）。

いた定時課で分けられていることなどが説明される。また、「読者への理解の助けとするために」この定時課についての「信頼するに足りる目安」として、典礼時刻の情報がまとめられている（表1-1）。

私たち読者は、「私」によって設定されたこうした物語の枠を踏まえて、いよいよプロローグへと歩みを進めることになる。

プロローグ——時代背景

「初めに言葉があった。言葉は神とともにあり、言葉は神であった」。『ヨハネによる福音書』の冒頭の言葉で始まるプロローグは、老齢になったメルクのアドソがおよそ半世紀前を回想して、自分の体験した数奇な出来事を羊皮紙に書き残したというものである。「自分が見たまま聞いたままを〈言葉ニヨッテ〉繰り返し、そこから敢えて一つの意図だけを汲みあげようとせずに、いわばやがて来る後の世の人びとのために（それまでに反キリストが来ないかぎりは）徴《しるし》の徴として、いつの日か読み解かれんことを願いつつ、ここに書き残しておこう」（上・二二—二三頁）。

アドソが語り始めようとするその出来事とは、ベネディクト会の見習い修道士（「修練士」）だった若きアドソが師であるフランチェスコ会修道士バスカヴィルのウィリアムに従って、北イタリアのとある大修道院を訪れたときに立ち会った「驚くべき数奇な事件」である。

時は一三二七年、折しも皇帝ルートヴィヒ（四世）がイタリアに南下して神聖ローマ帝国の威信を回復しようとし、それがアヴィニョンの教皇ヨハネス二二世の側に混乱をもたらしていた。老アドソは、読み手に事件をより深く理解してもらえるよう、自らの記憶を辿りながら事件に至る激動の時代背景をまとめている。教皇のバビロン捕囚、教皇と皇帝の対立構図といった一四世紀前半の歴史的背景を丁寧にまとめた中世史の教科書のような記述である。エーコは老アドソの口を借りて中世の舞台背景を設《しつら》えていく。

ローマ教皇クレメンス五世が教皇庁をアヴィニョンに移したことにより、キリスト教にとって限りなく尊い聖なる都ローマは、権力者たちの争いの舞台となり、しだいに巨大な闘技場もしくは頽廃の巣窟と化していた。そうした中、一三一四年にバイエルン公ルートヴィヒがフランクフルトで皇帝に選出される。しかし、同日別の場所で、オーストリアのフリードリヒもまた皇帝に選ばれたため、二皇帝が並立する事態となった。一方、一三一六年、アヴィニョンではカオールのジャックが教皇ヨハネス二二世として選出される。齢《よわい》七二歳の新教皇は、フランス人であったがためにフランス王に対してのみ献身的であり、先のテンプル騎士団の弾圧に際してはフランス王フィリップ美王（四世）に協力していた。一三二二年、ルートヴィヒは対立者フリードリヒを撃破する。しかし、唯一の皇帝となったルートヴィヒが勢力を増すことを嫌った教皇ヨハネスは彼を破門に付した。するとこれに応えて、皇帝のほうは教皇を異端者として告発したのだった——。

まさにこれと同じ一三二二年、中部イタリアのペルージャではフランチェスコ会修道士たちの総会が開かれ、総長チェゼーナのミケーレがキリストの清貧を説く〈厳格主義派（スピリトゥアル派）〉の主張を正当な信念として公に認める。修道会の美徳と純潔を守ろうとした決断であったが、これは教皇の意に沿わないものであった。一三二三年、教皇ヨハネスはこの主張に対して、決定書（教勅《きょうちょく》）『クム・インテル・ノンヌッロス』によってフランチェスコ会修道士たちの決議を異端的行動として断罪した。今や公然と教皇と敵対関係に入ったフランチェスコ会修道士たちに、皇帝ルートヴィヒが手を差し伸べる。そしてルートヴィヒはローマでの皇帝の戴冠を目指し、イタリアへと南下する——。

ここまでの記述は実際の歴史的な情勢と符合する。こうした時代背景が述べられた後、物語の主人公アドソとウィリアムとの出会いの設定が語られる。アドソは、父が皇帝の随身の一人であったため、父に従ってイタリアに赴くが、皇帝派神学者であったパードヴァのマルシリーオ（パドヴァのマルシリウス）の勧めで、博識なフランチェスコ会修道士に預けられた。それがバスカヴィルのウィリアムであった。アドソはウィリアムを師と仰ぎ、書記と弟子という二つの役目を命じられる。こうして師弟コンビが成立し、アドソはウィリアムに随伴して北イタリアの修道院に辿り着く。ここにおいて、アドソは「たったいま語り始めようとしている、後世へ記録に残すに値するほどの事件」の証人となったのである。

宗教と政治——教権と俗権の対立

エーコは、書き上げた原稿を読んでもらった出版社の友人から最初の一〇〇ページが非常に難解であるため縮めるようアドバイスを受けたが、ためらうことなくこれを断ったという。[1] 修道院の中に入り込み、そこで七日間を過ごそうという読者は、修道院のペースを受け入れねばならないというのがエーコの主張であった。「ある小説に入り込むのは、山登りにかかるようなものである。呼吸のリズムを学び、ペースを整えねばならない。さもなくば、やがて息を切らし、とり残されるであろう」——。プロローグに続いて、修道院の外観に始まり、敷地内の建物の配置や様子、聖堂の彫刻群などの克明な描写は、中世という舞台に入り込むための「苦行ないしイニシエーション」のような機能を果たしていて、そこをくぐり抜けた者だけが、『薔薇の名前』の深みへと降り立っていくことができるというのだ。

しかし、『薔薇の名前』は険しい山である。何の装備も持たずに登るのはかえって危険だ。そこで、ここではエーコが設定した「中世」という時代背景および「修道院」という舞台装置について概略を示すことで、中世にまつわる難解な要素に阻まれて先に進めないという事態を回避しよう。たとえバスで五合目まで登ったとしても、その後の登山で歩みを進めればきっと絶景を拝むことはできるはずだ。

『薔薇の名前』が舞台とするのは中世後期にあたる一四世紀前半である。そもそもヨーロッパにおける中世とは、およそ五世紀から一五世紀までの一〇〇〇年間を指すが、日本に暮らす私たちにとって、中世ヨーロッパは、時間的・空間的に二重の意味で異文化となる。聖書や典礼など物語の随所に登場するキリスト教の諸要素や中世文化の諸側面も、馴染みのない日本の読者にとって『薔薇の名前』が難解に感じられる背景となっているのではなかろうか。そこでここでは山に登る前の準備として、まずは時代背景を少し詳細に確認しておきたい。

『薔薇の名前』では、プロローグで示されたように、教皇ヨハネス二二世と皇帝ルートヴィヒ四世との対立構図が物語全体の背景にある。ここには聖俗の権力関係、教会改革と異端問題など、中世キリスト教世界における長年にわたる政治・宗教・社会の諸問題が複雑に絡まり合っている。『薔薇の名前』の物語の中で話題にのぼる事柄について、少し時代を遡って歴史的経緯を辿ってみよう。

一一世紀後半、キリスト教会内にはニコライスム（聖職者の妻帯）やシモニア（聖職売買など聖職をめぐるいっさいの不正）など悪弊が蔓延していた。こうした聖職者の規律やモラルの著しい低下を受けて、教会改革が行われることになった。ローマ教皇グレゴリウス七世にちなんで「グレゴリウス改革」と呼ばれるものだ。教会の自由・純潔・普遍を目標に、聖職者の妻帯や聖職売買をきびしく断罪して聖職者の倫理的刷新がはかられた。その中では全教会に対する教皇の首位権の確立、教権の俗権からの解放（王などによる聖職叙任の禁止）、教権の俗権に対する優越が主張された。

こうした動きの結果として、西ヨーロッパ全域に及ぶ普遍的支配権を主張する神聖ローマ皇帝ハインリヒ四世と教皇グレゴリウス七世との間に全面的な争いが持ち上がることになった。いわゆる「叙任権闘争」である。その過程で「カノッサの屈辱」も起きた（図1-1）。グレゴリウス七世に破門されたハインリヒ四世が、教皇滞在中の北イタリアのカノッサ城の門前で雪の中を三日間たたずんで赦《しゃ》免《めん》を請い、許された事件である。じつはその後、赦免を得た皇帝はまもなく教皇に反撃を繰り出し、教皇を捕らえている。皇帝と教皇の抗争はその後も半世紀にわたって続く。

ただし、こうして両者が対立している間にも改革は進められていた。クリュニー出身の教皇ウルバヌス二世は、一〇九五年のクレルモン公会議において十字軍の提唱を行ったことで知られるが、クレルモン公会議はその大部分が改革のための討議に当てられ、俗人による聖職授与の禁止、聖職者の世俗諸侯への宣誓禁止など二八条の改革的教令が定められている。後任の教皇パスカリス二世も強硬路線を継承したため、フランスにおいても叙任権問題をめぐる王と教会の紛争が頻発する事態となった。

図 1-1　皇帝ハインリヒ４世（下）、カノッサ城主トスカーナ女伯マティルデ（右）、クリュニー修道院長ユーグ（左）

この問題に解決の糸口をつけたのが、シャルトル司教イヴォである。イヴォは、聖職に含まれる俗権と教権とを分離し、王と教会双方にそれぞれの権利を認めるという方法を考え出す。この方式によってフランス王との間の叙任権問題は落着し、ドイツにおいても同様の方式が採用されてヴォルムス協約（一一二二年）が結ばれる。その結果、世俗諸侯は叙任権を放棄し推薦権のみを持ち、高位聖職者の選出は司教座や修道院の聖堂参事会員によって行われるようになった。

宗教と社会——異端と教会改革

聖俗の権力の間の政治と宗教の問題はヴォルムス協約により一応の決着を見たが、じつはこの一連の動きの背後では、一方で「異端」問題が立ち現れていた。西欧キリスト教社会では一一世紀を境として「民衆的異端」の拡大が問題視され始め、その後のキリスト教の歴史に多大なる影響を及ぼすことになる。「異端（ハエレシス）」とはギリシア語で「選択」を意味する言葉であるが、社会の変化に伴い、キリスト教会が定める道とは異なる信仰の道を選び取ろうとする人々が現れてくる。彼ら・彼女らはキリスト教会から「異端」と見なされ、弾圧されることになる。

年代記作者アデマール・ド・シャバンヌによると、一〇一八年頃、アキテーヌの至るところに「マニ教徒」が現れた。また一〇一九年と一〇二二年には、オルレアンに洗礼や十字架を否定し民衆を惑わす「マニ教徒」が現れ、そのうちの一〇人が火刑に処せられたという。一〇四三〜四八年には、シャロン・シュル・マルヌで、結婚を否定し、いかなる種類の殺生をも罪悪視する農民たちが現れ、司教から教会を追放された。こうして一〇世紀末から一一世紀前半に「異端」問題が突如として浮上してくる。金にまみれ堕落した聖職者に従うのではなく、救いを求めて異なる道を模索する人々。頑なに教会に従わない者たちが「異端」とされた。しかしその後、「グレゴリウス改革」が進行している間、「異端」はほとんど姿を現すことはなかった。教会改革が「選択」の受け皿になったからだと考えられる。

こうした教会改革のエネルギーは、一二世紀になると確実に社会へと波及していく。クリュニーやマルムティエなどの大修道院の改革とは別に、聖堂参事会における改革運動も広がりを見せ始めるのだ。たとえば、一一〇八年頃シャンポーのギヨームがつくったパリ近くのサン・ヴィクトール会や一一二〇年にクサンテンのノルベルトがラン近郊に設立したプレモントレ会などの律修（修道）参事会の創設は、『聖ベネディクトの戒律』を忠実に守り修道生活を刷新しようとする新たな動きとして注目される。カルトゥジア会は、一〇八四年以後ケルンのブルノがグルノーブル近くのシャルトルーズに建てた修道院が、しだいに祈りと思索に生き、規律を厳しく守る修道会に発展したものである。このほか、一一〇一年にはアルブリッセルのロベールがフォントヴロー会を、一〇七六年にはミュレのエティエンヌがグランモン会を設立している。

一一世紀末から一二世紀にかけて設立された新たな修道会の中でも重要なのが、シトー会である。一〇九八年にモレームのロベールがブルゴーニュのシトーに建てた修道院である。シトー派の修道士たちは、荒野や森林を切り開き、長い祈りや代禱《だいとう》を切りつめて、肉体労働と霊的読書、個人的祈りや観想に重点を置いていた。『愛の憲章』を書いた第二代修道院長ハーディングや聖ベルナールが有名である。労働に従事する平修士である助修士を用い、開墾や牧畜を進めるシトー会は拡大の一途を辿り、一一五三年には三四三修道院、一二世紀末には六九四修道院を数えている。ただし、羊毛や家畜などの生産物による莫大な富を得て、一三世紀初頭には創設者たちの理想が忘れ去られる傾向にあった。

民衆的異端の拡大――ヴァルド派とカタリ派

各地に修道会が創設される動きと対応するかのように、一二世紀前半になると民衆的異端が再び出現する。ここにおいて中世最大の異端と言われるヴァルド派とカタリ派が登場するのだ。なぜこの時期にこうした異端の活性化が見られたのか。そこには、社会と人間の流動性が高まる中、教会改革に触発された刷新の動き、民衆の宗教心の覚醒などが関わっているとされる。

ヴァルド派は「リヨンの貧者」とも呼ばれる。一一七五年頃、リヨンの富裕な商人ヴァルドが、人々に福音を説きはじめる。清貧の聖者アレクシウスのように真にキリスト教徒らしい生活を送ることを決心したヴァルドは、家族も財産も捨て、街角に立って清貧の使徒的生活を説きはじめ、多くの信者を集めることになった。ヴァルドは、一一七九年にローマで第三ラテラノ公会議が開かれた際に、教皇に説教の許可を求めた。教皇は彼の清貧への熱意を称賛し、聖職者の監督のもとで説教を行うという条件で許可した。しかし、一一八四年のヴェローナ公会議で教皇ルキウス三世から破門されている。

一二世紀半ばにはアルビ派（アルビジョワ）とも呼ばれるカタリ派が、主に北イタリアや南フランスで確認されるようになる。善悪二元論を唱え、物質的なものはすべて悪であると説くカタリ派は、カトリック教会による秘蹟や幼児洗礼、司祭や位階制、結婚や肉食を拒否した。一一六三年のトゥール教会会議では「アルビの異端」に近づかぬよう警告がなされている。その一方、一一六七年にはカラマンのサン・フェリックスで「異端の教皇」ニケタスが異端の宗教会議を開いたと伝えられる。ニケタスは東方からイタリアを経てフランスに二元主義的教義を伝えるためにやって来たボゴミール派の指導者であり、南フランスにもいくつかの司教区が新設された。こうしたカタリ派に対してカトリック教会は、一一七九年の第三ラテラノ公会議において破門をもって断罪、一一八四年のヴェローナ公会議でヴァルド派などとともに異端と宣言する。教皇インノケンティウス三世は一一九九年三月の教勅でカタリ派を明確に断罪、シトー会士や教皇特使を南フランスに派遣してその沈静化に努める。しかし、トゥールーズ伯レモン六世をはじめとする大小貴族が公然とカタリ派を支持、民衆も熱狂的な信仰を持っていた。一二〇八年教皇特使ピエール・ド・カステルノーがアルル近くで何者かに殺害される。伯レモン六世の家臣の仕業だと考えられた。教皇インノケンティウス三世はこの報を受けて激怒したと伝えられ、一二〇九年六月、カタリ派制圧に向けて「アルビジョワ十字軍」が開始された。

アルビジョワ十字軍を指揮する教皇特使のシトー院長アルノー・アモーリ（のちのナルボンヌ大司教）は、ベジエに侵攻した際に兵士から次のような報告を受ける。市民たちのいずれが異端で正統か見分けがつかない、と。異端判別の難しさを前に、異端を取り逃すことを危惧した院長は、こう答えたと言われている。「彼らを（すべて）殺せ。主は自分の者たちを知る」。かくして数知れぬ男女が殺されたという。

アルビジョワ十字軍は最初こそファナティックなまでの宗教的な情熱に突き動かされた活動であったが、しだいに北フランスの諸侯による南フランスの領土征服という世俗的な性格を強めていった。武力によっては南フランスの領主層の制圧は果たせても、当初の目的である異端根絶は叶わず、問題は先送りとなる。

托鉢《たくはつ》修道会の成立――ドミニコ会とフランチェスコ会

アルビジョワ十字軍前夜、オスマの司教ディエゴとグズマンのドミニコが南フランスを訪れていた。彼らは異端の「使徒的生活（ウィタ・アポストリカ）」に対抗するためには、自分たちも異端と同じように裸足で物乞いをしながら放浪の説教生活をする必要があると痛感し、清貧の説教師として活動することを提案した。南フランスに残ったドミニコは、一二〇六年に「説教者修道会」（ドミニコ会）を設立し、一二一六年教皇ホノリウス三世によって認可される（図1-2）。

図1-2　ペドロ・ベルゲーテ「聖ドミニコ・デ・グズマンとアルビジョワ派」（1493/99）
ドミニコとアルビジョワ派の書物が火に投じられる。ドミニコの書物は奇跡により浮かび上がり火から守られるが、誤った教えが書かれたカタリ派の書物は燃えてしまう。

同じ頃、アッシジのフランチェスコによって「小さき兄弟会」（フランチェスコ会）が設立され、一二二三年同教皇から正式に認可を受けた。中部イタリアのアッシジに富裕な織物商人の息子として生まれたフランチェスコは、商人としての将来に悩み葛藤の末に、キリストに仕える清貧の道へと劇的に回心していたのだった（図1-3）。

ドミニコとフランチェスコの二人は、それぞれに民衆に密着すべきであると主張し、自らが完全に貧しくありたいと願い、イエスの弟子たちのように自分の弟子たちと共に裸足で粗衣をまとって出発し、貧乏人でも理解できるように俗語で語りかけた。とりわけ、フランチェスコと彼に従う友人たちは、悔い改めるよう、イエスのように生きるよう、イエスに倣うように説き勧めた。彼らの意志は設立された修道会に引き継がれる。

ドミニコ会は、説教を通じて活動し、異端、特に南フランスのカタリ派の異端と戦うことをそもそもの使命とする修道会である。『神学大全』を著したトマス・アクィナスもドミニコ会士である。ドミニコ会士たちは、知識人であり、教育者であり、理論家であった。彼らは悟性に訴えたのである。一方のフランチェスコ会は、清貧・愛・勤労を旨として教

図1-3　ジョット「アッシジの聖フランチェスコの聖痕拝受」（1295/1300）部分
フランチェスコ修道会の設立を承認する教皇インノケンティウス3世

化布教を進める修道会である。フランチェスコ会士たちは、同情を呼びかけ、同情のもたらす完全な喜びを呼びかけた。彼らは庶民の感受性にじかに触れることで、より大量の支持者を獲得するだろう。どちらの修道会も、福音の精神にのっとった生活を実現するために、いっさいの財産を放棄し、労働と托鉢で生活を立てる托鉢修道会であり、巡歴説教に従事し、神学の研究を深め、都市を中心に発展していく。

アルビジョワ十字軍終結後の一二三三年、教皇グレゴリウス九世によって教皇直属の異端審問が南フランスに創設された。そこで異端審問官を務めることになったのが、これらの二つの托鉢修道会の修道士であった。ドミニコ会士とフランチェスコ会士は、とりわけ前者を中心に異端審問官として異端対策の最前線に立ち、カタリ派やヴァルド派をはじめとする異端の追跡を行っていくことになる。

異端審問とは、教皇によって全権を委任された托鉢修道士＝異端審問官が職権で審理に付して判決を下す裁判である。それまでの司教が権限を持つ教会裁判は、中世前期からの裁判一般の手続きと同様に告発者がいて初めて成立するもの（告訴による裁判）だったのに対して、異端審問においては、ある人物に対して犯罪の容疑事実が充分なものであれば、告訴人がいなくても管轄権を持つ当局によって裁判が執行される（審問による裁判）。つまり、審問官による職権的訴追が可能となったのだ。

『薔薇の名前』に登場するベルナール・ギーは一四世紀前半に実在したドミニコ会士であり、異端審問官である。この人物については第Ⅲ章で触れることにしよう。ちなみに、主人公のウィリアムはフランチェスコ会士でかつて異端審問官を務めていたという設定である。

一四世紀における聖俗権力の対立構図

政治と宗教の問題に話を戻そう。一四世紀初頭、再び聖俗両権力の対立が持ち上がる。フランス国王フィリップ四世と教皇ボニファティウス八世との抗争である。一三〇三年九月七日、ボニファティウス八世がフィリップ四世のレジスト（法曹家）であるギヨーム・ド・ノガレによって、ローマの南にあるアナーニで捕らえられるという事件が起こった（「アナーニ事件」）。教皇は釈放されるもののまもなく「憤死」する。こうしてローマ教会の混乱が深まっていく。

教皇クレメンス五世は、政情不安定なローマ教皇領を避けて教皇座をアヴィニョンに移し、フランス王権との関係を改善しようとした。以後七〇年間、教皇座はフランスにとどまり、この事態はペトラルカなどによって「教皇のバビロン捕囚」と呼ばれた。アヴィニョン教皇のほとんどが南フランス出身のフランス人であった。

一三一七〜一八年以後、教皇ヨハネス二二世は南フランスに一六の新しい司教区を創設、異端審問がカタリ派の異端を一掃したのちのラングドックの教会組織を強化することを目指し、トゥールーズの司教座を大司教座に昇格させている。しかし、アヴィニョン教皇庁には、夥《おびただ》しい量の奢侈品や食糧が流入し、教皇や枢機卿の宮殿が建設され、華美な装飾も目立つようになる。華々しい宮廷への批判は高まり、聖職者の怠慢や堕落、教会の混乱が引き起こされる。

そうした中、ボニファティウス八世の教皇至上主義を掲げたヨハネス二二世は、皇帝ルートヴィヒ四世のドイツ王位争いに介入し、一三二四年にはルートヴィヒを破門する。これに対してルートヴィヒはイタリアに遠征し、ローマでの「人民戴冠」を目指したのだった。まさにこれが『薔薇の名前』のプロローグで語られた一三二七年一一月末という時点の状況である。実際、ルートヴィヒは一三二八年一月一七日に、ローマの聖ペテロ教会で、皇帝派の都市指導者スキアラ・コロンナから人民歓呼のうちに帝冠を授かり、一三二八年四月八日には、ヨハネスの廃位宣言を出し、五月一二日には対立教皇ニコラス五世を擁立してもいる。こうした聖俗の普遍権力の政治的・イデオロギー的抗争の再燃は、英仏も含めて西欧諸国の関係を複雑化させることになる。

『薔薇の名前』の事件の後、アドソが生きた一四世紀後半を越えてもう少し先まで見通しを立てておこう。教皇座をローマへ復帰させようとする動きが強まる中、グレゴリウス一一世が一三七七年一月ローマに帰還したことで、「捕囚」は終わりを迎える。しかし、翌年にはローマとアヴィニョンにそれぞれ教皇が立てられた。ローマにはイタリア人の教皇ウルバヌス六世、アヴィニョンにはジュネーヴ出身の枢機卿ロベールがクレメンス七世として選出され、二人の教皇が並立する事態が生じたのだ。教会大分裂（シスマ）の始まりである。イギリス、フランドル、北欧諸国、ドイツの大部分はローマを支持、フランス、サヴォイ、ナポリ、イベリア諸国はアヴィニョンを支持するなど、教会の分裂は、西欧キリスト教世界の分裂へと向かう。

ベネディクトゥス一三世の時代にシスマの解消に向けた動きが出てくる。パリ大学の神学者や教会法学者によって、協議による「事実の道」、両教皇の退位による「譲位の道」、公会議によって解決する「公会議の道」という三つの解決方法が提示される。このうちコンスタンツ公会議（一四一四～一八年）で宣言されたのは、公会議が教皇に優越すること（公会議主義）であった。三教皇が並立する状況の中で、自発的に退いたグレゴリウス一二世を除く二教皇の廃位を決め、あらたにマルティヌス五世を選んで、教会の分裂を解消したのであった。しかし、ローマ教皇の権威の失墜は確実なものとなり、疫病の流行や戦禍など社会的混乱と相まって教会全体に深刻な打撃となった。経済的な困難に陥った教会も出てきたほか、規律が乱れ、聖職者や修道士の数も激減、司牧者のいない教区や修道院が多数出現するなど、不適格な聖職者も増加している。やがて来る宗教改革は、ルター以前のこうした状況も背景としている。

ここまで『薔薇の名前』の時代背景を辿ってきた。『薔薇の名前』は、聖俗の権力の対立、教会改革、異端、托鉢修道会と異端審問など、宗教と政治、宗教と社会をめぐる諸問題を背景とした物語である。エーコは、このような一四世紀前半という時代に照準を合わせて巧妙に舞台を整えていく。以上のような時代背景を踏まえると、物語の味わいにも深みが増すのではないだろうか。なお、ウィリアムが神聖ローマ皇帝の使者として修道院にやってきた目的は、アヴィニョン教皇庁の使節団とフランチェスコ会の使節団との会談に参加して調整役を果たすためであった。そこでは「キリストの清貧」とフランチェスコ会厳格主義派の立場について話し合われる予定になっているのだが、この点については「正統と異端」という問題に絡めて第Ⅲ章で詳しく見ていくことにする。

中世の世界へ――舞台としての修道院

それでは、いよいよ山登りの第一歩を踏み出そう。まずはエーコが舞台となる中世の景色・外観をどのように設置したかを見ていく。第一日、ウィリアムとアドソが舞台となる修道院を目指して歩みを進める。「山腹に沿って曲がりくねった険しい小径をよじ登っていくと、あの修道院が姿を見せた」。K・イッケルトとU・シックの見立てによると、天険の場所に築かれたこの修道院は、トリノからほど遠くない標高九六二メートルのピルキリアーノ山の頂上に聳《そび》えるサクラ・ディ・サン・ミケーレがモデルだという（図1-4）。しかし、私たちの物語の舞台となる修道院の一角には、サクラ・ディ・サン・ミケーレには存在しない「異形の建物」が聳え立っている。アドソはその姿を詳細に記述していく。

周囲を取り巻く高い壁は、キリスト教世界の至るところで同じようなものを見てきたが、後になってあの建物と一体化していることを知った巨大な岩塊の部分には、驚かされた。それは八面体の建造物であったが、遠目には四面体のように見えた（その完璧な姿は難攻不落の神の都を表していた）。そして南面が修道院の内側の平らな敷地から聳え立っていたのに対して、北面は真っ逆さまに落ち込む山襞の上に直接に生えているみたいだった。つまり、下から見ると、場所によっては岩塊がそのまま天に向かって伸びてゆき、色合いも素材も切れ目なくつながって、いつのまにか聳え立つ塔を形作っているのだった（天界地界の双方に通じた巨人たちによって築かれたものであろうか）。三層に積み上げられてゆく窓は、三位一体のリズムで、天上をめざす三角形の精神を生み出し、地上に根を下ろした四面体は肉体を表していた。さらに近づくと、地上の四面体はそれぞれの隅に七面体の塔を突出させ、各塔はその七面のうちの五面を外側へ張り出していた――したがって全体としては八面体がもつ八つの側面のうち四面が、小さな四個の七面体の塔を生み出

図 1-4　サクラ・ディ・サン・ミケーレ

して、それぞれの塔が五面体となって外へ張り出しているのだった（上・三六―三七頁）。

一読しただけではその形状を思い浮かべるのは至難の業だろう。そこで次頁の写真を見てもらいたい（図1-5）。美術史家の金沢百枝さんにいただいたイタリアのカステル・デル・モンテの写真である。アドソは、「まさにあの威容と異形とのゆえにあの建物は後年になって私がイタリア半島南部で目にしたウルシーノ城やダル・モンテ城（カステル・デル・モンテ）にいくぶん似ていた」と述べているが、この「異形の建物」の姿はなるほどカステル・デル・モンテを彷彿とさせる。「山の城」を意味するカステル・デル・モンテは、一三世紀にホーエンシュタウフェン家の皇帝フリードリヒ二世が建てた城で、全体が八角形の平面で構成されている。中央の八角形の中庭を取り囲んで、八つの角にそれぞれ八角形の小塔が配されている。八角形の塔で各角を防備された八角形のこの城砦は、アーヘン（エクス・ラ・シャペル）の礼拝堂の形を再現しているとされる。アーヘンの礼拝堂のようにあの世に向かって開かれてはいないが、この世に向かって、現実の空に向かって開かれている。エーコはこの八角形の平面図を「異形の建

図 1-5　カステル・デル・モンテ。（上）外観／（下）中庭より空を見上げる

物」＝本堂の部分に採用しているのだ。このように『薔薇の名前』の修道院は、峻険なサクラ・ディ・サン・ミケーレにカステル・デル・モンテの八面体の塔を持ってきて、コラージュのような形で合体させた形となっているのである。

さらにこの「異形の建物」の構造の描写から、聖なる数との符合が語られる。「このような構造を見て、精神的な意味合いと微妙に符合する諸々の聖数との驚嘆すべき一致を思い出さない人はいないであろう。すなわち、八は各四面体の完全数であり、四は福音書の数、五は世界の気候帯の数、そして七は精霊の贈物の数である」（上・三七頁）。キリスト教において、組み合わされるこれらの数字は、それぞれに内に秘めた象徴的な意味を有している。一は唯一無二である神を、二は（神性と人間性の二つの本性が混じり合った）キリスト、あるいは善と悪の対立を、三は神と子と聖霊の三位一体（トリニティ）を意味する。四という数字は、一方では世界の完結性を示す東西南北、四季、楽園の四大河など、物質の四基本要素に向けて瞑想を促す。だからこそ、整理しなおされた自然の似姿である回廊は四角形をしている。他方、四は、マタイ・マルコ・ルカ・ヨハネによる四福音書、四つの枢要徳（知恵、勇気、節制、正義）、十字架の四端の方へと、非物質的な実在に向けても瞑想を導くのであり、目に見える世界と目に見えない世界の相同性まで物語る数字である。さらに、四という数は先行する三と合わせると七になる。七は七日間での世界創造、七つの秘蹟（洗礼、堅信、聖体、告解、終油、叙階、婚姻）、七つの徳（四つの枢要徳に、『新約聖書』パウロの手紙に見られる信仰、希望、愛という三つの対神徳を加えたもの）、七つの大罪（傲慢、強欲、嫉妬、憤怒、色欲、暴食、怠惰）とも関連づけられる。こうして、宇宙の秩序と対応するキリスト教的な数の調和を備えた修道院へとウィリアムとアドソの二人は足を踏み入れることになった。

修道院の建物の配置——ザンクト・ガレン修道院の平面図

修道院に入ったアドソは、修道院の敷地と建造物の配置について観察している。『薔薇の名前』に付された修道院の平面図と照らし合わせながら、その配置を確認してみよう（図1―6）。

修道院を取り囲む周壁の唯一の通路である巨大な山門をくぐり抜けると眼前に並木道が開けて、修道院の聖堂へ通じている。並木の左手には薬草園が大きく広がり、さらに奥には沐浴所と施療院兼薬草係詰め所の二つの建造物が壁に沿って弧を描くように並んでいる。聖堂の左手奥には異形のあの建物＝本堂（アエディフィキウム）が聳えている。聖堂と異形の建物の間には、両者を分かつように墓石の群れが並んでいる。聖堂の北側扉口と異形の建物の南塔とが向かい合うように位置しており、山門を入ってくる者の目には西塔のほうが正面に見える配置になっている。この西塔は左手の周壁に連接し、塔の下は真っ逆さまに奈落へ落ち込んでいるが、その背後には北塔が斜めに突き出して見える。

聖堂の南側には隣接する回廊を取り巻くように、宿坊、修道院長の居館、遍歴修道士の居館などの建造物が並んでいる。さらにその南側には、南面の周壁に沿って、また聖堂背後の東面の周壁のほうまで、小作人たちの住居、家畜小舎《こや》、水車小舎、搾油場、穀物倉庫、葡萄酒置き場、修練士の居館などの建物が続く。

アドソは言う。「これほどまでに美しく見事に設計された僧院を、私は二度と見たことがない。後になって、ザンクト・ガレン、クリュニー、フォントネーなどの修道院を訪れ、ほかにも数多くの僧

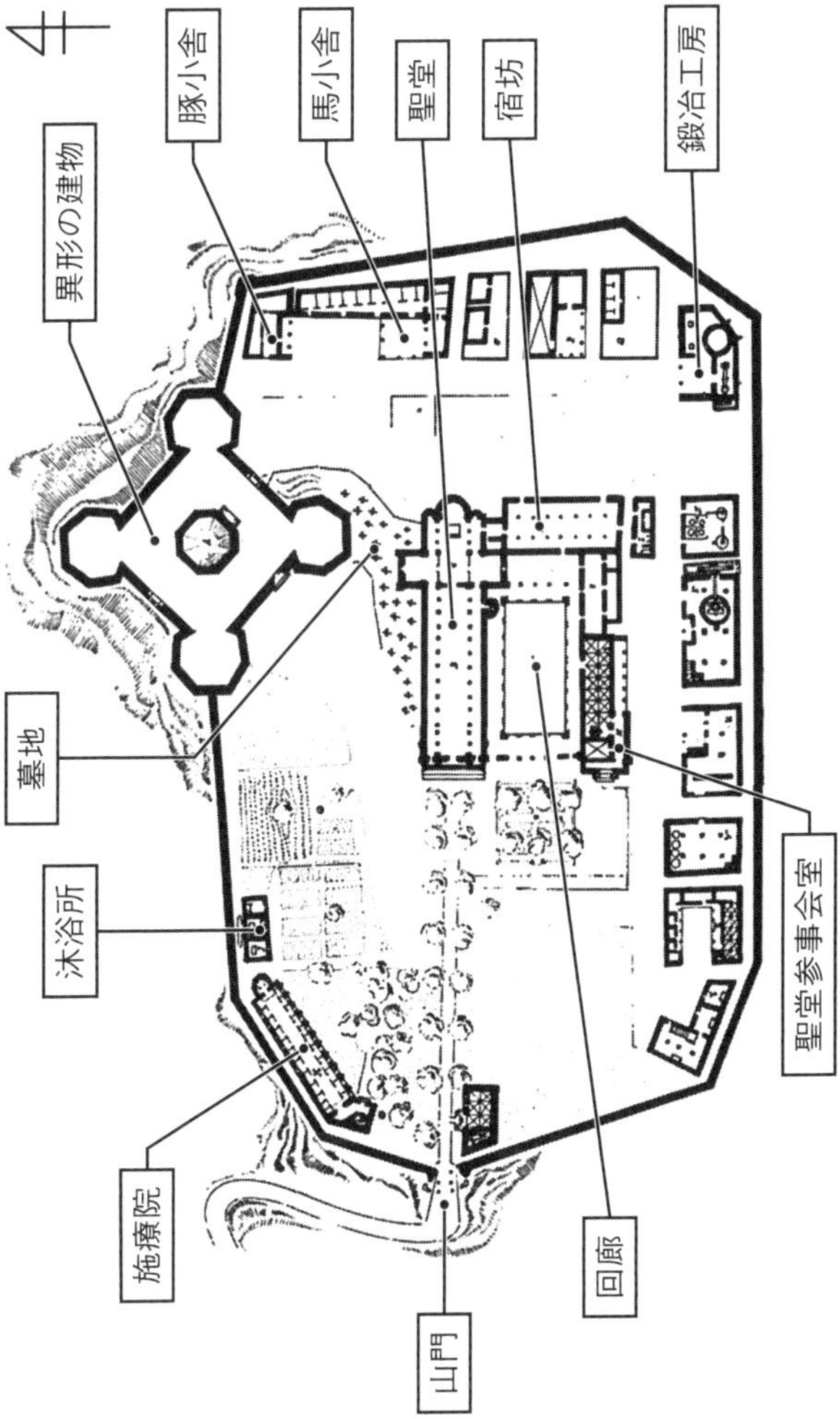

図 1-6　『薔薇の名前』修道院平面図（吹き出し部分は著者による）

院を知る機会を持ったが、規模がやたらに大きいものこそあれ、調和が取れているという点では、これに劣るものばかりであった」（上・四四頁）。この修道院のモデルとしては、ザンクト・ガレン修道院のプラン（平面図）が採用されたと見られている（図1-7）。

そこで次に、杉崎泰一郎氏の修道院研究によりながらザンクト・ガレン修道院の概略を確認していこう。なお、ベネディクト会のみならず各修道会の基本情報についてはP・ディンツェルバッハーとJ・L・ホッグ編の『修道院文化史事典』にも詳しい。[2] ザンクト・ガレン修道院（現在スイス北東部）は、聖ガルスにより七世紀初頭に創建されたと伝えられ、カロリング時代の九世紀にルートヴィヒ敬《けい》虔《けん》帝の保護下で発展して学芸が栄えた修道院である（ちなみに、ユネスコ世界遺産に指定されている現在の建物は一八世紀に建てられたもの）。カロリング時代に描かれたとされるこのプランは、当時の現実のザンクト・ガレン修道院の姿を表したものではなく、この時代に理想的と考えられた修道院建築の配置を示した見取り図であり、八二五年から八三〇年にコンスタンツ湖の島にあるライヒェナウ修道院の修道院長ハイトからザンクト・ガレン修道院長ゴツベルトゥスに「修道院建築の精神を会得されるように」送られたものとされる。実際には、八一七年にアーヘンで開かれた教会会議の結果出された八〇条からなる「修道勅令」を視覚化したものとも言われる（図1-8）。

現在ザンクト・ガレン修道院図書館に保管されているこのプランのオリジナルは五枚の羊皮紙を縫い合わせたもので、大きさは縦一一二センチ、横七七センチになる。これは当時の尺度で四〇インチ×三〇インチに相当し、聖堂の大きさ同様、神聖な数字を選んだものとも考えられている。黄ばんだ羊皮紙の上には、赤いインクで修道院の建造物（聖堂と回廊、作業所、家畜小屋や菜園など）の配置が描

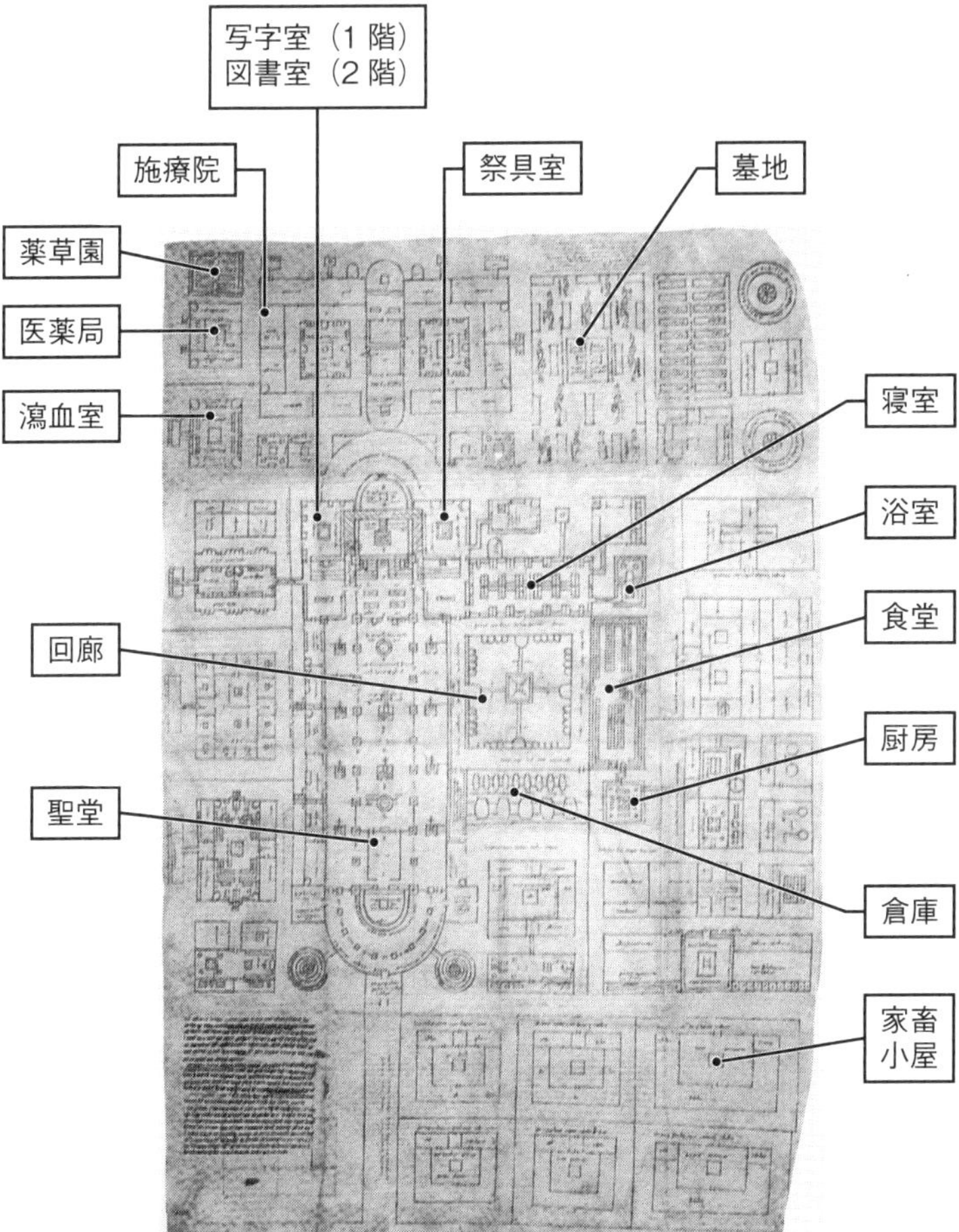

図 1-7　ザンクト・ガレン修道院平面図（吹き出し部分は著者による）

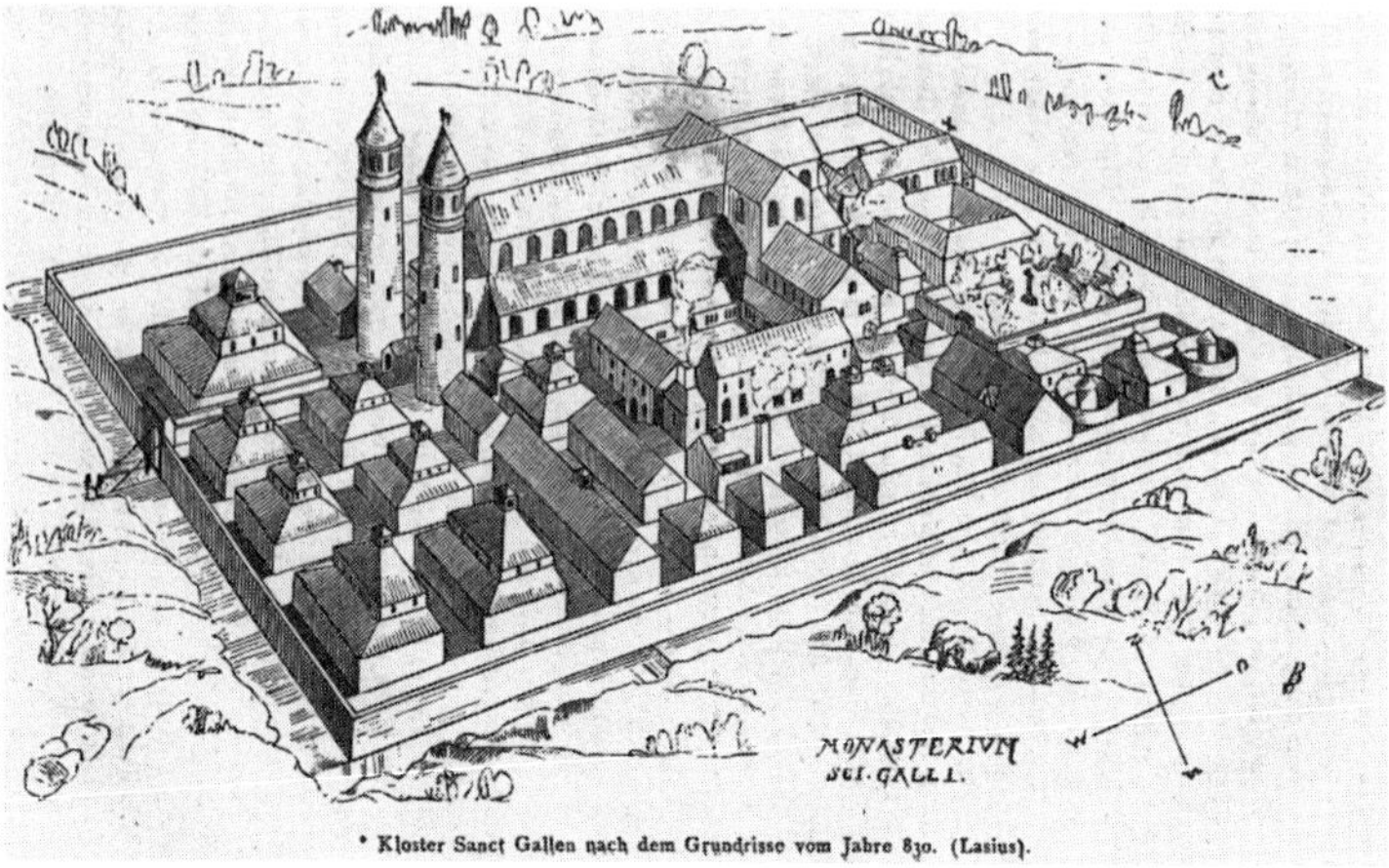
MONASTERIVM
SCI·GALLI.
* Kloster Sanct Gallen nach dem Grundrisse vom Jahre 830. (Lasius).

図 1–8　ザンクト・ガレン修道院の平面図に基づく復元

き込まれ、黒みを帯びた青いインクで各部分の説明が簡単に記されている。この綿密なプランは、一七世紀フランスの古文書学者サン・モール会修道士ジャン・マビヨンが最初に言及して以来、ヨーロッパの歴史家に広く知られるようになった。エーコもこれを下敷きにしたと考えられる（この実在のジャン・マビヨンは作中ではアドソの写本を手に入れて刊行したとされる人物である）。

　この見取り図はあくまで理想像であり、その通りに建築されたわけではないのだが、カロリング時代の修道院の理想的な姿をそこに読み取ることができる。また、その後に建造されていく修道院のコンセプトとも整合的である。アドソが「あの日の、あの時刻の、あの太陽の位置から判断して、聖堂の正面扉口は完全に西へ向かって開かれ、したがって内陣と祭壇とは東へ向かって造られていることがわかった」（上・四四頁）と述べているが、実際、中世の教会はいつも東西の軸線上に配置された。つまり、教会を訪れた人々が祈るときに視線を向ける後陣は、東の方角、朝日が昇る方角を向いているのだ。黎明の光は、人々から不安を消し去り、悪に対する善の、悪魔に対する神の、死に対する永遠の勝利を高らかに宣言する。キリスト教において東は聖なる方角であり、東の果てには楽園があるともされる。教会の西側の正面入口から内陣に入った信徒は、東にある祭壇に向けて（つまり、聖なる方角に向かって）歩みを進める。「オリエンテーション（東に向ける）」という言葉の由来はここにある。

『薔薇の名前』の修道院のプランとザンクト・ガレン修道院のプランを見比べてみよう。ザンクト・ガレンのプランでは、修道院聖堂は東と西の両方に内陣を持つカロリング様式として描かれている。身廊中央部分に聖十字架の祭壇が記され、その傍《かたわら》に洗礼盤（泉）が配置されており、その二つが聖なる空間の核と捉えられている。『薔薇の名前』では、異形の建物の一階に厨房と食堂（レフェクトリウム）、二階に写字室（スクリプトリウム）、三階に文書庫が置かれていたが、ザンクト・ガレンのモデルでは、写字室は聖堂の一角に付設されている。このように書物に関する建物を聖堂に隣接させているのは、書物が神聖で貴重なものという象徴的な意味のほかに、聖堂での典礼や回廊での黙想に使用するという実際上の利便性という理由もあったとされる。また、聖堂の上階に図書館を設置しているのは湿気や火災の危険を避ける配慮であったとも考えられる。実際の修道院建築でも、写字室・図書館と厨房とは別の建物に配置されることが一般的であったようだ。『薔薇の名前』で一階に厨房がある建物に写字室と図書館が配置されるというのは、火事で焼け落ちる伏線とも考えられようか。

ザンクト・ガレンのプランでは、食堂と厨房は聖堂に隣接した回廊の南側の建物に置かれている。また回廊の東側の建物の二階には修道士たちの寝室が置かれ、聖堂での聖務日課に直接向かえるようになっている。回廊を取り囲む建物にはその他、浴室や倉庫などが置かれるが、これは西欧の修道院の基本的な形となっている。医薬局と瀉血室《しゃけつ》は敷地の北東部に建てられ、その東隣には薬草園も記されている。なお、敷地の東部分には病人と修練士（見習い）の二棟の建物が建てられ、その南側に大きな墓地がある。敷地の西部分には、奉公人の家屋が置かれ、並んで羊、豚、山羊などの家畜小屋が、南部分にはビール、パンなどの工場がある。北部分には修道院長の居館があり、修道院学校と客人の館が隣に建てられた。なお聖堂の南西部に隣接して来客室や貧者の部屋が設置され、さらには独立した巡礼の館も設けられている。

対する『薔薇の名前』では、施療院と沐浴所、薬草園が北西部に、豚小舎や馬小舎といった家畜小屋が東部分に置かれていたり、墓地が聖堂と異形の建物の間に広がっていたりと、ザンクト・ガレンのモデルとの異同はあるものの、基本的な要素は網羅されており、このモデルに従っていると見てよい。修道院建築の理想的な姿を示すプランを採用した『薔薇の名前』の修道院が凄惨な殺人事件の舞台となるのだ。

こうした修道院の詳細な描写は、実際、読み進めるのに時間がかかる。だが、エーコの山登りの喩えを思い出そう。呼吸のリズムを学び、ペースを整える。中世の修道院の空間に入り込むための試練だと思えば、その光景を眼前に思い浮かべながら、一歩ずつ歩みを進めることができるだろう。

修道院の生活──『聖ベネディクトゥスの戒律』

『薔薇の名前』のベネディクト会修道院は、六〇名の修道士と一五〇名の奉公人を有するきわめて裕福な修道院である。アドソが「いまやその名前さえ沈黙するのが妥当でありかつ敬虔でもある」(上・二三頁)として、その名を言うのを憚《はばか》って明らかにしていないこの修道院とはどのようなところであっただろうか。ここではエーコの構想の元を辿るために、中世の修道院の世界を覗いてみよう。

ベネディクト会修道院とは、「祈りかつ働け」のモットーで知られる『聖ベネディクトゥスの戒律』を修道院の規則とする修道院である。四八〇年頃にローマ北東のヌルシアという町で生まれたベネディクトゥスは、五二九年頃にモンテ・カッシーノに修道院を建てた。他の修道院規則に学びながら自身の修道院を運営し、長年にわたる弟子たちへの指導の経験も踏まえて『戒律』を執筆したと考えられている。この『戒律』はカロリング朝のカール大帝による修道院改革やルートヴィヒ敬虔帝による教会政策を経て、西欧各地の修道院に深く定着していき、中世修道院文化の礎となった。

修道士(monachus)とは、ギリシア語「monachos(独り住む)」に由来するその言葉通り、本来隔離され、断絶した存在である。しかし、『戒律』に従う彼らは、俗世の堕落を避けるための禁域=修道院において共同生活を営んでいた。つまり、孤独な暮らしが集団で行われるのである。先に見たように、修道院には必ず中庭があり、そのまわりには共同寝室、食堂、集会の部屋など多数の建物が秩序正しく配置されている。中庭を囲む回廊は、修道士が歩きながら書物の言葉に思いを巡らすために設けられた瞑想の空間であった。また、修道士が遂行する〈オプス・デイ(神への業務)〉とは、すべての人間を代表して、日々刻々、絶え間なく祈りの言葉を唱えることであった。祈るとは、すなわち歌うことであった。音楽のリズムに乗せた修道士たちの祈りは、天上の天使たちの合唱隊のリズムに一致すると信じられていた。だから、修道士たちは一日に八回、声を限りに歌った。グレゴリオ聖歌は、雄々しく荒々しい軍歌になぞらえられる。聖歌を歌う修道士たちは、サタンの軍隊に対抗する戦闘員となり、これを潰走させるために大声を張り上げた。その軍隊に対して、祈りの言葉をまるで投げ槍のように浴びせかけたのである。こうした修道士たちの生活は、彼らが従っていた『戒律』を基盤に置いたものであった。

『戒律』の構成は序に続く七三章からなる。[3]『薔薇の名前』で描かれる修道院に関わる範囲で、その内容を見ていこう。第二章では修道院長が修道院をどのように管理し、修道士たちをいかに導くかという心得が説かれ、第三章では修道院長は重大な案件が持ち上がったときには集会を開いて自ら説明する義務を負うとされる。

第四章から第七章には、善行、従順、沈黙、謙遜など修道士たちにとっての心得が、聖書の章句を用いながら示される。心を尽くし、霊を尽くし、力を尽くして主である神を愛する。隣人を自分と同じように愛する。人を殺さない。姦淫しない。盗まない。キリストに従うために、己を捨てる。貧しい人たちに食事を与える。裸の者には衣服を与え、病人を見舞う。正義のために迫害を耐え忍ぶ。傲慢にならず、酒におぼれない。大食や惰眠を貪らない。無益で笑いを誘う言葉は口にしない。祈りに身を捧げる。肉欲を避け、我意を憎む。貞潔を愛する。キリストに対する愛から、敵のために祈る。口争いした者と、日が没する前に和解する。神の慈悲に対して決して望みを失わない。修道院長には従順に従い、沈黙の威厳を保つ――。また、修道士は一二にわたる謙遜の段階をすべて登りつめたとき、恐れを締め出す完全な神の愛に到達するとされる。修道院で何より求められるのは、このような清貧の生活であった。『薔薇の名前』の修道院では、これらの項目の多くがすでに守られてはいないのだが……。

第八章から第二〇章にかけては、聖務日課についての規定が並ぶ。聖務日課とは、聖堂で定時に修道士たちが集まって行う典礼のことである。『戒律』には一日のスケジュールと一年間のサイクルが定められ、それぞれの時課に唱えられる祈り（聖書の『詩編』の章句）が指定されている。修道院での祈りのあり方を定めた『戒律』はのちの西欧の修道院文化に多大な影響を残すことになる。

典礼は一一月一日から復活祭（イースター）までの冬の季節と、復活祭から始まる夏の季節に分けられ、日曜祝日（主の日と聖人の祝日）と平日（週日）それぞれの時課に唱える詩編が定められる。当時は不定時法（日の出から日の入りまでの時間を一二等分する方法）で時間が数えられていた。不定時法では、昼の長さと夜の長さが同じになる秋分の日と春分の日には「一時間」が六〇分となるが、緯度が高くなればなるほど、夏と冬の「一時間」の長さの差は大きくなる。週日には暁課《ぎょうか》（『薔薇の名前』では「朝課」ないしは「深夜課」と記される）、朝課（同じく「讃歌」）、一時課、三時課、六時課、九時課、晩課、終課という一日八回の聖務日課が定められている（表1-1）。『戒律』第一六章によると、預言者の言葉に「日に七たび、わたしはあなたを賛美します」（『詩編』第一一九章一六四節）とあり、この「七の聖数」は、朝課、一時課、三時課、六時課、九時課、晩課、終課の祈りに対応する。夜間である暁課については、同じ預言者による「夜半に起きてあなたの正しい裁きに感謝をささげます」（『詩篇』第一一九章六二節）という言葉を理由として挙げている。

『戒律』では、夜半に行われる暁課についての規定に多くの紙幅が割かれており、この一日の初めの聖務が重要視されていたことが読み取れる。修道士は夜の第八時（およそ午前二時半くらい）に起床して暁課を行い、夜明けに朝課を行うまでを学びの時間にあてる（第八章）。まず三度「主よ、わたしの唇を開いてください。この口はあなたの賛美を歌います」（『詩編』第五一章一七節）を歌い、続いて指定された詩編を唱える。詩編が終わり、唱句を唱えたのち、修道院長により祝福が与えられ全員が着席する。次いで、聖書や聖書註解書から三点の朗読と応唱、さらに詩編とアレルヤなどが続いていく。最後に「主よ、わたしたちに憐れみを垂れてください（キリエ・エレイソン）」を唱えて、深夜の聖務が終了する。『薔薇の名前』でも第二日朝課において詩編の朗唱のシーンが描かれる。

次に、「祈り」と並んで重視された「労働」（手仕事）について見てみよう。ベネディクトゥスは修行の課程として労働に積極的な価値を見出していた。『戒律』第四八章では、「怠慢は魂の敵です。そこで修道士は一定の時間を労働に当て、さらにほかの一定の時間を聖なる読書に割くものとします」とされ、労働のスケジュールが記されている。一年間のサイクルは、復活祭から一〇月一日まで、一〇月一日から四旬節《しじゅんせつ》（復活祭に至るまでの四〇日という清めの期間）の初めまで、四旬節という三つに分けられる。『戒律』に定められた一日の労働時間は六時間半から七時間ほど、読書は三時間程度とされる。とりわけ復活祭を前にした四旬節の過ごし方が重視され（第四九章）、修道士は四旬節の日々を清くけがれなく過ごし、他の時期に犯した不始末を洗い流すために、「すべての悪習を断ち、涙のうちに祈り、読書し、心からの痛悔と節制を実践しなければならない」とされる。また、この期間中には、各修道士は「図書室から書物を一冊借り受け、最初から最後まで順を追って読み通す」ことが求められている。それらの書物は、四旬節のはじめに手渡されるものとされ、修道院には各修道士に行き渡るだけの書物が図書館に収められていたことが推察される。『戒律』にはこのほかにも、修道院の管理や運営、修道士の食事の時間や量、衣服、過ちを犯した修道士に対する罰など、修道院の生活に関わるさまざまな規定が含まれている。

中世西欧の修道院文化を考えるとき、この『戒律』はきわめて重要な位置を占めている。クリュニー修道院やシトー修道院など、その後の修道院にはこの『戒律』の精神が息づいているのだ。ただし、そうした理想はとかく長続きしない。修道院改革がたびたび求められる所以である。『薔薇の名前』の修道院でも『戒律』が定めた清貧の理想とは大きなギャップが見て取れる。『戒律』はもはや厳格には守られず、沈黙の掟を尊重する者は少ない。ウィリアムの聴取に対して、修道士たちからさまざまな情報が提供される。食事は豪華であり、他の肉体的な欲望に従う者もいる。『戒律』第四章にある「人を殺さないこと。姦淫しないこと。盗まないこと」はいずれも守られないのだ。ともあれ、エーコが事件の舞台として用意したのは『戒律』を基本とするベネディクト会修道院であった。

ここまで、『薔薇の名前』の物語が進展する時代背景として、エーコがどのような「中世」を設定したか見てきた。舞台は整った。いよいよ物語の中へと入り込んでみよう。以下、アドソの語る物語の筋書きを事件の顛末に注目して辿ってみたい。

吹きすさぶ雹《ひょう》――アデルモの死

一三二七年一一月末のある美しい朝。ラバの背に揺られ、山腹に沿って曲がりくねった険しい小径《こみち》を登っていくウィリアムとアドソ。のちに事件の舞台となる異形の「あの建物」を有する修道院へと歩みを進めている。行く手の曲がり角から修道院の厨房係レミージョ・ダ・ヴァラージネが現れ、ウィリアムに丁重に挨拶をする。ウィリアムは、レミージョが修道院長の失踪した愛馬の捜索中だったこと、その馬の行方や名前が「ブルネッロ」であること、さらには見てもいないのにその毛並みから大きさなどの特徴まで言い当て、その鋭い洞察はレミージョを驚かせる。ブルネッロははたしてウィリアムの言った通りの場所で見つかったのであった。

山門で出迎えを受け、部屋に通されたウィリアムとアドソのもとに修道院長フォッサノーヴァのアッボーネが訪れる。アッボーネは失踪した馬ブルネッロの一件でウィリアムが示したすばらしい能力を誉めちぎる。そして、ウィリアムがかつて異端審問官を務めていた経歴やそこでの名声を称《たた》え、そのような鋭敏でしかも思慮深いウィリアムに、修道院で持ち上がった事件について力添えを頼みたいと言う。

アッボーネは、若き修道士で細密画家のアデルモ・ダ・オートラントが、「異形の建物」の塔から見下ろした断崖の底で死体となって発見された話を打ち明けた。雹が吹きすさぶ前夜、奈落の上へ張り出した東塔の三層の窓のうちのどれか一つから転落したと思われる。しかし、その窓はいずれも閉まっていた……。何者かに突き落とされたのだろうか？

この変死の解明を頼まれたウィリアムは最善を尽くすことを約束し、修道士たちに質問する許可、修道院の中を自由に歩き回る許可を得る。ただし、「あの建物の、すなわち図書館の、最上階にだけは、つまり文書庫の中にだけは、絶対に入って」はならないという。キリスト教世界で随一の膨大な蔵書を誇るこの図書館には館長とその補佐しか立ち入ることが許されていないのだ。図書館にはどのような謎が秘められているのか？

修道士の死の謎に挑むことになったウィリアムとアドソの二人は、修道院内のさまざまな人物（一癖も二癖もある）から話を聞きながら、事件の謎を解く手がかりを得ていく。すでに出会ったレミージョとアッボーネのほか、まるで怪物のような奇怪な顔つきのサルヴァトーレ、キリストの清貧を説くフランチェスコ会厳格主義派の中心人物ウベルティーノ・ダ・カサーレ、沐浴所と施療院と菜園の管理に当たる修道士ザンクト・エンメラムのセヴェリーノ、ステンドグラスなどを手がけるガラス細工師ニコーラ・ダ・モリモンド――。

さらに写字室に居合わせた大勢の修道士たち。図書館長マラキーア・ダ・ヒルデスハイム、ギリシア語とアラビア語の翻訳家でありアリストテレスの研究者でもあるヴェナンツィオ・ダ・サルヴェメック、修辞学に専念している若きベンチョ・ダ・ウプサラ、図書館長補佐ベレンガーリオ・ダ・アルンデル、ほかの修道院から借り出してきた写本の筆写にあたるアイマーロ・ダ・アレッサンドリア――。そして、盲目の老人ホルヘ・ダ・ブルゴス……最長老アリナルド・ダ・グロッタフェッラータに次いで歳を重ねた人物である。はたしてこれらの修道士たちのうち、いったい誰が、何を知っているのか（表1-2）。

なお、ウィリアムと盲目のホルヘとの間で「笑い」をめぐる議論が何度となく交わされるが、この点については第Ⅱ章で詳しく見てみたい。

血の甕《かめ》――ヴェナンツィオの死

変死の謎に取り組むウィリアムとアドソであったが、第二日、讃課《さんか》の祈りの最中、第二の死体が発

表 1-2　主な登場人物

役柄	名前	職務
主人公の師弟コンビ	バスカヴィルのウィリアム	フランチェスコ会修道士
	メルクのアドソ	ベネディクト会見習い修道士、ウィリアムの弟子
ベネディクト会修道院の修道士たち	フォッサノーヴァのアッボーネ	修道院長
	レミージョ・ダ・ヴァラージネ	厨房係
	サルヴァトーレ	厨房係の助手
	マラキーア・ダ・ヒルデスハイム	図書館長
	ベレンガーリオ・ダ・アルンデル	図書館長の補佐
	ザンクト・エンメラムのセヴェリーノ	薬草係
	ニコーラ・ダ・モリモンド	工房でガラス細工を担当
	アデルモ・ダ・オートラント	写字室で細密画を製作
	ヴェナンツィオ・ダ・サルヴェメック	古典翻訳が専門
	ベンチョ・ダ・ウプサラ	修辞学が専門
	アリナルド・ダ・グロッタフェッラータ	最長老の修道士
	ホルヘ・ダ・ブルゴス	盲目の老修道士
	アイマーロ・ダ・アレッサンドリア	写字生
フランチェスコ会修道士	ミケーレ・ダ・チェゼーナ	フランチェスコ会総長
	ウベルティーノ・ダ・カサーレ	フランチェスコ会厳格主義派の指導者
教皇ヨハネス二二世の代表使節団	ベルトランド・デル・ポッジェット	枢機卿
	ベルナール・ギー	異端審問官、ドミニコ会修道士
その他	娘	谷間の村の娘

見される。聖堂の裏手の豚小舎の前に置かれていた、豚の生き血を湛えた巨大な甕の大桶から奇妙な二本の杭が突き出していた。「よく見ると、それは人間の両脚で、血の甕のなかへ逆さまに突っこまれているのだった」（上・一六六頁）。死体は古典翻訳を手がけていたヴェナンツィオ・ダ・サルヴェメックであった。セヴェリーノとウィリアムは死体の検分を行う。顔がむくんではいないから溺死体ではない。死んだあとで何者かに甕の中へ投げ込まれたのだ。

ウィリアムは「大の男の重たい身体を運べば、その人間の足跡は深く雪のなかへ沈む」（上・一六九頁）と言い、その痕跡を探る。そしてアドソが、あの建物と甕との間のまだ誰も立ち入っていない雪の上で、かなり深く沈んだ人間の足跡を発見する。ウィリアムは、ヴェナンツィオが死んだのはあの建物の中、それも、きっと図書館の中だと推理する。人々の注意が図書館へ集まるのを避けるために、外へ運び出さなければならなかったのだ。

今度は明らかな殺人事件である。修道士たちへの聴取から死んだ修道士をめぐる関係が少しずつ見えてくる。ベンチョによると、ヴェナンツィオとアデルモは相次いでベレンガーリオと図書館の蔵書について何やら話し込んでいたようだ。蔵書目録には〈アフリカノ果テ〉という記号が見つかるが、その分類記号のついたある本を借り出そうとマラキーアに伝えると、その本は散逸してしまったと告げられたらしい。

ベレンガーリオはひどく取り乱してわっと泣き出しながら、アデルモの死んだ夜、アデルモの「亡霊」に出会ったと告白する。墓場を彷徨《さまよ》っていたアデルモは、ベレンガーリオに「わたしは地獄に堕とされた」と訴えかけ、業火が自分の不正の肉体を焼き尽くしていくと言う。その「亡霊」は、ベレンガーリオの手にも焼け痕を残し、ベレンガーリオを恐怖の底に陥れ、墓石の間に姿を消していった。その翌朝、アデルモがすでに崖の下で死んでいたということを知ったという。ウィリアムはこの話を聞き、亡霊などではなくアデルモ本人だったのだと推測する。アデルモは自分の犯した罪を後悔しており、聖堂で誰かに懺悔をしていたのだろう。その相手が、彼に恐怖と悔恨を植え付け、絶望のあまり断崖へ身を投じたに違いない。ベレンガーリオが苦しんでいるのは、「してはならぬ何事かを、アデルモにさせることによって、友人を死へと追いやったことを知っているからだ」（上・一八八頁）。

実際、アデルモとベレンガーリオは「人の噂にのぼるような」親密な仲であったらしい。ベンチョによると、ベレンガーリオはアデルモがどうしても知りたい秘密と引き換えに、卑猥な取引を持ちかけた。アデルモは知的欲求を満たすために肉欲の罪に服してもよいと幻想を抱いたのだろう。好奇心に駆られたベンチョは二人のあとをつけたという。ベレンガーリオの僧房に入るアデルモ。やがて出てきたアデルモは小走りに逃げ出し、ホルヘの僧房へと入っていった。おのれの罪を懺悔していたに違いない。出てきたアデルモは真っ青な顔をしていた。そのときベンチョは、別の人物も二人のあとをつけてきていることに気づく。ヴェナンツィオであった――。

アデルモはベレンガーリオから手に入れた秘密をヴェナンツィオに打ち明けたのかもしれない。だからヴェナンツィオはその秘密を探るべく独自に探索を続け、何者かに行く手を阻まれたのでは？　犯人はベレンガーリオだろうか？　あるいはマラキーアかもしれない。秘密に通じているホルヘは、それをウィリアムに見つけられまいとしていて、いかにも疑わしい。しかし、年老いた盲目の人間にどうやって大の男が殺せるというのだ？　あるいはベンチョが嘘をついているのか？

最長老のアリナルド・ダ・グロッタフェッラータは、至福千年が過ぎたので反キリストの到来は近いと言う。そのときには、七つの喇叭《ラッパ》の音が鳴り響く。「第一の天使が第一の喇叭を吹き鳴らすと、血の混じった雹と火とが生じた。そして第二の天使が第二の喇叭を吹き鳴らすと、海の三分の一が血に変わった……第二の若者は血の海のなかで死んだのではなかったか？　第三の喇叭に注意せよ！海に生きる者たちの三分の一が死ぬであろう」（上・二五二―二五三頁）。

アリナルドは『ヨハネの黙示録』（第Ⅱ章で詳述する）からたびたび言葉を引き出している。『黙示録』は殺人事件の謎とどのように関わってくるのだろうか？

迷宮の謎

アリナルドによると、図書館は「巨大な迷宮」になっているらしい。彼は、あの建物が閉ざされたあとに図書館に入る方法も知っていた。納骨堂を通っていくのだ。聖堂の翼廊から左手へ三つ目の礼拝堂の祭壇に彫刻された一連の骸骨の、右から四個目の髑髏《どくろ》、その両目を押すと入口が開いて納骨堂に入れるという。

二人が三つ目の礼拝堂に歩み寄り、祭壇の土台石に並ぶ髑髏の眼窩《がんか》の中に指を差し込むと、かすかに軋《きし》む物音がして祭壇が動き、地下への通路が現れた。階段を降りて通廊へ出ると、その両側にはいくつもの壁龕《へきがん》があり、墓場から掘り起こされてきた修道士たちの骨が無造作に積み上げられていた。通廊を抜けて階段を昇りつめると、厨房の暖炉の裏手、写字室へ通じる螺旋階段のちょうど真下に出た。写字室に辿り着き、ウィリアムがヴェナンツィオの机を調べ始めるが、以前に見かけたギリシア語で書かれた一冊の本がなくなっていた。何者かが大急ぎで持ち去ったようだ。ギリシア語が書き込まれた羊皮紙が一枚、机の下に落ちていた。アドソが明かりで照らそうとランプを近づけたとき、はずみで紙片の裏を炎でかすめてしまう。すると、黄ばんだ茶色い記号が炙《あぶ》りだされてくるではないか。およそ文字とは似ても似つかない、妖術士の文字のような線が、描き出されていた。その意味するところは？

深夜課、ついに禁じられた三階の文書庫へと昇っていく二人。七つの壁面を持つ部屋へと出る。四面に通路が開いており、通路のない閉ざされた壁面には、巨大な書架が置かれ、整然と書物が並べられていた。通路の一つを通り別の部屋に入ると、いまくぐってきたのとまったく同じ形の、もう一つの通路があって、さらに別の部屋へ通じていた。書架と中央の机も同じ形であった。それぞれの部屋の出入口のアーチの上に、標札のような枠札が掲げられている。各枠札には「座席ノ上ニハ二四名」や「ソノ者ノ名ハ死トイウ」など『ヨハネの黙示録』から採った言葉が書かれている。二人は次から次へと小さい部屋に入っていく。ウィリアムはその建築の構造を把握したと思ったが、奥に進むにつれ、部屋と部屋の位置関係はしだいに混乱していき、迷宮の想定を超える複雑さに二人は迷ってしまう。

すると「とてつもない大きさの巨人が、身体を亡霊のように波打たせながら」（上・二七四頁）アドソの上に襲いかかってきた。ウィリアムの腕の中へ逃げ込むアドソ。しかし、それは鏡のせいで奇怪に歪んで映った自分たちの姿だった。その鏡の上方、壁面に描かれた枠札には、前に見たのと同じ「座席ノ上ニハ二四名」との言葉があるが、先ほどの部屋ではなかった。三つ四つ奥の部屋で仄白い光が揺らめいている。アドソが確かめに入っていくと、吊り香炉のようなものが机の上に置かれていて、かすかに煙を立てながら燃えていた。すぐ脇の机の上に、極彩色の書物が開かれていた。ページの上には、一〇個の頭を持つ巨大な竜が描かれている。見つめていると、突然、竜がページから離れて、アドソにまとわりついてきた。輝く光に包まれて一人の女性が姿を現し、彼女の吐く息がアドソの頰に触れる。目を凝らすとベレンガーリオがいて、淫乱な気配の微笑みを浮かべてアドソを見ていた――。

しばらくたってアドソは目を覚ました。ウィリアムがアドソの頰を叩いていた。頭の中は割れそうで、激しく打ちつける音が鳴っている。ウィリアムは「悪い煙の臭い」に気づいて、すぐにアドソを運び出したのだった。幻覚を惹き起こす「魔法の薬草」が焚かれていたのだ。もはや方向感覚は失ってしまっていたが、二人はふらつく足取りで出口を探し求める。いまや完全に迷宮の虜《とりこ》となって、二人は虚《むな》しく歩きまわる。やがてウィリアムが敗北を認め、どこかの部屋で寝るしかないと嘆いていると、思いがけないはずみに、最初の部屋に戻っていた。心から天に感謝して、二人は狂喜しながら、階下へと降りた。

翌日、ウィリアムはヴェナンツィオの紙片にあった炎で炙り出された謎の符号が解けたと述べ、暗号をラテン文字に置き換えてみる。「アフリカノ果テノ秘密ノタメニハ偶像ノ上ニ手ヲ働カセヨ四ツノ第一ト第七デ」――しかし、これが何を意味するのかは、まだわからない。

ウィリアムは図書館の迷宮の構造を解明すべく、建物をひとまわりして外側から調査していった。各壁面には二つの窓が、各塔には五つの窓がついている。以前に入り込んだ七角形や四角形の部屋や八角形の中庭の形状もアドソに書き取らせながら、部屋と部屋の位置関係を考え合わせていく。アドソがウィリアムに勧められるままに「真上から見た図面」を描いてみると、図書館には五六の部屋があり、このうち四部屋が七角形、あとの五二部屋が四角形であること、この五二の部屋のうちの八部屋には窓がなく、外側に面して窓があるのが二八部屋、内側に面して窓のあるのが一六部屋であることがアドソにもわかったのであった。ウィリアムは、この図面の大きめの写しをとっておき、あとで図書館の迷宮に入るときに、そこに各部屋の枠札の語句の頭文字と、またそれが朱文字かどうかも書き留めることにしようと言う。

エーコは迷宮をどのように構想したのか？ また、「座席ノ上ニハ二四名」という言葉も、幻覚の中でアドソが目撃する一〇個の頭を持つ竜も光に包まれる女性も『ヨハネの黙示録』に関連している。これらの点についても第Ⅱ章で見ていくことにしよう。

アドソの冒険

図書館長補佐のベレンガーリオ・ダ・アルンデルが行方不明になった。ベレンガーリオの捜索が続く中、彼の僧房の藁布団の下から、血痕のついた白い布切れが見つかった——。ベレンガーリオは無事なのだろうか？

一方、アドソは師の助けを借りず、独りきりで迷宮へと足を踏み入れることにする。書物のページの上に丹念に描き込まれた細密画に見入るアドソ。「使徒の黙示録」にある〈太陽ノ模様ノ服ヲマトツタ女戦士〉の顔立ちや胸や腰の線を、先だってウベルティーノと一緒に見た聖処女の彫像と比べてみるが、この女性もアドソには大変に美しく見えた（図1‐9）。次に目に入った別の女性は、バビロンの娼婦だった。姿や形が同じ女性であれば、ある点から先は、もう善と悪とを見分けることができないではないか！「呪われているのだ」、さもなければ自分は「気が狂っているのだ」――。これ以上は図書館にいられないと思ったアドソは、階下へ駆け降りた。

　張りつめた神経を鎮めるために水でも飲もうと思い、厨房へと通じる扉の一つを、そっと開けた。そこに二つのもつれあう影を見つけてしまう。全身が凍りついてしまったように身動きがとれないアドソ。一つの影は外へ出る扉から逃げ去った。アドソがそのまま立ち尽くしていると、何か正体不明のものが、低い呻き声、恐怖のために圧《お》し殺した泣き声をあげていた。アドソはそのもう一つの暗い影に向かって近づいていくと、やがて、それが震え戦く若い娘の姿であるとわかった。袋のようなものを握りしめ、あとずさりしながら泣いていた。

図1‐9　『ベアトゥス黙示録注解』（ファクンドゥス写本）の彩色画

　アドソがやさしく相手に微笑みかけると、彼女のほうも落ち着きを取り戻し、微笑みを浮かべながら甘い響きの言葉を口にした。そして、片手を伸ばして、柔らかい指先で、アドソの頬をそっと撫でたのである。彼女は甘い唇でアドソに口づけをし、アドソを誘惑する。「筆舌に表しがたい甘美なもので、あの娘は私を満たした」（上・三九八頁）。アドソにとって人生で初めての性体験であった。アドソの中に娘に対する恋の感情が芽生える。内奥の喜びに浸りながらまどろむアドソ。しばらくたってから目を開けると、娘はもういなかった。娘が残していった袋が片隅にあるのに気づいた。中を開いてみると、「私の目の前にあったのは、白みがかった、ぶよぶよの肉片と、血糊にまみれてゼラチン状の生命を、かすかに脈打たせている、鉛色の葉脈が走っている、まだ死んだばかりの、あまりにも生々しい、大きな、一個の心臓だった」（上・四〇四頁）。鋭い悲鳴を上げてアドソは倒れ伏した。

ウィリアムに顔に水をかけられて正気に返ったアドソ。ウィリアムは姿の見えなくなったアドソを探しまわっていたのだった。アドソが恐怖に震えながら、心臓の包みを指差し、新たな犯罪が起こったことを告げようと口ごもっていると、ウィリアムはこんなに大きな心臓の人間がいるだろうかと笑いながら、昼のうちに屠《ほふ》っていた牛の心臓だという。わっと泣き出すアドソ。のちにもついぞ名前を知ることのない娘への感情に困惑し、罪の意識を抱いたアドソは、何もかも、包み隠さずに、見たこと、生じたことの一部始終をウィリアムに打ち明けた。ウィリアムは、アドソが姦淫するなかれという掟に背くなど罪を犯したことは間違いないと認めつつ、置かれた状況ではこれは不測の事態であり、あとから責めても仕方のない事柄だと諭《さと》し、アドソの罪を赦した。ウィリアムは、村の娘が、レミージョからもらった臓物と引き換えに性行為をしていたと推測する。

アドソの体験や村の娘への想いはどのような言葉で綴られるのか？　エーコの仕掛けはここにもある。第Ⅱ章で詳しく見てみよう。

茶色く変色した指と真黒な舌――ベレンガーリオの溺死

アリナルドは、再び『黙示録』を引き合いに出す。「第一の喇叭と共に雹が降り、第二の喇叭と共に海の三分の一が血になった……第三の喇叭は予告する、燃えあがる星が川という川や水源という水源の三分の一に落ちるであろう」（上・四一一頁）。この言葉のうちに何らかの真実が含まれているのではと考えるウィリアム。アドソの思いつきで沐浴所を探しに行く二人。たくさん並んだ最後の浴槽の底のほうに、魂を失った、裸の人の姿が、垣間見えた。ベレンガーリオだった。

ウィリアムとセヴェリーノが死体を検分する。顔が膨れあがり、腹部が張っている。疑いの余地なく溺死である。しかし、第三者に溺死させられたわけではないようだ。犯人の暴力に抵抗したあともなく、何一つ乱れたところもないからだ。ベレンガーリオは中風《ちゅうぶう》を病んでいたため、湯で身体を温めに自分で浴槽に入り、意識を失って溺死した可能性がある。

セヴェリーノがしきりに死体の両手を調べている。右手の人差し指と親指、さらに中指の内側が、何か茶色い物質で焦げたみたいにくすんでいる。ヴェナンツィオの死体の二本の指の内側にも同じようなくすみがあったという。何かの毒物だろうか。ウィリアムは長いこと思いに耽っていたが、やがて、死体の舌を調べたいという。セヴェリーノが口を開けてみると、舌は真黒になっていた。指先で何かをつかんで、それを呑みくだしたのか――。

ウィリアムはセヴェリーノに、薬草のことを尋ねに来た人物や施療院に入り込める人物がいないか尋ねる。セヴェリーノは記憶を辿りつつ述べる。だいぶ以前のこと、遠い国々を旅してきた同門の修道士から毒性の強い物質を寄贈されて棚に保存していた。見かけは粘々した黄色い物質で、ほんの少し唇に触れただけでも、たちまちに死んでしまうほどのものだ。しかし、ある日のこと、大きな嵐のせいで施療院の部屋が風雨で台なしになり、薬草や粉末が床一面に散らばってしまった。そのガラスの容器がないのに気づいたが、ほかの容器と一緒に壊れてしまったのだと自分に言い聞かせていたという。しかし、考え直してみると、何者かがこっそり容器を持ち出し、嵐を利用して部屋中を掻きまわして大きな被害を作り出したのではないか。

再び迷宮へ――〈アフリカノ果テ〉

ウィリアムはヴェナンツィオの紙片の謎を解いたことを告げる。黄道十二宮の文字で綴られた文章「アフリカノ果テノ秘密ノタメニハ偶像ノ上ニ手ヲ働カセヨ四ツノ第一ト第七デ」のあとに、ギリシア語で文章が書かれていた。〈アフリカノ果テ〉の書庫から持ち出した書物の中の文章を、ところどころ抜き書きしたものらしい。

アリナルドは、『ヨハネの黙示録』の預言通りの場所に新たな死体が横たわっていたことに触れる。「今度は第四の喇叭を待つのだ！」アドソが、一連の犯罪の鍵が、あの啓示の書物のうちに、なぜあると思うのかと尋ねる。「ヨハネの書物には、すべての鍵があるのだ！」ウィリアムはアリナルドの話に興味を抱く。

ふたたび迷宮の奥深くへ入り込むウィリアムとアドソ。各部屋に記された文字を読み取り、図面の中に通路や塞がれた壁を書き込み、頭文字を記入しながら迷宮を進んでいく。通ってきた順番に各部

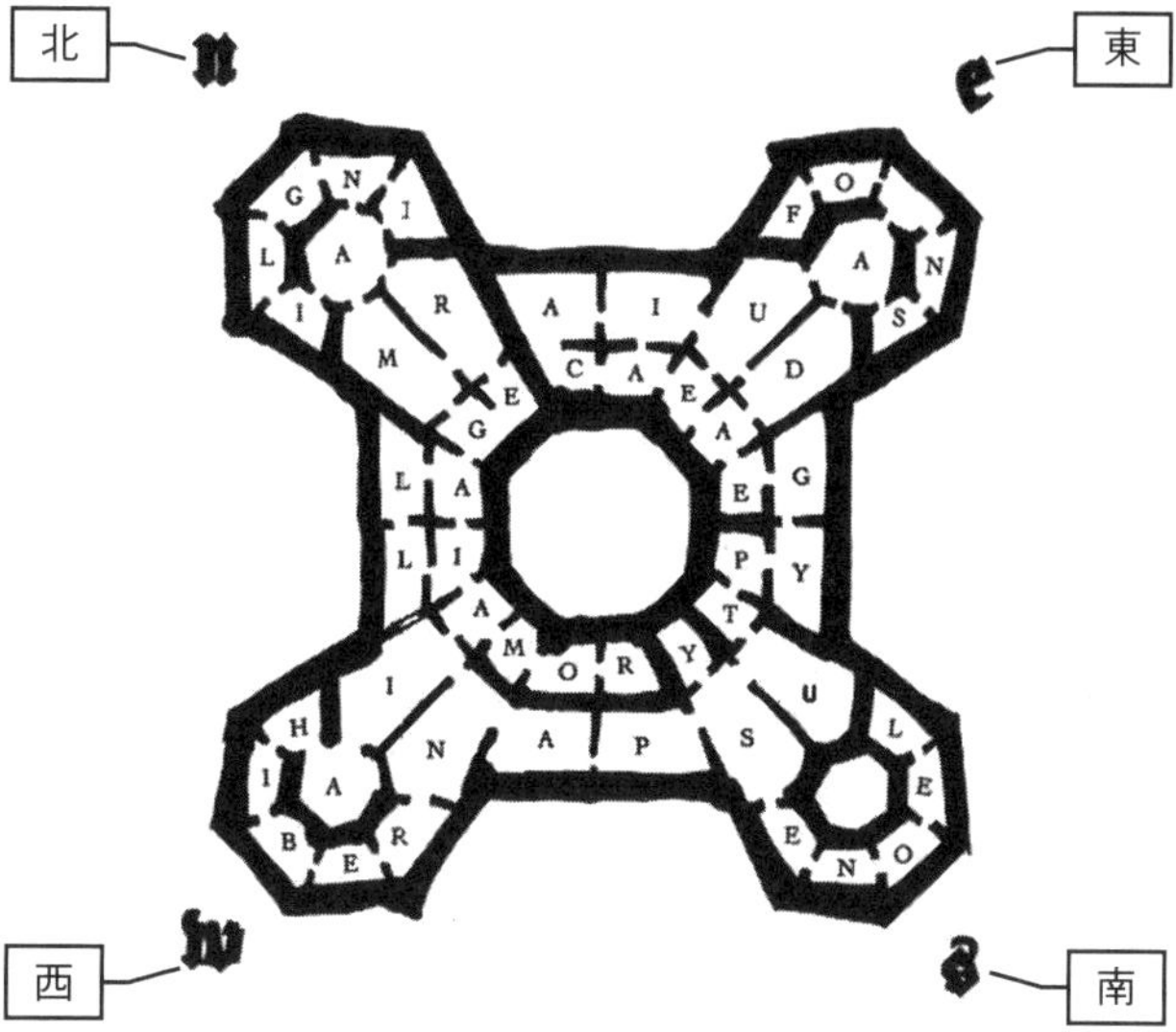

図1-10　『薔薇の名前』図書館平面図（吹き出し部分は著者による）

屋の頭文字をつなげて読んでみると、地名になることがわかった。こうして各部屋は区域ごとに世界の地名が割り当てられ、各区域にはその地域に関係する書物が収められているのだ。北方にはアングリアANGLIAとゲルマニアGERMANIA、西に向かってガリアGALLIA、西の果てにヒベルニアHIBERNIA、南にはローマROMAとヒスパニアYSPANIA、さらに南方にレオーネスLEONESとアエギプトゥスAEGYPTUS、東方にはユーデアIUDAEAとフォンス・アーダエFONSADAE、東と北の間にはアカイアACAIA。文書庫の各部屋の配列は世界の姿に準《なぞら》えて建造されているようだ（図1-10）。

レオーネスには異教徒の著作が多く収められており、アフリカを意味する。その中でSの頭文字の部屋は例の鏡の間であった。しかし、図面を見ているうちに、その部屋の奇妙さに気づいた。中心の七角形の部屋へ通じる出入口があるはずなのに見当たらないのだ。壁の中に塗り込められてしまっている。だからこそ、ここが〈アフリカノ果テ〉なのだ。通路があるはずだ。ウィリアムは、ヴェナンツィオの紙片を読み返した。「偶像ノ上ニ手ヲ働カセヨ四ツノ第一ト第七デ」の中の「偶像」が鏡に映った像であると読み解く。しかし、「四ツ」とは何なのだろうか？　この鏡は間違いなく扉だ。しかし、鏡はびくともしない。

二人はその夜の探索の旅をひとまず終えることにする。外に出ると、何やら騒ぎが起きている。弓兵の一隊が、サルヴァトーレをがんじがらめに縛り上げ、傍らに一人の女が泣き崩れていた。アドソは胸が締めつけられる思いがした。あの娘だった。アドソの姿を認めると、哀願するような絶望的な眼差しを投げかけてきた。教皇ヨハネスの代表使節団の警備兵を指揮するために修道院にやってきていた異端審問官ベルナール・ギーによって、黒猫と、娘を誘い出す代償だった雄鶏《おんどり》が見つかり、悪魔との交渉が疑われたのだった。悪魔に唆《そその》かされた修道士と魔女――二人は地下牢に入れられる。

ベルナール・ギーによる異端審問、ドルチーノ派、キリストの清貧など「正統と異端」をめぐる諸問題については、第Ⅲ章で考えてみたい。

渾天儀《こんてんぎ》――セヴェリーノの惨殺と「奇妙な書物」の行方

総長ミケーレ・ダ・チェゼーナを中心とするフランチェスコ会の使節団と、枢機卿ベルトランド・デル・ポッジェットが筆頭の教皇側使節団との会談が始まる。「キリストの清貧」をめぐる議論はやがて罵り合いへと発展していくことになるのだが、会談に立ち会っているウィリアムのもとにセヴェリーノが訪ねてくる。セヴェリーノは、ベレンガーリオが持っていたと思われる「奇妙な書物」を施療院で見つけたと囁き声で告げ、詰め所に戻る。気づくと、物音もたてずに、すぐ脇にホルヘが姿を現していた。ホルヘは何も聞こえなかったような顔をして、そのまま反対の方角へ向かって進んでいった……。

膠着状態に陥っていた会談の最中、弓兵隊の隊長が入ってきてベルナール・ギーに耳打ちする。ベルナールは弾かれたように立ち上がって、怪事件の犯人が上がった旨を告げる。施療院ではセヴェリーノは頭を打ち砕かれて、哀れにも死体となり、血の海に横たわっていた。二名の弓兵にレミージョが押さえつけられている。すでに事切れたセヴェリーノの横で、何かを探しているところを見つかったという。ベルナールは、サルヴァトーレの告白に基づいて別の嫌疑でレミージョを捜索させていたのだ。

死体の脇には大きな渾天儀が無造作に放り出されていた。力いっぱいに犠牲者の脳天めがけて振り下ろされたようだ。円環の片側が折れたり潰れたりして、血糊や髪の毛が付着していた。死因は明らかなのに、ウィリアムは死体の両手の指先に黒い染みがないかどうか調べる。だが、セヴェリーノは革製の手袋を嵌めていた。

無罪を主張するレミージョは、暗い顔でその場を見つめていたマラキーアに必死に何ごとか短く話しかける。手荒に引き立てられながらも、自分も誓うので誓ってくれと叫ぶレミージョに、マラキーアは「きみに不利な真似はしない」と答える。

ウィリアムとアドソ、ベンチョの三人は施療院の中で例のギリシア語で書かれた書物を探す。アドソが書名を読み上げてウィリアムが確認していく。アドソの読めない文字で書かれた作品を示して、これではないかと尋ねるが、アラビア語の本であった。

セヴェリーノの死体をじっと見つめるウィリアム。なぜ渾天儀が凶器に使われたのだろう。「太陽の三分の一、月の三分の一、星という星の三分の一が、損なわれたので」という『ヨハネの黙示録』の第四の喇叭に符合する。「最初が雹、つぎに血、つぎに水、そして今度は星だ……」。犯人は偶然に殺人を重ねてきたのではなく、計画的に実行してきたのだろうか。ウィリアムはベンチョに写字室でマラキーアの動向を見張るように頼む。ウィリアムとアドソは聖堂参事会室へ向かいながら、不可解にも消えてしまった書物のことを話し合う。セヴェリーノが言った「奇妙な書物」とは？　古い写本の断片などをまとめて製本することがある。雑多な種類の珍しい原典が一冊にまとめられていたとすれば、ギリシア語の部分もあれば、アラビア語の部分もある！　二人は急いで施療院へ駆け戻るが、先ほど見たアラビア語の手写本はもはやなかった。ギリシア語で書かれた書物ばかり探していたので、ギリシア語で書かれていない書物をみな除外してしまっていたのだ。ウィリアムは心の誇りをすっかり傷つけられてしまい、自らを愚か者と悔いる。

あとになってわかったことだが、じつは問題の書物はベンチョが持ち去り、自分の僧房の中に隠したのであった。しかし、この点についてはのちに改めて述べられる。この間に、劇的で不穏な事件がつぎつぎに生じていくことになる。

異端審問官ベルナール・ギー

ベルナール・ギーによる異端審問が始まる。レミージョにドルチーノ修道士との関係を問いただす。はぐらかそうとするレミージョ。そこへサルヴァトーレが引き立てられてくる。昨夜の苛酷な尋問でサルヴァトーレが語った内容をベルナールが改めて確認していく。サルヴァトーレは、ドルチーノ派の中にいたレミージョとどのように出会ったか、ドルチーノからレミージョが何通かの回状を託されたこと、この修道院に着いたレミージョがそれらの回状をマラキーアに預けて隠してもらっていたことなどを白状してしまったのであった。

次いで、マラキーアには問題の回状をレミージョから預かったことについて証言させる。マラキーアはベルナールの求めに応じて、その日の朝にそれらの回状をベルナールに手渡していた。レミージョはついに観念してドルチーノの宗派に属していたことを認める。しかし、この修道院の犯罪とは無関係だという。それなら拷問という手段に訴えるしかないとのベルナールの言葉に、レミージョは「拷問はいけない」と懇願する。「あなたが望むならば、何でも話そう。いっそのこと、すぐに火焙りにされたほうがよい」(下・二一二頁)。レミージョは異端の罪とともにすべての殺人を犯したのは自分だと告白してしまう。どうやって殺したのか? サルヴァトーレに教わったやり方で、悪魔を呼び出して殺させた——。真実よりもむしろ審問官に望まれる答えが自白として引き出されるという異端審問の常套手段なのは明らかであった。笑いながら並みいる人々を眺め渡すレミージョ。もはや正気を踏みはずした者の笑いだった。審問は終わった。容疑者はアヴィニョンに連れていかれ、そこで最終的な裁判にかけられるという。

ウィリアムはベンチョに書物のありかを問いただす。マラキーアから図書館長補佐に任命されたベンチョは、マラキーアにその書物を引き渡したという。図書館の秘密が隠されているのが我慢ならないと言っていたベンチョは、図書館長補佐となるや「向こう側の人間」、秘密の番人になってしまったのだった。

千匹もの蠍《さそり》の毒——マラキーアの死

マラキーアは今やあの書物を手に取って眺められる唯一の人物になった。しかし、もしも事件の犯人でなければ、あの書物に秘められた危険を知らないかもしれない……。朝課の歌声が聖堂の内部に拡がっていく。奇妙に身体をふらつかせているマラキーア。不寝番がランプをかざしてその顔を照らし出すが反応がない。肩に手をかけると、そのまま前へ倒れていった。身体を支えられるも、すでに虫の息となっていた。マラキーアは掠れた声で弱々しく口をきいた。「言われたとおりだった……ほんとうに……千匹もの、蠍の、毒があった……」。誰に言われたのか？　マラキーアは何か言おうとしたが、激しい発作に見舞われて、首を後ろにのけ反らせ、事切れてしまう。かすかに嗚咽が聞こえてくる。祈禱台の上に突っ伏して泣く、ホルへの声だった。「これで終わるまい……」（下・二五〇頁）。

ウィリアムがマラキーアの左右の手のひらを明かりにかざした。右手の親指から中指まで、三本の指先の内側が、黒ずんでいた。アドソはマラキーアの最後の言葉についてウィリアムに問う。第五の喇叭はまず蝗《いなご》の出現を告げ、その群れは蠍に似た毒針で、人間たちを刺して苦しめる。第六の喇叭は、獅子の頭をした馬の出現を告げ、口から煙と炎と硫黄を吐きだす。第七の喇叭にも備えなければ。あと二人。誰の命が危ないか。ウィリアムは修道院長ではないかと考える。

『キュプリアヌスの饗宴』

ウィリアムは写字室でベンチョに蔵書目録の閲覧を求め、素早くめくりながら、あるページで手を止めた。一つの整理項目名の下に、『キュプリアヌスの饗宴』を含む四つの題名がまとめられていた。一巻の書物に複数の原本が収められている証拠だった。二人は書物の購入の記録を辿る。問題の書物が購入されたときの図書館長とその補佐は誰であったか。五〇年ほど前にアリナルドの図書館長への道を断つことになった謎の競争相手——。

ウィリアムはベンチョに質問する。ベレンガーリオが初めて〈アフリカノ果テ〉のことを話題にした朝、『キュプリアヌスの饗宴』の名前が出されなかったか。『饗宴』のことを口に出したのはヴェナンツィオだった。すると、マラキーアが怒りだし、そのくだらない作品を読むことは修道院長がすべての人々に禁じたと述べたという。ベンチョは、マラキーアも殺されてしまい、これまで図書館に関係した者が亡くなっているため、今度は自分も危ないと恐れる。イタリア人のアリナルドはドイツ出身のマラキーアに対して憎しみや恨みを抱いていたようだが、アリナルドを出し抜いて役職に就いた人物については、ずいぶん昔の話のため知らないという。

ウィリアムはベンチョが入手してマラキーアに渡した例の書物を読んだのかどうか尋ねる。なぜ、マラキーアは死んで、ベンチョは死ななかったのか。ベンチョはその書物を開いてみたが、ギリシア語があまりよく読めないのと、用紙が湿気に浸されて、一枚一枚きちんとはがれなかったので、あとで時間をかけて読み解こうと思ったのだという。さらに奇妙なことに、用紙が羊皮紙ではなく、布地のようでありながら華奢《きゃしゃ》だったという。ウィリアムはそれを〈亜麻紙〉だと推測する。

ここで言う亜麻製の紙とは何か？　羊皮紙との違いは？　文字が記される素材である羊皮紙や紙については第Ⅲ章で見ていくことにしよう。

〈四ツノ第一ト第七デ〉

ウィリアムは、一連の犯罪の原因は修道士同士の争いや復讐にではなく、この修道院の遠い歴史に端を発した事件にあったと推理する。ベレンガーリオとアデルモとの間に恥ずべき関係があったこと、またベレンガーリオとマラキーアとの間にも同じ関係があったことはたしかだが、一連の事件においては重要な役割はほとんど果たさなかった。すべては、〈アフリカノ果テ〉に秘蔵されていた一巻の書物の盗難と保管をめぐって、展開してきたのだ。図書館の秘密を少しでも知っていた者たちは死んでしまった。次に犠牲者が出るとすれば修道院長だろう。

ウィリアムは修道院長に、あの禁じられた書物について知っていることを教えてほしいと頼む。しかし、修道院長は、一巻の禁じられた書物のためにつぎつぎに人が殺されたなど根拠のない憶測だと答え、これから先は自分で処置するので、ウィリアムの使命はそこで終わった、もう調査を続けてもらう必要はない、明朝には修道院を退去してくれと告げる。修道院長のもとを離れ、怒りを露わにするウィリアム。明日の朝までに、是が非でも事件を解決してやろう。

馬小舎で右から三頭目の馬を見たアドソは、サルヴァトーレが話した変なラテン語を思い出して思わず微笑み、Tertius equi〔馬ノ三ツメ〕と口に出した。これでは「三頭目の馬」ではなく「馬」という単語 equus の三文字目「u」を意味してしまう。しかし、このアドソの何気ない言葉にハッとするウィリアム。ついに〈アフリカノ果テ〉にある扉の上に書かれた文字の意味を読み解く。〈四ツノ第一ト第七デ〔primum et septimum de quatuor〕〉というのは、四つの中の第一と第七ではなくて、四の、つまり「四〔quatuor〕」という言葉の、一番目〔q〕と七番目〔r〕を意味していたのだった。

二人は鏡の部屋に着き、ランプをかざして枠の上にある字句 Super thronos viginti quatuor〔座席ノ上ニハ二四名〕を照らし出す。〈quatuor〉の〈q〉と〈r〉を押してみると、はじけるような乾いた音をたて、鏡の扉がついに開いた。第七日もまさに始まらんとする真夜中になって、二人はついに〈アフリカノ果テ〉の中へと足を踏み入れたのであった。

ホルヘとの最後の対決

ウィリアムが口を開く。「心嬉しい夜ですね、尊敬すべきホルヘどの」。ウィリアムの声を聞き、ホルヘは答える。「待ちかねていたぞ。おまえの来ることがわかっていたから」。ウィリアムは、一連の事件の概略を推理してホルヘに示し、ホルヘが秘蔵している一巻の書物であるアリストテレス『詩学』の第二部を見せてほしいと頼む。ウィリアムが何もかも知っているのだと讃嘆と悔恨を持って受けとめたホルヘは、これが褒美だと言ってウィリアムに一巻の書物を差し出す。「読むがいい、さあ、めくるがいい、ウィリアム」（下・三三二頁）。

ウィリアムは、擦り減って壊れかけている装丁をゆっくりひらいた。アラビア語、シリア語の写本、『キュプリアヌスの饗宴』とページをめくっていき、あのギリシア語の原典に達した。その部分の用紙は材質が異なっていて、ほかのものよりも柔らかかった。また用紙の端が崩れかけて、青白い染みがあちこちにつき、一般に古書が湿気を含んでそうなっているのに似ていた。

ウィリアムはアドソにもわかるように、ギリシア語からラテン語に翻訳しながら読み進めていった。やがてウィリアムがページをめくる指先が動かなくなった。書物の小口が、上端の側面で、湿気を含んで溶けて膠《にかわ》状に張り付いたみたいになっていたからだ。ホルヘはウィリアムを促す。「さあ、読むがいい、先をめくるがいい。おまえのものだ。おまえの身にふさわしい書物だ」（下・三三五頁）。

ウィリアムは笑った。「あなたには見えないだろうが、わたしは手袋を嵌めているのだ」と明かし、「指先がもたついて紙と紙がうまく剥がれない。思いきって手袋を脱いで、指先を舐めながら、読み進めるべきなのだろう」がこの謎も解けたと言う。書物にはセヴェリーノの詰め所から盗まれた毒が塗ってあり、ページをめくるごとに指先から口へ入って、やがて毒が致死量に達するのだ。

ヴェナンツィオとベレンガーリオはこの書物を読み、ページに塗られた毒によって死んでしまったのだった。愚かなマラキーアは、お気に入りのベレンガーリオをアデルモが奪ったという固定観念に取り憑かれていた。ホルヘはそのマラキーアに、ベレンガーリオがじつはセヴェリーノと関係を持っていて、その歓心を買うために、セヴェリーノに〈アフリカノ果テ〉の書物を与えたと吹き込む。嫉妬に狂ったマラキーアは、セヴェリーノのところへ行き、彼を殴り殺してしまった。ホルヘは自分に柔順なマラキーアまで死ぬことまでは望んでおらず、千匹の蠍の毒が含まれているからと中を開かずに〈アフリカノ果テ〉に戻すように言いつけたが、マラキーアは自分が人殺しになる危険まで冒した、この書物に何が含まれているのかを知りたくて、ページをめくってしまったのだった。

ウィリアムは、アリナルドの言葉をきっかけに一連の犯罪が『ヨハネの黙示録』の七つの喇叭に呼応していると考えていた。アデルモのときには雹が降った。しかし、彼の場合はベレンガーリオとの恥ずべき関係を悔いての自殺だった。ヴェナンツィオのときには血の海になったが、それは死体を運んだベレンガーリオの思いつきの結果だった。そのベレンガーリオのときには水が溢れたが、これもまた偶然の結果だった。セヴェリーノのときには天空の三分の一が問題になったが、この場合はマラキーアが渾天儀で殴りつけたためであり、それが近くにあった手頃な唯一の凶器であったからだ。ホルヘはウィリアムがアリナルドの考えに同意していることを知り、今回の一連の殺人事件が『黙示録』に準《なぞら》えたものになるよう、マラキーアのときに蠍を持ち出したという。ウィリアムは犯人の動機を解明するために、間違った図式を作り上げ、その中へ犯人のホルへのほうが入ってきたことになる。

ウィリアムが最初から正しく推理できていたのは、捜している書物がアリストテレスの『詩学』の第二部だということのみであった。ホルヘは、ほかならぬアリストテレスが「笑い」について議論している書物が広まってしまうと、神聖なる秩序を危機に陥れることになると危惧して、この世に唯一残されていたその写本を秘蔵したのであった。

世界燃焼《エクピュローシス》——崩れ落ちる図書館

ホルヘは痩せ細った青白い両手で、ゆっくりと、その写本の柔らかいページを、細長くつぎつぎに引き裂いては、丸めて口に入れて、ゆっくりと噛みはじめた。ウィリアムはあっけにとられ呆然と見ていたが、やがて我に返って、身を乗り出し制止しようとする。ホルへの青ざめた唇から黄色味を帯びた一筋の涎《よだれ》が垂れた。

「おまえは、第七の喇叭が鳴り響くのを待っていたのではないのか？　いまこそ、その声が何と言うか、聞け。七つの雷が言ったことに封印をせよ、それを書き留めてはならぬ、手に取って貪り食え、それはおまえの腹を苦くするであろう、しかし口のなかでは蜜のように甘いであろう。よいか？　いまやわたしは、口に出して言われるべきでなかったことに封印をし、その墓にこそなろう」（下・三五四頁）。

笑った。ほかならぬ、あのホルへが。ウィリアムが机の向こうのホルへから書物を取り返そうとするも、ホルへはその動きを空気の振動から察知して、左手で書物を胸に抱きよせながら身を退き、その間にも右手でページを破り取っては、口の中へ入れつづけた。ホルへは思いがけない素早さで右手を伸ばすや、手でランプの炎を消した。ほかの部屋に逃げ出し、鏡の扉を閉めて二人を閉じ込めようとする。すんでのところで間に合った二人は、ランプを探して火をつけ、とうとうホルへを追い詰める。ランプの赤い光に照らし出された顔は、今や恐ろしい形相になっていた。襲いかかる二人に、ホルへは身を振りほどきランプを奪い取って、前方へ投げ出した……。

明かりはちょうど、机から落ちて山をなしていた書物の開かれたページの上へ、飛んでいった。油が流れて、火は薄い羊皮紙にたちまち燃え移り、枯れ枝の束みたいに燃え上がった。すべては一瞬の間の出来事だった。燃え上がった炎の中に、アリストテレスの写本を投げ込むホルへ。ウィリアムは怒り心頭に発して、ホルヘを激しく突き飛ばす。しかし、今となっては時すでに遅く、火の粉がつぎつぎに四方の壁へ飛び散って、周囲の書架も音をたてて燃え始めた。燃え上がった炎は図書館のすべてを飲み込んでしまう。ウィリアムとアドソは辛うじて逃れ出ることができたが、数百年にわたって迷宮を誇ってきた図書館は跡形もなく破壊されてしまったのだった。

最後の紙片

修道院は三日三晩燃え続けた。老齢のアドソがその後の顚末をまとめる。ウィリアムは事件ののち、一四世紀半ばのペストで亡くなったという。さらに歳月を経て、アドソは修道院の廃墟を訪ねてみた。燃え残りの中から、本の断片など何か意味のあるものを探し出せる限り拾い集め、自分の修道院に持ち帰る。しかし、そこには何の伝言も残されていないことを思い知る。

この手記を残そうとしているが、誰のためになるのかわからないし、何をめぐって書いているのかも、もうわからない。

〈過ギニシ薔薇ハタダ名前ノミ、虚シキソノ名ガ今ニ残レリ〉（下・三八三頁）。

言うまでもなく、中世から

一九七八年三月、エーコは「一人の修道士を毒殺したい」という漠然とした考えに駆られて小説を書き始めた。小説の舞台は当初は現代の修道院の予定だったというが、当代のどの修道院にも「中世」が色濃く刻印されている。中世美学についての著作を執筆し、リエバナのベアトゥスによる『ヨハネの黙示録』注解の細密画を刊行していたエーコにとって、中世は親しみをもって思い浮かべられる世界であり、中世を舞台とする条件はそろっていた。一九五二年以来エーコが集めてきた中世に関する大量の資料には、中世美学の枠を超えて、怪物の歴史、中世の百科事典の分析、カタログの理論など、さまざまな分野のものが含まれていた。

物語るためには、「第一に、ごく細部に至るまでできる限り豊富に装備された世界を構築しなければならない」[4]。そこでエーコは、中世の文書庫に保管されていたはずの中世の書物の膨大なリストを作成する。それから実在する人物の名簿と個人データを整理していく。小説の中に登場しなかった残りの修道士たちについても把握するべく、中世の修道院に関わる人々が触れることのできた情報を徹底的に集めたのだ。さらに建築についての探究も行い、修道院の配置、距離、螺旋階段の段数までをも確定するために、建築百科事典で写真、図面を調べた。

このようにして舞台としての修道院が設《しつら》えられ、そこに当時の宗教的・政治的な大きな潮流をそれぞれに代表する人物が集《つど》うことになった。これらの人物が織りなす人間模様と相互関係の緊張は、この小説における醍醐味である。中世学者エーコにとって「中世」は汲み上げるべき事例の宝庫であり、絶えざる参照点でもあったのだ。

しかし、もちろんエーコが再構成した「中世」は、あくまで小説の舞台であり、実際の「中世」というわけではないことには注意が必要である。エーコの「中世」は西洋中世研究が明らかにする中世と比べて、どこが同じでどこが違っているだろうか。エーコによって緻密に構築された「中世」を通じて、私たちが「世界」をどのように読み解くことができるのかが見えてくる。次章では、「中世」の物語がどのように組み立てられたか、『薔薇の名前』の構造を確認しながらエーコの仕掛けに迫ってみよう。

Ⅱ 『薔薇の名前』の構造

『薔薇の名前』の読み方

エーコはその推理仕立てのプロットにさまざまな仕掛けを組み込んでおり、『薔薇の名前』は多様な読み方が可能な小説となっている。ミステリー（推理小説、犯罪小説、探偵小説）、怪奇小説（ゴシック小説）、歴史小説など、いずれの要素も含み込んだ物語なのだ。

犯罪の解明に向けて頭脳明晰な探偵が一連の殺人事件の手がかりを追うという展開は、ミステリー仕立てとなっている。修道院という閉ざされた空間で、『ヨハネの黙示録』の内容に沿ったかに思われる殺人事件が起き、そこにはさまざまな特徴を備えた人物が居合わせる。ウィリアムが論理的な思考を積み重ねて合理的な推理を打ち立てるが、それに対してアドソは夢や幻を通じた直観的なひらめきでウィリアムの謎解きに決定的な手がかりを提供していく。ここでは名探偵と助手は謎解きにおいて相補的な関係にあるのだ。このウィリアムとアドソのコンビは名探偵シャーロック・ホームズとワトソン博士にも重ね合わされる。

一方で、この小説は怪奇小説ないしはゴシック小説の雰囲気も漂わせる。ゴシック小説とは、一八世紀末から一九世紀初頭にかけてイギリスで流行《はや》った幻想的な物語（ゴシック・ロマンス）であり、イギリスの作家ホレス・ウォルポールの『オトラント城奇譚』（一七六四年）がその先駆けとされる。ゴシック小説は、古城や古い館、廃墟などを舞台として、死体や幽霊、怪奇現象をモチーフとする。『薔薇の名前』においても、こうした印象を喚起するために一連のモチーフが用いられている。事件が起きるのは、謎を秘め、不穏で恐怖の念を抱かせる人里離れた山中の修道院。修道院の墓場で彷徨《さまよ》う「すでに亡霊たちの中の亡霊」となった若き修道士が目撃される。また、聖堂と異形の建物＝本堂（アエディフィキウム）とが墓地の地下にある納骨堂（オッサリウム）を通る秘密の通路でつながってい て、礼拝堂の祭壇の石材に彫られた髑髏《どくろ》の両目を押すと納骨堂の中に入ることができる。異形の建物や墓場は、ゴシック小説に打ってつけの舞台となる。さらに、図書館の迷宮が醸し出す神秘的な雰囲気――迷宮状に入り組んだ図書館、夜中に揺らめく光、香炉で焚かれる幻覚を引き起こす薬草、〈アフリカノ果テ（finis Africae）〉に入る隠し扉の存在、扉を開けるための目に見えないインクで書かれた暗号――これらの要素は謎に包まれた図書館というイメージを現出させるのに役立っている。

さらに、エーコが物語の時代を中世に設定したことで、中世という時代の枠組みの中に埋め込まれた物語として歴史小説の要素が前面に出てくる。物語の中では教皇ヨハネス二二世と皇帝ルートヴィヒ四世との対立の構図が示され、清貧論争や異端問題など修道院を取り巻く同時代の社会的・文化的背景などが踏まえられる。その舞台は可能な限り歴史的な現実に即して作り上げられているのだ。ただし、すべてが歴史的事実に沿って組み立てられるわけではないことには注意しておきたい。たとえば、修道院の設計として、厨房と写字室・図書館が同じ建物の中に配置されているのは伝えられている事例とは異なるし、図書館が迷宮状の構造をとるところも中世の歴史的現実からはかけ離れている。また、一三二七年一一月末に北イタリアの修道院において、皇帝の派遣団と教皇の派遣団の会合が持たれたという事実は史料上では確認できない。その修道院で歴史的に実在した人物たちが出会うという設定も創作されたものである。とは言え、中世の世界を舞台として設定するそのコラージュ的な手法は、間テクスト性という観点からも歴史学的なアプローチからもきわめて興味深い。

エーコは言う。「書物は常に他の書物について語っている」のであり、「いずれの書物も、他の書物から作られる」のだと。実際、『薔薇の名前』ではじつにさまざまな古今のテクストが織り合わされ、物語が紡ぎ出されている。そして「中世について語るだけではなく、中世の中で語る」との言葉の通り、本作には中世のテクストからの引用や借用が至るところに見られる。また後世の作品との影響関係もさまざまに確認できる。エーコの「中世」はどのようにして生み出されたのだろうか。ここでは『薔薇の名前』を解体しながらエーコの「中世」へと足を踏み入れていこう。

メルクのアドソ

皇帝ルートヴィヒの宮廷に仕える父に連れられイタリアにやってきたメルクのアドソは、パドヴァのマルシリウスの勧めによって、博識なフランチェスコ会修道士バスカヴィルのウィリアムに預けられる。ベネディクト会の見習い修道士（修練士）である一八歳のアドソは、皇帝からの特別の外交使命を帯びたウィリアムの旅に随行し、北イタリアの山中にある修道院で、後世へ記録に残すに値するほどの事件の証人となった。

ちなみに、オーストリアのメルク修道院と言うとドナウ河畔の岩肌の上に築かれたベネディクト派の修道院で、現在この修道院を含む一帯は「ヴァッハウ渓谷の文化的景観」としてユネスコ世界遺産に登録されている。煌《きら》びやかな図書館で有名であるが、これは一八世紀に完成したものだ。

アドソという名前については、物語の中でモンティエ＝アン＝デールの修道院長アドソとの「つながり」が言及されている。ホルヘはアドソに対して「立派な名前だな、すばらしいではないか」と述べ、「偉大にして畏怖すべき書物『反キリストへの反駁』の著者」である修道院長アドソと同じ名前を持つことを伝えている。黙示録を想起させるこの書物の著者の名前を引き合いに出すことで、その後の殺人事件の鍵となる（とウィリアムが考えることになる）『ヨハネの黙示録』が伏線として示される。ホルヘによれば、反キリストは予期せぬときにやって来るのだ。「いまこそ、彼は来つつあるのだ！斑点のついた毛皮や捩れた尻尾の怪獣のことを笑ったりして、おまえたちは最後の日々を無駄に過ごそうというのか！　最後の七日を虚しく費やすな！」（上・一三八頁）。

一八歳の若きアドソは修道院の中で幾度か不可思議な幻想を見るが、中世においては幻視を体験する者がいた。『薔薇の名前』でも言及される一二世紀の神秘家で女預言者ヒルデガルド・フォン・ビンゲンはその有名な例である。アドソの幻視によるまなざしは事件の謎を解くためのウィリアムの推理に貢献することになるのだが、アドソの幻視にも『ヨハネの黙示録』との「つながり」が見て取れる。聖堂正面入口のティンパヌムを前に幻想に沈み込んでいったアドソは次のように語る。

私がまだ見習い修道士になったばかりのころ、初めて聖なる書物を読み漁ったり、メルクの内陣で瞑想に耽っていた夜などに、つぎつぎに襲いかかってきたあの幻想を、いまやたしかに自分の目で見たのだった。そして失われてゆく感覚の錯乱のうちに鳴り響いた喇叭みたいに、そのとき力強い声が言うのを聞いた。「汝が見たものを一つの書物に記せ」〔まさにそれをいま私は実行に移しつつあるのだ〕（上・七五頁）。

八〇歳になりメルク修道院で死を前にした老アドソは、そのときの声に従って事件の顚末をまとめ、年代記作者としての義務を果たしている。「汝が見たものを一つの書物に記せ」というセリフ自体も『ヨハネの黙示録』からのものであり、アドソは名前においても幻視においても『ヨハネの黙示録』と結び合わされている。

感受性の強い若きアドソは、第三日の終課の後、ウベルティーノ・ダ・カサーレとの対話に心を揺さぶられる。その後、初めて一人で迷宮の中へ入ったアドソは、物事を予見する能力を発現させていく。「使徒の黙示録」の書物を開いて、〈太陽ノ模様ノ服ヲマトッタ女戦士〉やバビロンの娼婦の姿や形を目にすると、アドソは、聖堂の聖処女の彫像と、火刑に処されたドルチーノ修道士の伴侶、美しいマルゲリータの姿とを重ね合わせてしまう。そして迷宮をあとにしたアドソが出会ったのは「戦闘態勢を整えた軍隊のような美しくも恐ろしい娘」であった。アドソは最初の（そして生涯で唯一の）体験をし、愛の病に苦しみ悶える。しかし、その娘は異端審問官ベルナール・ギーにより捕らえられ、魔女として火刑に処されることになるのだ。

また、第六日三時課のこと、アドソは聖堂の中で死者のミサ「ディエス・イレ〔怒りの日〕」が唱えられるのを聞きながら、夢とも幻ともつかないものを見る。修道院の人々が黙示録を思わせる逆立ちの世界でこの数日間の事件を繰り広げていた。アドソがその内容をウィリアムに伝えると、ウィリアムは『キュプリアヌスの饗宴』を枠組みとしたその夢＝幻の徴《しるし》を解釈し、ついに〈アフリカノ果テ〉への手がかりを得ることになる。ウィリアムは言う。夢はいつでも寓意として、新たな解釈として、書物を読み解くように読み解かねばならぬ。「一場の夢は一巻の書物なのだ、そして書物の多くは夢にほかならない」（下・二八九頁）。

このようにアドソの幻想は、ウィリアムの秘密の解明へのステップに役立っている。アドソの鋭敏な感覚が、ウィリアムの知性に、決定的なヒントを与えるのである。ここでは師匠ウィリアムと弟子アドソの関係が、名探偵ウィリアム（シャーロック・ホームズ）と補佐役アドソ（ワトソン博士）と重ねられる。実際、アドソ（Adso）の名前のフランス語形はアトソン（Adson）となり、「ワトソン」（Watson）と韻を踏んでいることは興味深い。

事件ののち、アドソは火災で焼け落ちた修道院を再び訪れた際に、「あの大規模な失われた図書館の記号として、片々たる語句と、引用文と、不完全な構文という、切断された四肢の書物から成る、一つの図書館」（下・三八一頁）を再構成しようとする。幻視の声に導かれ、若き日に立ち会った驚くべき数奇な事件について「徴の徴として、いつの日か読み解かれんことを願いつつ」（上・一三頁）書き残す年代記作者としての老アドソ。アドソが書き残した「徴」から、私たち読者は何を読み解くことができるだろうか。

バスカヴィルのウィリアム

探偵役のバスカヴィルのウィリアムは、もともと異端審問官を務めていたが、職務に疑問を感じて辞職したという設定の初老のフランチェスコ会士である。その名は歴史上のオッカムのウィリアムに由来し、姓はシャーロック・ホームズの『バスカヴィル家の犬』（一九〇二年）から採られている。シャーロック・ホームズさながらに修道院の怪事件の謎を推理していくウィリアムの外見もホームズとの類似点を持つ。アーサー・コナン・ドイルがホームズを初めて登場させた小説『緋色の研究』（一八八七年）の描写を見てみよう。ワトソン博士はホームズを次のように記している。

だいたい、見た目からして、どんなうっかりものでも、つい目をとめずにはいられぬだけのものをそなえた男なのだ。背丈は六フィートをいくらかうわまわる程度だが、なみはずれた痩身なので、それよりもよほど高く見える。目つきは、前述した放心状態のときはべつとして、普段は鋭く、突き刺すようだし、細くとがった鷲鼻も、顔全体の俊敏かつ果断といった印象を強めている。あごがまた角張って、つきだしぎみなので、それがいよいよ〝決断のひと〟を印象づける。手はしょっちゅうインクや化学薬品のしみでまだらに染まっているが、それでいて、手先は驚くほど器用で、このことは、彼がこわれやすい実験道具をじつに手ぎわよく扱っているところを目撃して、私も再三、思い知らされたことだ。[2]

一方、プロローグでのアドソによるウィリアムの描写は以下の通りである。

それゆえウィリアム修道士の外観には、どれほどうかつな人の目にも看過ごせないものがあった。並の人間より抜きんでた背丈、しかも痩せていたので、実際より高く見えた。目はあくまでも鋭く、見つめると相手を射抜くみたいだった。少し曲がった鉤型の細い鼻、それが師の表情に隙のない気配を与えていた。ただしときたま、著しく弛緩した状態が訪れたが、これについてはいずれ述べることにしよう。引き締まった顎、それは固い意志を表していた（上・二九頁）。

エーコは『三人の記号——デュパン、ホームズ、パース』というA・シービオクとの共著で、記号論者チャールズ・サンダース・パースに注目し、シャーロック・ホームズを記号論的に読み解く試みも展開している。デュパンとは、推理小説の先駆けと目されるエドガー・アラン・ポーの『モルグ街の殺人』（一八四一年）に出てくる天才的な探偵オーギュスト・デュパンであり、コナン・ドイルによるシャーロック・ホームズのモデルとなった登場人物である。

ホームズの風貌を彷彿とさせるフランチェスコ会修道士バスカヴィルのウィリアムは、皇帝からの特別の使命を帯びて到着した修道院で、修道院長アッボーネから事件の解明を依頼される。ウィリアムは異端審問官の職を放棄したのち、オックスフォードで自然科学を研究、同地でパドヴァのマルシリウスと知り合いになり、ロジャー・ベーコンの弟子となり、同じ名を持つ友人オッカムのウィリアムと多くの議論を重ねた人物という設定である。こうして歴史上の実在の人物との「つながり」が示され、ウィリアムは歴史的な存在として浮かび上がってくる。

主人公ウィリアムという人物のうちには、パドヴァのマルシリウス、ロジャー・ベーコン、オッカムのウィリアムという中世末期にあって近代の先触れを表す三人をモデルとして、その特質がすべて統合されている。まず、ウィリアムは眼鏡（当時の最新の技術的成果であった）やアストロラーベ（天体観測器械）など不可思議な機械に対する関心を抱いているが、それはロジャー・ベーコンから受け継いだものだ。帰納的方法を事件の推理に用いるウィリアムは、教会の権威から離れて、経験的知識に向かうロジャー・ベーコンと同じく、理性を信じ、観察や実験を通じて世界を説明することができると捉える。ウィリアムは言う。

書物というのは、信じるためにではなく、検討されるべき対象として、つねに書かれるのだ。一巻の書物を前にして、それが何を言っているのかではなく、何を言わんとしているのかを、わたしたちは問題にしなければならない。……ある書物のなかに、ダイヤモンドを切れるのは山羊の血だけだ、と書いてある。わたしの偉大な師ロジャー・ベーコンはそれが真実でないと言った。理由は簡単だ。それを試してみたが、成功しなかったからだ（第四日終課の後）（下・一〇〇―一〇一頁）。

パドヴァのマルシリウスは、教皇ヨハネス二二世と皇帝ルートヴィヒ四世との論争に際して、世俗社会に対する教会の介入を批判し、ジャンダンのヨハネスとともに皇帝ルートヴィヒ四世を支持し、その庇護を求めた。マルシリウスは『平和の擁護者』（一三二四年）を著し、近代国家論の先駆者とされる。法の根拠づけは上から（支配者から）ではなく、下から（民衆から）なされるとする。『薔薇の名前』では、ウィリアムはマルシリウスと知り合い、その考え方に興味を抱いたという設定がなされており、ウィリアムが語る言葉にも『平和の擁護者』からの影響が色濃く見られる。

神はその子である民衆を造りあげることによって広大無辺な善意を示され、聖職者や王についての記述がまだ現われない「創世記」のページ以来、分け隔てなく万人を愛されてきたのであり、神の掟に従うかぎりは、アダムとその末裔に主がこの地上の事物をめぐる権力を授与されてきたのであって、そのことを思い合わせるとき、民衆こそはこの地上における法の制定者であり第一原因なのだ。……民衆という言葉は、と彼は先を続けた、いまのところ市民や生活者一般を指すものと諒解しておいてよいであろう。けれども、市民や生活者と言ってしまうと、女子供はもちろん、愚者や無頼漢までそのなかに含まれてしまうから、もしかすると民衆を市民や生活者一般のうちの良質の部分として、何らかの合理的方法で、規定する必要が生ずるかもしれない。……そして民衆が意志表明を行う可能な形態は、選挙による総会のごときものになるであろう（第五日三時課）（下・一五六頁）。

フランチェスコ会士の哲学者オッカムのウィリアムは、『薔薇の名前』の主人公ウィリアムの最も重要なモデルである。オックスフォード大学で学び、パリで神学、哲学を教授したオッカムは、信仰と理性、神学と哲学との明確な区別を説いた。神に関する問題は理性によって証明することはできず、ただ信仰によるほかはないとし、これを敷衍する形で教権と俗権との明確な区別を主張した。フランチェスコ会の清貧思想を擁護し、教皇ヨハネス二二世と皇帝ルートヴィヒ四世との争いにおいては後者を支持して、世俗の事柄に教皇が権力を行使するのに反対している。

またオッカムのウィリアムは、外界の事物はすべて個的であり、普遍的でありうるのは、精神の概念や言葉だけであると主張し、唯名論の立場をとった。『薔薇の名前』でウィリアムは「真の学問は、まさに記号である観念で満足してはならず、個々の真相のうちに事物を捉え返さねばならないからだ」（第四日終課の後）（下・一〇二頁）とオッカムの見解を代弁する。

ちなみに、中世スコラ学では「普遍」が実在するか否かについて普遍論争が繰り広げられた。普遍は実在するという立場が実在論であり、普遍が「物の前に」独立に実在すると主張する。これに対して普遍は実在しないで名称にすぎないとする立場が唯名論（名目論）である。唯名論は、実在するものは個別であり、普遍とは個物から抽象したただ「物の後ろにあるもの」と考えてその実在性を否認した。カトリック教会では原罪という教義の面でも、超個人的な教会の権威の面でも実在論を必要としたため、唯名論は異端視された。

この唯名論を完成させたとされるのがオッカムのウィリアムであった。彼は現実にあるものはただ個別的なものだけで普遍は精神の外では何の現実性も持たないとした。こうしてオッカムの考え方は信仰と理性の分離をもたらし、スコラ学の崩壊をきたす。ただし、認識の対象を個々のものとするため経験科学への傾向を持ち、一四世紀にはオッカム派から自然科学者が多く出る。『薔薇の名前』のウィリアムが中世人というよりも近代へと足を踏み入れた人物のように見えるのは、こうした特徴を合わせ持つがゆえである。

『ヨハネの黙示録』とアドソの幻視

『ヨハネの黙示録』は物語の展開において常に重要な意味を与えられている。ここではまず、『ヨハネの黙示録』がどのように物語に散りばめられているのか、確認していこう。『新約聖書』の最後に

図2–1　エーコによる『リエバナのベアトゥス』表紙（仏語版、1982年）

配された『ヨハネの黙示録』とは終末論に関わるテクストであり、七つの教会にあてた書簡で著者ヨハネが終末（＝この世の終わり）に起こる出来事の幻を見たと語る。その中では神が玉座に座り、子羊が七つの封印を開封し、七人の天使がラッパを吹く。エーコはアドソが執筆した物語の中において、さまざまな形で『ヨハネの黙示録』からテクストを借用している。じつは、一九七三年にエーコはリエバナのベアトゥスによる『ヨハネの黙示録』注解の史料をパルマのリッチ社から刊行していた（図2–1）。[3]つまり、『ヨハネの黙示録』はエーコにとってきわめて馴染みがあり、隅々まで知り尽くした史料でもあるのだ。

エーコは『薔薇の名前』の最初から『ヨハネの黙示録』への鍵を潜ませている。「手記だ、当然のことながら」には、ミロ・テメスヴァルの『黙示録の販売人』という著作を自らの本『黙示派と統合派』の中で書評したと述べられているのだ。ちなみに、ミロ・テメスヴァルは架空の人物であるが、『黙示派と統合派』という著作はエーコが実際に一九六四年に刊行した著作のタイトルであり、アドソの手記を見つけて本にまとめた「私」＝エーコという同定を可能とする箇所である。

物語の中で『ヨハネの黙示録』はどのように用いられているだろうか。ここでは、第一日の六時課に聖堂の正面入口のティンパヌムに見とれるアドソが幻想へと誘われた場面を手がかりにしてみたい。

アドソによると、修道院の聖堂は「後年になってから私がシュトラスブルクやシャルトル、バンベルクやパリなどで見たものほど壮大な建造物ではなかった。むしろそれまでにイタリア各地で見てきた聖堂に似ていて、空へ向かって目もくらむばかりに屹立するというよりは、大地にどっしりと腰をおろして、高さを誇るというよりは横幅のある種類だった」（上・六八頁）という。つまり、この修道院の聖堂は、シャルトルやパリのノートルダム大聖堂のような、一二世紀半ば以降にフランスを中心に発展を見せるゴシック建築ではなく、ロマネスク建築の聖堂であることが示される。また、「かつて私たちの先祖がプロヴァンスやラングドックの各地に築いた修道院付聖堂の一つ」であるとして、エーコが描写の参考にした建築を指示するヒントが示される。この聖堂の正面扉口のティンパヌムの描写は南フランスのラングドックにあるモワサックのサン・ピエール修道院付属教会をモデルとしている。ティンパヌム（タンパン）とは、扉口上部のラントー（まぐさ、横木）とアーチとに囲まれて半円形になっている部分を言う。

ちなみに、第五日一時課で使節団の会合が開かれる聖堂参事会室は火災で一部が損壊した元の聖堂を再構築したという設定であるが、こちらのティンパヌムの描写は、フランス中部ブルゴーニュ地方のヴェズレーにあるサント＝マドレーヌ聖堂の彫刻がモデルとなっている。いずれの建築物も現在、「フランスのサンティアゴ・デ・コンポステラの巡礼路」（一九九八年）としてユネスコ世界遺産に登録されており、後者は「ヴェズレーの教会と丘」（一九七九年）として単独でも登録されている。

話を戻そう。モワサックのサン・ピエール修道院付属教会の南扉口にあるティンパヌムの彫刻は、ロマネスク様式の傑作として知られており、その浮彫《レリーフ》は『ヨハネの黙示録』をモチーフとしている。エーコはリエバナのベアトゥスによる『黙示録注解』の写本挿絵を図録として刊行した際、その序文の中で、美術史家エミール・マールの図像学研究に基づいて、モワサックのティンパヌムの意匠が『ヨハネの黙示録』の細密画（サン・スヴェール写本）に範をとったものであることを示唆している。[4]

聖堂にやってきたアドソは正面入口の扉の上の巨大な半円形のティンパヌムを見上げる。その両端は壁柱に支えられ、中央は彫刻のほどこされた太い石柱に支えられている。

やがて、目が暗がりに馴れると、石に刻まれていた沈黙の言葉がにわかに語りかけてきて、それが視覚にじかに訴えて想像力を激しく搔きたてたため（なぜなら〈絵画コソハ俗人ノ文学デアルカラ〉）、私の視線はたちまちに搦めとられて、一つの幻想のなかへと沈みこんでいった。しかしいま、そのときの様子を語ろうとしても、舌は思うように動かない（第一日六時課）（上・六九頁）。

アドソは幻想の中でティンパヌムが伝えるメッセージを読み取るのだ。ティンパヌムに描かれているのは、『ヨハネの黙示録』第四章の神の玉座と天上の礼拝のシーンである。この「キリスト再臨」の場面について、長くなるが『ヨハネの黙示録』第四章をまず確認してみよう。

その後、わたしが見ていると、見よ、開かれた門が天にあった。そして、ラッパが響くようにわたしに語りかけるのが聞こえた、あの最初の声が言った。「ここへ上って来い。この後必ず起こることをあなたに示そう。」わたしは、たちまち〝霊〟に満たされた。すると、見よ、天に玉座が設けられていて、その玉座の上に座っておられる方がおられた。その方は、碧玉や赤めのうのようであり、玉座の周りにはエメラルドのような虹が輝いていた。また、玉座の周りに二十四の座があって、それらの座の上には白い衣を着て、頭に金の冠をかぶった二十四人の長老が座っていた。玉座からは、稲妻、さまざまな音、雷が起こった。また、玉座の前には、七つのともし火が燃えていた。これは神の七つの霊である。また、玉座の前は、水晶に似たガラスの海のようであった。

この玉座の中央とその周りに四つの生き物がいたが、前にも後ろにも一面に目があった。第一の生き物は獅子のようであり、第二の生き物は若い雄牛のようで、第三の生き物は人間のような顔を持ち、第四の生き物は空を飛ぶ鷲のようであった。この四つの生き物には、それぞれ六つの翼があり、その周りにも内側にも、一面に目があった。彼らは、昼も夜も絶え間なく言い続けた。

「聖なるかな、聖なるかな、聖なるかな、／全能者である神、主、／かつておられ、今おられ、やがて来られる方。」

玉座に座っておられ、世々限りなく生きておられる方に、これらの生き物が、栄光と誉れをたたえて感謝をささげると、二十四人の長老は、玉座に着いておられる方の前にひれ伏して、世々限りなく生きておられる方を礼拝し、自分たちの冠を玉座の前に投げ出して言った。

「主よ、わたしたちの神よ、／あなたこそ、／栄光と誉れと力とを受けるにふさわしい方。／あなたは万物を造られ、／御心によって万物は存在し、／また創造されたからです。」（黙・四・一

図 2-2　サン・ピエール修道院付属教会（モワサック）のティンパヌム①

—一一）

　この『ヨハネの黙示録』の箇所とモワサックのティンパヌムの写真とを比べながら、アドソの記述を追ってみよう。中央の玉座に就いているのは、最後の審判のために再臨した荘厳のキリストである。右手を上げて祝福を与えている（図2-2）。アドソはその様子を記述していく（上・六九―七〇頁）。「私が見たのは蒼天のなかの玉座であり、その玉座に就いている者の姿であった。坐せる者の顔は厳粛かつ平然たるものであった」。その「左手は封印した一巻の書物を膝の上で固く握りしめ、右手は祝福するとも威嚇するともつかぬ恰好に振りあげられていた」。ここではモワサックのキリスト像を彷彿とさせる玉座のキリストの荘厳な姿が描かれている。

　この荘厳のキリストの周囲を四福音書記者が取り囲んでいる。実在のモワサックのレリーフをモデルにしながらも、これらの彫刻群の描写はアドソの幻想を交えて躍動的に展開していく。「玉座をめぐり、坐せる者をめぐって、ときには玉座の上に伸し掛かるようにして、恐ろしげな四つの生き物の姿が見えた……呆然と見とれる私の目にそれらは恐ろしげなものと映ったが、坐せる者にとっては飼い馴らされた従順なもののようであり、その証拠に四つの生き物は休みなく讃歌を唄っていた」。四つの生き物とは、キリストの周りに描かれた四人の福音書記者である。キリスト教美術において、福音書記者のマタイ、ヨハネ、ルカ、マルコはそれぞれ天使、鷲、牡牛、獅子の姿で描かれる。

「向かって左側で（それゆえ坐せる者の右側にいて）一巻の書物を差し出す人物はいかにも麗しく高貴な者のごとくに私の目に映った」。これがマタイである。「しかしその反対側にいる鷲」であるヨハネは、「いかにも恐ろしげなものと見えた。大きくふくらんだ嘴、胸当てのように逆立った毛、強そうな爪、そして双の翼を大きくひろげている」。一方で、ルカ（牡牛）とマルコ（獅子）は下方に位置する。「坐せる者の足もとには、いま述べた二つの生き物の下に、さらに別の二つの生き物が、すなわち牡牛と獅子の姿が見えた。二つの怪獣はいずれも鋭い爪と蹄のあいだに一巻の書物をつかんで、胴体は玉座の外へ向けながらも、頭は振り返って玉座を見つめ、肩と首をよじらせて、いまにも跳びかからんばかりの勢いだった」。

さらに四福音書記者の周りには、キリストを称《たた》える二四名の長老たちの姿が見える（図2-3）。「玉座のまわりの、四つの生き物と坐せる者の足もとには、あたかも水晶の波の下から透けて見えるように、一面の視野を覆って、ティンパヌム本来の三角形の構造に則しながら、基底部から上方へ向かって、底辺には七と七、その上には玉座の左右に分かれて三と三、さらにその上には二と二というぐあ

図 2-3　サン・ピエール修道院付属教会（モワサック）のティンパヌム②

いに、二四名の長老たちが白衣をまとい、黄金の冠を戴いて、それぞれに二四の小さな座席に就いていた。ある者は小さな楽器ヴィエッラを持ち、ある者は香炉を握っていた……陶然と忘我の境にあり、坐せる者のほうを振り仰いで、讃歌を唱え、四つの生き物たちと同じように手足をよじって、何とかして坐せる者を見上げようとしていた」（上・七一頁）。アドソの目を通して見た建築物は、時間の積み重ねを経た現存のモワサックの彫刻よりも鮮やかに浮かび上がってくるだろう。

以上のように、聖堂のティンパヌムを描くアドソの記述は、『ヨハネの黙示録』のテクストとそれをモチーフにしたモワサックのティンパヌムの造形という二つのレイヤー（層）が重なり合って成り立っている。エーコが提示するテクストには、このように複数のレイヤーが重ね合わせられており、それぞれのレイヤーが響き合い相互に補い合いながら意味が読み解かれることになる。

エーコはリエバナのベアトゥスによる『ヨハネの黙示録』注解の写本挿絵を刊行した際、そこに「ベアトゥスに関するパリンプセスト」と題した序文を付している。パリンプセストとは、羊皮紙に書かれた文字を消して、新たに文字を記した写本のことである。虫こぶインク（没食子《もっしょくし》インク）で記された文字は羊皮紙を化学変化させて定着しているため、表面を薄く削り取らなければ消せなかったが、羊皮紙は貴重だったため不要となった文書はこうして再利用に供されたのだ。エーコによると、テクストとはまさにパリンプセストのように複数の意味の層が重ね合わされたものであり、そこでは以前の意味も消えることなく透けて見えてくるという。パリンプセストの消された文字は肉眼では判別しがたいが、紫外線照射するなど特殊な方法をとることで解読が可能となる。テクストもいろいろな読み方が相互に補完し合って、意味内容が解明されていくのである。エーコはすでに『開かれた作品』において、芸術作品の意味は一義的なものではなく、多義的な解釈に「開かれ」ていると主張したが、『薔薇の名前』のテクストはまさにその実践例と言えるだろう。

修道院の殺人と『ヨハネの黙示録』

ところで、『ヨハネの黙示録』のテクストはその後、修道院における殺人事件と結びつけられてたびたび登場する。

第二日の晩課の後、ウィリアムがヴェナンツィオの死について修道院の最長老アリナルド・ダ・グロッタフェッツラータに問うと、アリナルドは「獣《けだもの》が僧院のなかを徘徊している」と言う。「海中から来た大きな獣だよ……頭は七つ、角は十本。角には十個の王冠、頭には神を冒瀆する三つの名前が。この獣は豹に似ておるが、足は熊みたいで、口は獅子みたいだった……」（上・二五〇頁）。この獣は、『ヨハネの黙示録』の大淫婦を乗せた獣を想起させる。「わたしは、赤い獣にまたがっている一人の女を見た。この獣は、全身至るところ神を冒瀆する数々の名で覆われており、七つの頭と十本の角があった」（黙・一七・三）。

アリナルドはその獣について問われると、それは「反キリスト」のことであり、「それならばすぐにやって来る。至福千年が過ぎたから、その到来を待っているところだ……」と述べる。そして、「機は熟した。七つの喇叭の音が、おまえには聞こえなかったのか？」「第一の天使が第一の喇叭を吹き鳴らすと、血の混じった雹と火とが生じた。そして第二の天使が第二の喇叭を吹き鳴らすと、海の三分の一が血に変わった……第二の若者は血の海の中で死んだのではなかったか？　第三の喇叭に注意せよ！」（上・二五二―二五三頁）。

ここに至って、『ヨハネの黙示録』とのつながりは明確なものとなる。『ヨハネの黙示録』第八章第六～九節を見てみよう。


さて、七つのラッパを持っている七人の天使たちが、ラッパを吹く用意をした。

第一の天使がラッパを吹いた。すると、血の混じった雹と火とが生じ、地上に投げ入れられた。地上の三分の一が焼け、木々の三分の一が焼け、すべての青草も焼けてしまった。

第二の天使がラッパを吹いた。すると、火で燃えている大きな山のようなものが、海に投げ入れられた。海の三分の一が血に変わり、また、被造物で海に住む生き物の三分の一は死に、船という船の三分の一が壊された（黙・八・六―九）（図2-4）。

最初に死んだ細密画家アデルモは、吹雪が荒れ狂い、刃のように鋭い雪片が激しい南風を受けて霰のごとくに降りしきっていた夜に断崖の下に墜ちて死んだのだった。第二の犠牲者のヴェナンツィオの死体は、豚小舎の前に置かれた大きな血の甕のなかへ逆さまに突っこまれていた。ベレンガーリオが見つからないまま第三日が終わろうとする中、アリナルドがまたもや『ヨハネの黙示録』を引き合いに出す。

あまりにもたくさんの死者が……だが使徒の書のなかにはすでに記されている。第一の喇叭と共に雹が降り、第二の喇叭と共に海の三分の一が血になった。一人は雹のなかに見つけ出され、もう一人は血のなかに……そして第三の喇叭は予告する、燃えあがる星が川という川や水源という水源の三分の一に落ちるであろう。まさにそのとおりにわたしたちの第三の兄弟は姿を消した。いまは第四の者のために恐れよ。なぜなら太陽の三分の一、月の三分の一、星という星の三分の一が打たれるので、ほとんど完全な闇が訪れるであろうから……（第三日深夜課）（上・四一一頁）。

『ヨハネの黙示録』第八章第一〇―一一節では、第三の喇叭について次のようにある。

第三の天使がラッパを吹いた。すると、松明のように燃えている大きな星が、天から落ちて来て、川という川の三分の一と、その水源の上に落ちた。この星の名は「苦よもぎ」といい、水の三分の一が苦よもぎのように苦くなって、そのために多くの人が死んだ（黙・八・一〇―一一）（図2-5）。

図 2-4　『ベアトゥス黙示録注解』（サン・スヴェール写本）：第二の喇叭

図 2-5　『ベアトゥス黙示録注解』（エスコリアル写本）：第三の喇叭

アリナルドの話を受けてアドソとウィリアムが推理を展開する。アデルモの自殺をきっかけにほかの二つの死を『黙示録』を手引きに用いて象徴的な意味合いのうちに組み込もうとしているのではないか。とすれば、まだ見つからぬベレンガーリオは川の中や水源で見つかるはずだ。だが、この修道院には人が溺れたり溺れさせられたりするような川も水源もない。すると、アドソが口から出まかせに述べた沐浴所の浴槽でベレンガーリオは見つかったのだった。

さらに第五日の六時課にセヴェリーノを殺害した凶器が渾天儀であることから、ウィリアムは第四の喇叭に思い当たる。『ヨハネの黙示録』第八章第一二—一三節の記述は次の通りである。

　第四の天使がラッパを吹いた。すると、太陽の三分の一、月の三分の一、星という星の三分の一が損なわれたので、それぞれ三分の一が暗くなって、昼はその光の三分の一を失い、夜も同じようになった。また、見ていると、一羽の鷲が空高く飛びながら、大声でこう言うのが聞こえた。「不幸だ、不幸だ、不幸だ、地上に住む者たち。なお三人の天使が吹こうとしているラッパの響きのゆえに」（黙・八・一二―一三）（図2-6）。

ウィリアムは推理する。「最初が雹、つぎに血、つぎに水、そして今度は星だ……このとおりならば、すべてを再検討しなければならない。犯人は偶然に殺人を重ねてきたのではなく、計画的に実行してきたことになるから……それにしても、かくも残忍な精神を想像できようか、『黙示録』の記述に従って、それに符合するときだけに殺人を実行するとは？」（下・一七五頁）。

それでは、第五の天使の喇叭と共に何が起こるのか。アドソは『黙示録』の文章を思い出しながら言う。「すると一つの星が、天から地上へ落ちてくるのが見えた。この星に底無しの淵へ通じる井戸を開く鍵が与えられ……その井戸のなかで、誰かが溺れ死ぬのではないでしょうか？」

「第五の喇叭は、ほかにもたくさんのことを予告している」とウィリアムが言った。「その井戸から竃の煙が立ち昇り、やがて煙のなかから蝗《いなご》の群れが出てきて、蠍《さそり》が持っているような毒の針で人々を苦しめるであろう。そして蝗の姿は頭に金の冠を着け、獅子の歯をもつ馬に、似ているであろう……わたしたちが探し求めている犯人ならば、『黙示録』のこれらの言葉を実現するための手段ぐらい、いくらでも持っているであろう……」（下・一七六頁）。

『ヨハネの黙示録』第九章第一―一〇節には第五のラッパと共に現れる蝗は蠍のような尾と針を持ち、人を害すると書かれている。

図 2-6 『ベアトゥス黙示録注解』(サン・スヴェール写本):第四の喇叭

図 2-7 『ベアトゥス黙示録注解』(ジローナ写本):第五の喇叭

第五の天使がラッパを吹いた。すると、一つの星が天から地上へ落ちて来るのが見えた。この星に、底なしの淵に通じる穴を開く鍵が与えられ、それが底なしの淵の穴を開くと、大きなかまどから出るような煙が穴から立ち上り、太陽も空も穴からの煙のために暗くなった。そして、煙の中から、いなごの群れが地上へ出て来た。このいなごには、地に住むさそりが持っているような力が与えられた。……いなごが与える苦痛は、さそりが人を刺したときの苦痛のようであった。……

さて、いなごの姿は、出陣の用意を整えた馬に似て、頭には金の冠に似たものを着け、顔は人間の顔のようであった。また、髪は女の髪のようで、歯は獅子の歯のようであった。また、胸には鉄の胸当てのようなものを着け、その羽の音は、多くの馬に引かれて戦場に急ぐ戦車の響きのようであった。更に、さそりのように、尾と針があって、この尾には、五か月の間、人に害を加える力があった(黙・九・一―一〇)(図2-7)。

第六日の朝課、床に倒れ込んだマラキーアがウィリアムの胸元をつかんで言う。「言われたとおりだった……ほんとうに……千匹もの、蠍の、毒があった……」(下・二四九頁)。誰に言われたのか、告げぬまま事切れるマラキーア。

こうしたウィリアムの見立ては結局のところ間違いであったのだが、『ヨハネの黙示録』に符合させて殺人を重ねる犯人の存在が執拗に強調されており、『薔薇の名前』の基調をなしている。

ブルゴスのホルへ

次に、ウィリアムの好敵手として立ち現れるブルゴスのホルへについて見てみよう。迷宮状の図書館の秘密を知り尽くし、〈アフリカノ果テ〉の書物へのアクセスを監視し、修道院の知を守るホルへ。図書館長マラキーアは、アン・ラドクリフ(一七六四～一八二三年)のゴシック小説『イタリアの惨劇』(一七九七年)に出てくる悪僧スケドーニがモデルとされるが、『薔薇の名前』の中ではホルへの意のままに動く人物にすぎない。一方、図書館の真の管理者となっているホルへは、ホルへ・ルイス・ボルへス(一八九九～一九八六年)をモデルとしている。ボルへスは、一九七三年までブエノスアイレスの国立図書館の館長を務め、それから盲目となった。エーコがボルへスに負っているのはホルへの人物像だけではない。「バベルの図書館」(一九四一年)をはじめ世界を迷宮として捉えるボルへスの世界観は、『薔薇の名前』の世界にもきわめて大きな影響を及ぼしている。

第一日の九時課の後、写字室に姿を現した盲目の老人ホルへへの印象をアドソは次のように述べる。

「雪のように白い髭をたくわえていたが、それればかりでなく顔全体も、瞳さえも、真っ白だった」。「身体こそ年齢の重みで小さく縮んでいたが、声には張りがあって、手足は頑丈そうだった。まるで見えるものであるかのように、あの両眼で、私たちを見据えた。そしてそのあとにも、一貫して確かな視力をもつ者のように振舞い、かつ話した。その声は、預言の能力を備えた者の口調で、響きわたった」（上・一三一頁）。

ホルヘが初めて登場する場面を見てみよう。今は亡き写本装飾家アデルモの机に残されていた豪華な細密画を施した詩篇読本の数葉や聖務日課表には、およそ実在するはずのない奇怪で空想的な怪物や生き物の挿絵が描かれていた。人間の頭こそしてはいたが、獣じみた三つの姿。「そのうちの二つの像は、一方が下に、他方は上にあって、身を丸めて口づけを交わそうとしていた」（上・一二九頁）。崇高で尊い注釈が書き込まれつつも、淫らで明らかに笑いを誘う図柄を目にするアドソ。図書館長とアドソとの会話をきっかけに、その場に居合わせた修道士たちが大声で笑いだした。哀れなアデルモの才能を誉めそやしながら、その挿絵を互いに指で示し合い笑い続ける修道士たち。そのとき、謹厳なる声が響き、盲目の老人ホルヘ・ダ・ブルゴスが姿を現す。

〈虚シイ言葉ヤ笑イヲ誘ウ言葉ハ口ニシテハナラヌ〉

ホルヘは修道院でアリナルド・ダ・グロッタフェッラータに次ぐ最長老であり、修道院の聴罪師（聴罪司祭）の役割を担っている。ホルヘは悪しき話題から身を遠ざけなければならぬと述べ、修道士たちの「笑い」を諌《いさ》める。その後、何度となくホルヘとウィリアムの間で「笑い」をめぐる議論が交わされることになる。

くだらぬことに笑いだす者たちの声を聞いて、我が修道院の戒律の一つをみなに思い出させたのだ。『詩編』の作者も言うように、修道士たる者は沈黙への誓いのため善き話題でさえ慎むべきである。そうだとすれば、ましてや悪しき話題からは、身を遠ざけねばなるまい（第一日九時課の後）（上・一三二頁）。

第I章で見た『聖ベネディクトゥスの戒律』には「悪い、有害な話は慎むこと。饒舌を愛さないこと。無駄口あるいは笑いを誘う言葉は口にしないこと。頻繁にまた大声で笑いに興じないこと」（第四章）とある。沈黙について定めた第六章に続き、第七章の謙遜についての定めでも、聖書から「口数が多ければ罪は避けえない」（『箴言』第一〇章第一九節）や「舌を操る者はこの地に固く立つことなく」（『詩編』第一四〇章第一二節）という章句を引きながら「修道士が口を閉ざし、尋ねられるまでは沈黙の精神を保ち、話さないこと」が謙遜の第九段階だとされる。同じく謙遜の第一〇段階は、「修道士が軽々しく、すぐさま笑わないこと」とされ、聖書の「愚か者は、大声で笑い」（『シラ書』第二一章第二〇節）が引用されている。ホルヘはこうした『戒律』の擁護者として立ち現れるのである。

ホルヘはあらゆる新しいことを徹底的に否定し、修道院の伝統を擁護する立場をとる。彼は写本装飾家アデルモが描いた逆立ちの世界を表す奇怪な伝説上の生き物を、次のように批判する。

瞑想にふける修道士たちの目に、あの滑稽な怪物は、歪められた豊満さは、あの豊満な歪みは、何を示すのであろうか？　あの薄汚い猿の群れは？　あの獅子の群れやケンタウロス族は、腹部に口をつけて、一本足で立ち、帆のような耳をした、あの半人半獣の群れは？　斑点のある虎は、格闘する戦士たちは、角笛を吹き鳴らす猟師たちは、一つの頭から分かれたあの多数の胴体は、一つの胴体から生えたあの多数の頭は？　蛇の尾を生やした四つ足動物は、四つ足動物の頭をつけた魚は？　前半部分は馬だが、後ろ半分は山羊みたいな動物は？　そういう類の獣がこちらにいるかと思えば、角を生やした馬があちらにいる。いまや修道士たちにとっては、古文書を読むよりも大理石の像を読むほうが楽しく、神の掟について思いをめぐらせるよりも人間の作品を鑑賞するほうが楽しいのだ。恥ずべきことなのだぞ、おまえたちの貪欲な目は、おまえたちの笑い声は！（第一日九時課の後）（上・一三三―一三四頁）。

ところで、修道院の華美な装飾への批判については、シトー修道会のクレルヴォーのベルナール（一〇九〇～一一五三年）の書簡『ギヨーム修道院長への弁明』が有名である。ベルナールの生きた一二世紀には、ロマネスク様式の修道院の入口、壁や柱、床や天井、祭壇には、彫刻や絵画などの装飾が溢れていた。クリュニー修道院の生活に『戒律』からの逸脱が著しいことを指摘する書簡の末尾に、簡素さを理想とするシトー独自の美意識が示される。ベルナールによる修道院の回廊の彫刻への批判は次の通りである。

しかし修道院（禁域）において書を読む修道士の面前にあるあのような滑稽な怪物や、驚くほど歪められた美、もしくは美しくも歪められたものは何のためなのか。そこにある汚らわしい猿、猛々しい獅子、奇怪なケンタウロス、半人半獣の怪物、斑の虎、戦う兵士、角笛を吹き鳴らす猟師は何なのか。一つの頭に多数の胴体をもつ怪物を見たかと思えば、一つの胴体に多数の頭をもつ怪物も見かける。こちらには蛇の尾をした四足獣がいて、あちらには獣の頭をもつ魚がいる。彼方には上半身が馬で下半身が山羊の姿をした獣が見え、此方では角のある頭をもち下半身が馬の姿をした獣を見る。一言で言って驚くほど多様な姿をしたさまざまな像が、数多くいたるところにあるために、修道士は書物よりも大理石を読み解こうとし、神の掟を黙想するよりも、日がなこれら奇怪なものを一つ一つ愛でていたくなるだろう。おお神よ。こんな馬鹿げたことを恥じないまでも、なぜせめて浪費を悔やまないのであろうか[5]。

先に見たホルへの叱責の言葉と比べてみると、その共通性は明らかである。それもそのはず。エーコは、ホルへの言葉をクレルヴォーのベルナールから引用しているのだ。修道士に『戒律』を守らせるここでのホルへの立場は、『戒律』からの逸脱を批判するベルナールのものと重なるであろう。また、ホルへは実念論の哲学を実践する人物である。第二日の三時課、「笑い」をめぐるウィリアムとの三度目の議論の際に、「疑いを抱いたときには、権威つまり教父や教会博士の言葉に、すがるべきだ」と言い、唯名論者アベラールのように「『聖書』の光に照らされていない理性に依拠しながら」キリスト教の教義の真理に挑む試みを批判する。「こうした危険極まりない思想を受け容れる者ならば、無知な輩の不真面目な笑いを賞賛するとしてもなんら不思議はない」。ホルへはここでもクレルヴォーのベルナールが「折よく登場して、アベラールを見事に論駁してくれた」と引き合いに出すのだ（上・二〇八―二一四頁）。ここでの唯名論のウィリアムと実念論（実在論）のホルへとのやりとりは、一連の普遍論争において唯名論の立場に立つアベラールと実念論のクレルヴォーのベルナールとの対立構図と合わせ鏡となっている。

笑いと破壊、あるいは神聖なる秩序の行方

第一日終課、豪華な食事が振る舞われる大食堂で、不品行な会話を戒める『戒律』の一節が唱えられる中、ホルへが「キリストは決して笑わなかった」と述べる。これに対してウィリアムは、聖ロレンツォが焼き網に乗せられたとき、死刑執行人たちに向かって「食ベヨ、ヨク焼ケテイルカラ」と言った例を挙げ、この聖人が笑うことも冗談を言うことも心得ていたと語る（上・一五六―一五七頁）。次の日にもウィリアムとホルへの間で「笑い」をめぐる議論がなされる。笑いは「人間の理性の徴《しるし》だ」というウィリアムに対して、「笑いは愚かさの徴なのだ」とホルへ（上・二〇九頁）。イエス・キリストは笑ったかという問題をめぐってウィリアムとホルへの間で繰り広げられた話について、エーコはエルンスト・ローベルト・クルティウス『ヨーロッパ文学とラテン中世』に取材している。[6]

頑なに「笑い」を否定するホルへは、じつは「笑い」の力を恐れている。それゆえに喜劇について書かれたアリストテレスの『詩学』第二部を〈アフリカノ果テ〉に秘匿したのだ。かの哲学者アリス

トテレスが笑いについて書いているとすれば、笑いは学問の地位に持ち上げられてしまう。そうすると、悪魔に対する恐怖が消え失せ、そのために世界を転覆させる批判的な笑いが生じかねない。ホルヘが初めてウィリアムの前に姿を見せた折に、『戒律』という古い権威の力を借りて、「笑い」を阻止しようと努めていたことは先に見た通りだ。

しかし、古代ギリシアの哲学者アリストテレス（前三八四〜三二二年）がなぜそれほどまでに問題となったのだろうか。それには、中世のスコラ学者たちが、アリストテレスのテクストを注解することでそのメッセージを再構成するということを学問の大きな柱としていたことが関係している。主にアヴェロエス（イブン・ルシュド）の注解を通じて受容されていたアリストテレスの教えが、ときにキリスト教の教義と対立する事態も生じえた。たとえば、アリストテレスが語る異教の神とキリスト教の神とは同じものなのか。実際、アリストテレスの教えに対する禁令が出されることにもなった。アリストテレスの教えと聖書の記述は、二つの異なる真理なのだ。これに対して『神学大全』で知られるドミニコ会士トマス・アクィナス（一二二五〜七四年）は、アリストテレスの中の異教的な要素を薄めて、キリスト教の教義に引き付けた解釈を提示し、両者の調停を果たそうとした。西欧がアリストテレスを受容する過程で、アリストテレスの教えのうちキリスト教の教義と齟齬をきたす部分は「誤った解釈」として退けられ、キリスト教の体系の中へと読み替えられていく。非キリスト教的な理論を受け容れつつも、キリスト教の教義に関わる部分ではそれを抑圧し排除していったのだ。

『薔薇の名前』で問題となるアリストテレスの『詩学』とは、悲劇・喜劇など劇詩について論じた文学理論に関する著作である。悲劇を抒情詩や叙事詩よりも上位に位置づけ、文学の最高形態としているが、現存するテクストからは喜劇を悲劇の下位に置くかどうかは判然としない。そのため、現存するテクストには続き(第二部)があり、その散逸したテクストの中に喜劇を高く評価する記述があったはずだという議論が長らくなされてきた。『薔薇の名前』ではその第二部が「実在」したという設定で、キリスト教信仰にとって危険極まりないと判断される書物として描かれている。

「笑い」に関するアリストテレスの書物をウィリアムに突き止められ、すべてを明るみに出されるという破局を前にしたホルヘは、毒が塗られた「その写本の柔らかいページを、細長くつぎつぎに引き裂いては、丸めて口に入れ」ゆっくり嚙みはじめる。反キリストと化し、悪魔のように笑い出したホルヘは、知識を独り占めするかのようにその書物を呑み込むのだった。

おまえは、第七の喇叭が鳴り響くのを待っていたのではないか? いまこそ、その声が何と言うか、聞け。七つの雷が言ったことに封印をせよ、それを書き留めてはならぬ、手に取って貪り食え、それはおまえの腹を苦くするであろう、しかし口のなかでは蜜のように甘いであろう。よいか? いまやわたしは、口に出して言われるべきでなかったことに封印をし、その墓にこそなろう(第七日深夜課)(下・三五四頁)。

ウィリアムは殺人事件の背後に『ヨハネの黙示録』が絡んでいると推理し、その糸に導かれて迷宮の中のホルヘに辿り着いたが、その見立て自体は見当違いであった。ホルヘはそのウィリアムの推理を逆に利用して、『ヨハネの黙示録』の七つの喇叭で終幕を図ろうとしたのだった。『ヨハネの黙示録』第一〇章第八―一〇節には次のようにある。

すると、天から聞こえたあの声が、再びわたしに語りかけて、こう言った。「さあ行って、海と地の上に立っている天使の手にある、開かれた巻物を受け取れ。」そこで、天使のところへ行き、「その小さな巻物をください」と言った。すると、天使はわたしに言った。「受け取って、食べてしまえ。それは、あなたの腹には苦いが、口には蜜のように甘い。」わたしは、その小さな巻物を天使の手から受け取って、食べてしまった。それは、口には蜜のように甘かったが、食べると、わたしの腹は苦くなった（黙・一〇・八―一〇）（図2―8）。

図2-8　書物を嚥下するヨハネ（下段左）、腹を手でさするヨハネ（下段中央）

禁断の書物を口にするホルへ。「あたかも聖餅《ホスチア》を口に含む者がそれを嚥み下して、おのれの血肉に化したいと願うかのように」（下・三五三―三五四頁）。しかし、口には蜜のように甘いが、食べると腹は苦くなるのだ。ホルへは、アリストテレスへの畏怖を持ちつつも信仰にとって危険な教えの拡散を何としてでも阻止せんとしていた。それほどまでに危険な書物であれば破棄するのかと言うとそうではなく、あくまで秘匿するという手段をとる。伝統を重んじるホルヘもまた、ウィリアムとは違った形ではあるが、知を重視する修道士なのだ。ただし、その書物を隠し切れなくなったとき、ホルヘはその身を投じて、知の拠点たる図書館もろとも破滅に向かうことになる。やがて世界は崩壊に向かい、図書館のみならず修道院全体に燃え広がった火事がすべてを灰燼に帰してしまうのだった。

真理に対する笑いの効能を恐れるホルヘは、アリストテレスの『詩学』第二部のその存在自体も秘匿していた。これに対して、笑いの力を理性にとって有用なものと捉えるウィリアムは、事件の手がかりを追いながらついにこの謎の書物に辿り着く。しかし、一連の殺人事件の間に「つながり」を見出そうと推理を重ねるウィリアムは、『ヨハネの黙示録』という一つのルールに従って犯罪が生起し、それらが一つの秩序の徴であると信じようとしており、その推理のモデル自体が間違っていたことが、最後のホルヘとの対決で明らかにされたのだった。すべてを解明するようなルールや秩序は存在しないことにウィリアムが気づいたときには、最後の殺人事件（地下通路に閉じ込められた修道院長アッボーネ）はすでに阻止できず、アリストテレスの書物を救い出すことはおろか、キリスト教世界最大の図書館の炎上も止めることはできないのである。「笑い」をめぐる信仰の力と理性の力との対決において、はたしてどちらが勝ったと言えるだろうか。

ところで、エーコは「笑い」をめぐるこの対決の場面に、フランス・ルネサンス期の人文主義者フランソワ・ラブレーの『ガルガンチュアとパンタグリュエル』を潜ませている（第七日深夜課）。『詩学』第二部と合わせて綴じられている『カルタゴの司教にして殉教者キュプリアヌスの饗宴に付したアルコフリバ師の注解（Expositio Magistri Alcofribae de cena beati Cypriani Cartaginensis Episcopi）』について、ホルヘは『饗宴』に注釈をつけようとした無数の愚者たちの一人の手になるもの」（下・三三三頁）としているのだが、このアルコフリバという名前が、フランソワ・ラブレー（François Rabelais）の筆名「アルコフリバス・ナジエ（Alcofribas Nasier）」（本名のアナグラム）からとられているのだ。中世の巨人伝説に取材した一六世紀前半のこの作品は、民衆的な笑いと鋭い風刺のうちに既存の権威を批判するものであり、禁書扱いにもなった。一四世紀前半を舞台とする『薔薇の名前』の中でラブレーの名前に直接言及するわけにはいかないが、そのエッセンスをメッセージとして込めていることは随所に読み取れる。

さらにエーコは、ロシアの学者ミハイル・バフチンが『フランソワ・ラブレーの作品と中世・ルネサンスの民衆文化』（一九六五年）において展開したカーニヴァル論を踏まえ、笑いと秩序の関係をホルヘに語らせる。笑いは「農夫のためには気晴らしであり、酔漢のためには憂さ晴らしであり、キリスト教会が賢明にも祭日や、謝肉祭や、祝宴のさいに認可してきたものであり、そのようにして不謹慎な白昼の行為が人々の憂さを発散させ、それ以上にふしだらな欲望や野望から、踏み留まらせるのだ……しかし笑いは、あくまでも卑しいものに留ま」る。「愚者たちの王を選ぶがよい、驢馬や野豚の儀式のなかで、おのれを忘れ、上を下へのバカ騒ぎに狂うがよい……」「ドルチーノやその同類たちの無知なる狂気が、神聖な秩序を危機に陥れることは、まずないであろう。暴力を説く者は暴力で亡び、跡形も残らないであろう。謝肉祭がやがて果てるように、おのずから消えてなくなるであろう。そしてたとえ祭りのあいだだけ、この地上に、ごく短期間、逆転した世界を出現させても、それは問題ではない」。しかし『詩学』第二部は、神聖なる秩序の逆転を正当化する業《わざ》をもたらし、恐怖を無化し、神への畏怖を失わせてしまいかねない。「そのときには、それまで周縁にあった他愛もないものまでが、まさに中心に躍り出て、中心にあったものは跡形もなく失われてしまうであろう」(下・三四四―三四七頁)。ホルヘが守ろうとしていたのは、『詩学』第二部という書物そのものというよりも、その書物がきっかけとなり、世の中の秩序が転覆されてしまうその事態なのであった。

エーコの「笑い」に対する捉え方は、すでに一九六二年の「フランティ礼賛」と題したエッセーの中で示されている。[7]「ひとつの社会が好都合だと認めるもののみを善だとすれば、悪とは、ひとつの社会が善と同一視するものに対立するものでしかないということになるし、笑いは、ひとつの社会が善とみなしているものに怪しげな変革者が疑問を投げかけるための手段として、悪の顔をもってすがたを現わすだろう。ところが実のところ、笑う者――あるいは嘲笑する者――は、ひとつのありうべき別の社会の産婆にほかならないのである」。ここで笑いと秩序の関係を論じる際、すでにエーコは、フランソワ・ラブレーの『ガルガンチュアとパンタグリュエル』を引き合いに出している。巨人パンタグリュエルが家臣にした奇妙な男パニュルジュはさまざまな悪戯《いたずら》を働く。パニュルジュに虚仮《こけ》にされたスコラ学者にとっては「悪魔の陰謀に映る」パニュルジュの悪ふざけは、しかし、「なにか新しい対話の形式を朗らかに預言するような、いずれにしても旧弊な形式の問題点を摘出し、清算するものに思えるのだ。笑う者に悪意を感じとるのは、その笑いの対象を信じる者だけだ。ところが笑う者は、笑うために、そして自分の笑いに全力を込めるために、留保付であるにせよ、笑いの対象を受け入れ信じたうえで、いわば内部から笑う必要がある」というのだ。いわば「〈秩序〉というものは、その内側から嗤うか、外側から呪うか、そのいずれか」なのだ。

イマジネールの怪物たち

ここで少し話を前に戻し、「中世らしさ」について別の角度から考えてみよう。先に見たアドソの幻視を引き起こした聖堂のティンパヌムの浮彫《レリーフ》の描写には続きがある。同じくモワサックのサン・ピエール修道院付属教会をモデルとしたものであり、中世の雰囲気を色濃く伝えている。

私の視線が、ふと、半円形のティンパヌムを支える中央の太い石柱と縺《もつ》れあって一体化した形象の上へ落ちた。……よく見ると、斜めに置かれた十字架のように互いに縺れあった、三対の獅子の像だった。弓なりに躍りあがって、後足を地上に踏んばり、前足は仲間の背に突き立て、鬣《たてがみ》は蛇みたいにとぐろを巻いて、口は威嚇的に吼えて大きくひらき、絡みあう蔓か巣のごとくに石柱に張りつけられていた。……石柱の両側には柱の長さと同じぐらい異様に縦長に引き伸ばされた人間の像が二つと、またそれらと同じような像がさらに二つ、左右の樫の扉がそれぞれの枠木を立てたあたりに、すなわち装飾物語を刻み込んだ側柱の外面に、対称的に向かいあって立っているることに、私は気づいた。どうやらそれらは四体の長老の彫像であり、外見からしてペテロとパウロ、またエレミヤとイザヤであるとわかった（第一日六時課）（上・七二―七三頁）。

サン・ピエール修道院付属教会の南扉口の中央基柱（トリュモー）の正面には三対の絡み合う獅子

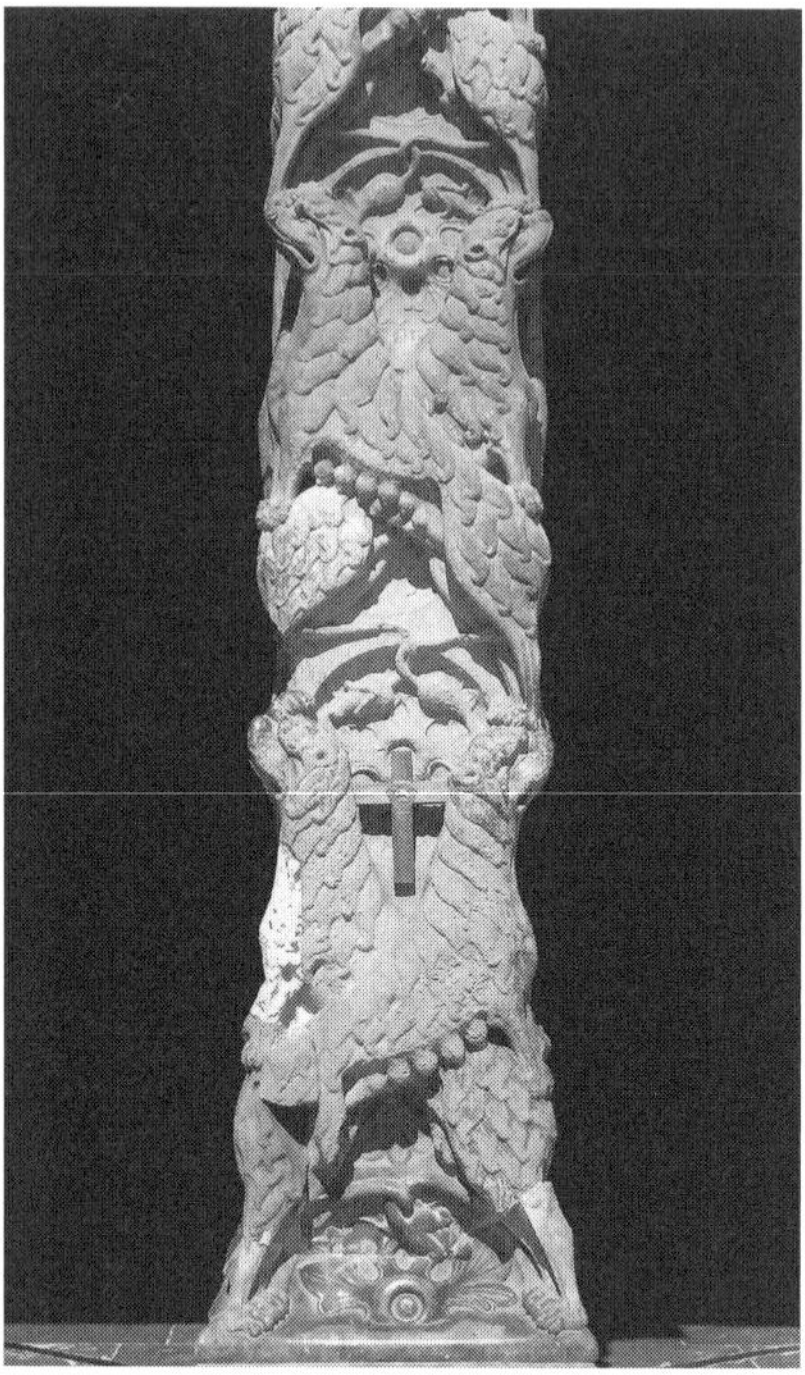

図2–9　絡み合う獅子（モワサック修道院の南扉口のトリュモー）

が見られる（図2–9）。トリュモーの右側面にはエレミヤ像（図2–10）が、左側面にはパウロ像（図2–11）が配されており、それと向かい合うように扉口右脇にイザヤ、同じく左脇にペテロの像がある。とりわけ、トリュモーのエレミヤの彫刻は、モワサックの北東に位置するスーイヤックのサント・マリー大修道院付属教会のイザヤ像との類似性が指摘されているものである。

一方で、扉口の右壁と左壁にも一群の彫刻が施され、悪徳についてのキリスト教的なメッセージを伝えている。アドソは淫乱の罪を描く彫刻に目を向ける。「なかでもひときわ私の目を引いた淫乱な一人の女性の裸体は肉が削げ落ちて、汚い蟇《がま》の群れに食いつかれ、群がる蛇に血を吸われて、また膨れた腹と粗い毛だらけの獣の脚をしたサテュロスに抱きつかれて、淫らなその喉が断末魔の叫び声をあげていた」（上・七三―七四頁）（図2–12）。このほか、死の床にある一人の貪欲な男性の口から悪魔が幼児の形をした魂を引きずり出し、一人の傲慢な男性の肩の上にまたがった悪魔はその男の両目に

図 2-10　エレミヤ像（モワサック修道院の南扉口のトリュモー）

図 2-11　パウロ像（モワサック修道院の南扉口のトリュモー）

鋭い爪を突き立て、別の大食漢が二人もつれあって互いの肉体を貪り食ったりするさまが描かれる。

さらにそこには「悪魔大王の手飼のありとあらゆる怪獣珍獣たち」も一堂に会している。

牧神、両性具有の生物、六本指の野獣、半人半魚や半人半馬の怪物、ゴルゴーン、ハルピュイア、夢魔、鼠竜、ミノタウロス、大山猫、黒豹、キマイラ、鼻孔から火を吐く犬頭の怪獣、長牙獣、多尾類、毛の生えた蛇、炎蜥蜴《とかげ》、角蛇、有毒のケリードロ蛇、無毒のコールブロ蛇、背中を刃の群れで固めた双頭類、ハイエナ、川獺《かわうそ》、大烏《おおがらす》、鰐《わに》、鋸《のこぎり》状の角を生やした海蛇、疣蛙《いぼがえる》、禿鷲《はげわし》、猿、蝙蝠猿《こうもりざる》、白海老、マンチュア、禿鷹、

図 2-12　モワサック修道院の正面玄関の左側の側壁にある浮彫

両性の双頭獣、鼬《いたち》、竜、八つ頭、梟《ふくろう》、背鰭《せびれ》蜥蜴《とかげ》、眠り獅子、長耳熊、百足《むかで》、蠍《さそり》、紅蜥蜴、長須鯨《ながすくじら》、地潜《じむぐり》、蚯蚓蜥蜴《みみずとかげ》、双胴烏賊《いか》、有袋獣、緑蜥蜴、小判鮫、水蛸、鱓《うつぼ》、海亀など、冥界に住む一切のものたちが、どうやら勢揃いして入口を固め、暗い森や人を寄せつけぬ絶望的な荒野の番人となって、ティンパヌムの中央に坐せる者の出現を待ち構えていた（第一日六時課）（上・七四頁）。

アドソの幻影と混ざり合いながら描写されるこれらの彫刻群は、一方では『ヨハネの黙示録』への伏線となるものであるが、他方では実際に中世の人々がこうした彫刻を見て、どのように感じたのかに触れる機会となっている。エーコによる中世の再現は、中世の心性に肉薄することを可能にしてくれるのである。

バベルの塔としてのサルヴァトーレ

これらの怪物たちの幻影を見つめるアドソの背後から不意に声が聞こえてきた。サルヴァトーレであった。「私たちの背後にいた人物は修道僧のようにも見えたが、法衣は裂けて、汚れていて、むしろ浮浪者に近かった。その顔立ちは、たったいままで私が見つめていた、柱頭の怪物たちの一つに、似ていなくはなかった」。サルヴァトーレの描写はその異様な風貌を際立たせる。

> その人物は頭こそ剃ってはいたが、およそ悔悛のためではなく、たぶん遠い昔に罹った悪性の湿疹のためにそうしたのであろう。額はひどく狭くて、もしもまだ髪が残っていたら眉毛と混ざりあってしまっていたかもしれない（それほどまでに眉毛は濃く、密に生えていた）。大きな白眼のなかで小さな瞳がひっきりなしに動いていた。その眼差しは無垢なものなのか、それとも底なしの悪意を湛えていたのであろうか、おそらくはその両方を同時に兼ね備えていたのであろう、時に応じて、異なる光を放った。そしてもしも眉間から一筋の骨が垂れていなければ、そこに鼻がある、と言うわけにはいかなかったであろう。ともあれその骨は、盛りあがるかに見えて、すぐさま顔面へ沈みこみ、二つ穿たれた小さな暗い穴以外の何ものでもないものに変じていた。それらが彼のひしゃげた鼻の穴であって、よく見ると縁に鼻毛がびっしりと生えていた。口は一筋の傷痕によって鼻孔とつながっていたが、左側よりもむしろ右側に偏って大きくぶざまに裂けていて、存在しない上唇と分厚く突き出された下唇とのあいだに薄汚れた乱杭歯《らんくいば》が、犬の牙みたいに鋭く食《は》み出していた（第一日六時課）（上・七六—七七頁）。

柱頭の怪物のような相貌のサルヴァトーレは、話す言葉もまた奇妙である。

悔イ改メヨ！　ヤガテ恐竜ガオマエノ魂ヲサイナムトキニ見ヨ！　死ハワレラガ上部ニアル！　祈レ聖ナル父ガ来テワレラヲスベテノ罪ノ悪カラ解キ放ツノヲ！　ハ、ハ、気ニ入ッタカコノワレラガ主イエス・キリストノ降霊術ガ！　ソシテ喜ビモオレニハ苦シミダ、ソシテ苦シミコソガオレニハ喜ビダ……悪魔ヲ出スゾ！　ツネニオレヲ待チ伏セルドコカノ隅デ踵《カカト》ニクライツクタメニ。ダガサルヴァトーレハ間抜ケデハナイゾ！　善キ僧院カナ、ココデ食エレバ、マタワレラガ主ヲ祈レバ。ソレ以外ノコトハ乾シ無花果《イチジク》ニモ値シナイ。アーメン。チガウカ？（第一日六時課）（上・七七―七八頁）。

アドソは振り返る。「文字の読める人間同士が僧院で用いていたラテン語ではなかったし、あの地方の土地の言葉でもなかったし、またそれまでに私が耳にしたどこの土地の話し言葉とも異なっていた」。さまざまな土地を放浪した過去を持つサルヴァトーレは「すべての土地の言葉を話していたのであり、またどこの土地の言葉も話していなかったのだ。あるいは、自分が触れる機会を持ったいくつかの土地の言葉を切れ切れに用いて、自分だけの言葉を創り上げていた、と言ったほうがよいかもしれない」。

漢字とカタカナの組み合わせで表現している日本語訳でもある程度の雰囲気を摑むことはできるが、エーコのイタリア語の原作では、ラテン語やフランス語、イタリア語などの単語がバラバラにつなぎ合わされ、読者にはすぐには意味がとれないような異様な言葉が語られている。サルヴァトーレの言葉は、アドソにとってバベルの塔に天罰が下った翌日の言葉、すなわち原初の混乱の言語そのものだと感じられたのだ。

セビーリャのイシドルス『語源』の説明によると、「言語の違いはノアの洪水後、バベルの塔の建設と共に生じた。この塔に象徴される高慢によって人間共同体が分割され、お互いに訳のわからないことばをしゃべるようになる前は、各部族が、今日ヘブライ語と呼ばれるただ一つの言語を共有していた」[8]。

修道院で書き残されるラテン語とは対極に位置するサルヴァトーレの混乱した言葉。アドソはあとになってサルヴァトーレが本当はやさしい心根とおどけた気質の持ち主であることを知るが、欲情にまみれたレミージョに村の娘を世話してやる役目を負うなど、修道院の秩序を乱す存在でもある。その現場を取り押さえられたサルヴァトーレは、異端審問官ベルナール・ギーによって、拷問の末の「自白」をもとに異端のかどで有罪を言い渡され、火刑に処されることになる。娘も同じ運命を辿る。この娘は、サルヴァトーレが彼女の愛を得るために行おうとした悪魔祓いに関わったと疑われ、魔女のかどで告発されるのだ。

村の娘とアドソの恋

一切れの肉と引き換えに好色な修道士レミージョに身を売る貧しい農家の娘。サルヴァトーレに修道院の中に密かに引き入れられていた娘との邂逅は、アドソにとって忘れられないものとなる。

ラテン語を解さない娘が話す俗語は、アドソにはほんの少ししかわからないが、その口調から「あなたは若い、あなたは美しいひとね……」とでも言っているように聞こえる。柔らかい指先で頬を撫でられたアドソは気を失ったみたいになる。

あのとき私は、何を感じたのか？　何を見たのか？　いま思い出せるのは、最初に味わった、あの激しい心の揺れを表現する手だてが、当時の私にはなかった、ということだけである。なぜなら、私の舌も精神も、その種の感覚を規定できるような教育は、受けていなかったから。……まったく別の目的のために用いられたものであろうが、あの瞬間の私の歓喜を言い当てるのにいかにもふさわしい言葉が、まるで絶妙な一致によって、まさにあのときの感覚を表現するために生まれてきたように、私の心の奥底から、込み上げてきた（第三日終課の後）（上・三九四頁）。

未知の体験を表現する言葉を持たないアドソは、『聖書』や神秘家のテクストの中にそれを見出したのであった。アドソが見て感じた事柄はとりわけ『雅歌』から借りてきた表現で綴られる。ここではアドソの記述と『雅歌』を比べてみよう。

アドソ：「彼女の頭は、象牙の塔にも似て、青白い首の上に傲然と立ち、双の瞳はヘシュボンの二つの池のように澄んでいた。彼女の鼻はレバノンの塔であり、紫の髪は燦然と輝いていた」（第三日終課の後）（上・三九五頁）。

『雅歌』：「首は象牙の塔。／目はバト・ラビムの門の傍らにある／ヘシュボンの二つの池。／鼻はレバノンの塔、ダマスコを見はるかす。／高く起こした頭はカルメルの山。／長い紫の髪、王はその房のとりこになった」(『雅歌』第七章第五―六節)。

アドソ:「彼女は、いかにも嬉しげに微笑んで、可愛らしい山羊が圧し殺した声で呻くみたいに叫ぶと、胸もとを留めていた服の紐をほどいて、ガウンのような長衣を、頭からすっぽり脱ぎ、エデンの園でアダムの前に現われたときのイヴと同じ姿で、私の前に立った。……彼女の乳房は、二匹の仔鹿のように、あるいは百合の花のあいだで草を食《は》む双子の羚羊《かもしか》のように、姿を見せて、秘められたところは丸い盃《さかずき》であり、そこに香《かぐわ》しい酒が湛えられていないはずはなく、腹部は花咲く谷間に囲まれた小麦の山だった」(第三日終課の後)(上・三九六頁)。

『雅歌』:「気高いおとめよ/サンダルをはいたあなたの足は美しい。ふっくらとしたももは/たくみの手に磨かれた彫り物。秘められたところは丸い杯/かぐわしい酒に満ちている。腹はゆりに囲まれた小麦の山。乳房は二匹の子鹿、双子のかもしか」(『雅歌』第七章第二~四節)。

「喜びに満ちた愛よ/あなたはなんと美しく楽しいおとめか。あなたの立ち姿はなつめやし、乳房はその実の房。なつめやしの木に登り/甘い実の房をつかんでみたい。わたしの願いは/ぶどうの房のようなあなたの乳房/りんごの香りのようなあなたの息/うまいぶどう酒のようなあなたの口」(『雅歌』第七章第七~一〇節)。

アドソ:「彼女は甘い唇で私に口づけをした。その愛の雫は、葡萄酒よりも美味であり、その香りは、たとえようもなく香《かぐわ》しく、真珠に飾られた首筋は美しく、頬には耳飾りが垂れていた。

恋人よ、あなたは、何と美しいことか、何という美しさだ。あなたの瞳は、二羽の鳩にも似ている」（第三日終課の後）（上・三九七頁）。

『雅歌』：「ソロモンの雅歌。／どうかあの方が、その口のくちづけをもって／わたしにくちづけしてくださるように。／ぶどう酒にもましてあなたの愛は快く／あなたの香油、流れるその香油のように／あなたの名はかぐわしい」（『雅歌』第一章第一―三節）。

「恋人よ、あなたは美しい。／あなたは美しく、その目は鳩のよう」（『雅歌』第一章第一五節）。

アドソ：「誰だったのか、いったい誰だったのか、曙《あけぼの》のように現われて、満月のように美しく、太陽のように輝き、旗を掲げた軍勢のように恐ろしかった、あの乙女は？」（第三日終課の後）（上・三九七頁）。

『雅歌』：「曙のように姿を現すおとめは誰か。／満月のように美しく、太陽のように輝き／旗を掲げた軍勢のように恐ろしい」（『雅歌』第六章第一〇節）。

このように『雅歌』は、アドソの恋愛体験の描写の場面で用いられている。エーコによると、調理場でのアドソの性体験の場面は、旧約聖書中の『雅歌』のほかにも、一一世紀から一二世紀にかけての著述家ジャン・ド・フェカン、ヒルデガルド・フォン・ビンゲン、クレルヴォーのベルナールの宗教的テクストからの引用で構成されている。つまり、これらはいずれもアドソが当時読んで知っていた可能性のあるテクストなのだ。アドソは、未知の体験を言語化する際に、これまでに読んだことのある（そして自分の中に沁み込んでいる）表現を用いていたのである。このようにエーコは、私たちが体験する事柄とそれを表現する言葉との関係を考えさせる仕掛けを随所に仕込んでいる。

迷宮としての図書館

アリナルドが諳《そら》んじて言う。

〈コノ世ヲ暗ニ表ワシテイルノダ、アノ迷宮ハ〉……
〈入ラントスレバ広ク、退《しりぞ》カントスレバマコトニ狭イ〉。図書館は巨大な迷宮だ。この世が迷宮である証《あかし》だ。入ってみよ、二度と出られなくなるから。ヘーラクレースの柱を冒してはならない……（第二日晩課の後）（上・二五一頁）。

『薔薇の名前』で象徴的な意味を付与される図書館は、プロットの要であり、中心的な位置を占める。この迷宮状の図書館は、アルゼンチンの作家ホルへ・ルイス・ボルヘスとその「バベルの図書館」に着想を得たものである。『薔薇の名前』の八角形の図書館は、六角形の部屋がつながり合ったボルヘスの無限の図書館に類似しており、盲目の司書はホルへ・ダ・ブルゴスと名付けられた。世間の鏡としての図書館は、キリスト教の書物のみでなく異教の書物をも保管していたが、エリアス・カネッティの『眩暈』さながら最後はホルへもろとも炎に包まれる。エーコはこの図書館をさらに中世の世界図と迷宮をも組み合わせて独自の空間として生み出している。

ウィリアムが解き明かした図書館の平面図はＴＯ図とも呼ばれる中世の世界図（マッパ・ムンディ）を想起させる。有名なものとしては、リチャード・デ・ベロが一二九〇年頃に製作したヘレフォード世界図（ヘレフォード大聖堂所蔵）が挙げられる（図2-13）。ＴＯ図はセビーリャのイシドルスが『語源』の中で描写したものが最初とされる。陸地の周囲をＯの形をした大洋が取り囲んでおり、Ｏの内側では地中海とナイル川とドン川が交差してＴの字を形作り、そのＴが大陸をアジア・ヨーロッパ・アフリカの三つに区分している。聖地イェルサレムが中心に置かれる。ＴＯ図は現在の地図のように北が上ではなく、東が上に描かれたため、東の果てにある楽園（エデンの園）はＴＯ図の最上部に位置づけられる。アドソは言う。

図面の記入を完成した時点で、私たちにわかったのは、文書庫の各部屋の配列が地球の姿に準《なぞら》えて建造されているということだった（第四日終課の後）（下・一〇七頁）。

中世において、既知の世界の周縁部とは、同時に表象の限界であった。ヘレフォード世界図では、世界の中心地イェルサレムからはるか遠くの周縁部に存在する事物は歪められ、異質なものとして描かれる。地図の上端、頂点をなす箇所には、時間からも空間からも超越して、玉座のキリストがすべてを支配している。右下のアフリカには、頭部がなく顔が胸についているブレミュアエ族や大きな一本足が特徴のスキアポテス族など種々の怪物が描き込まれる。これらの種族は、プリニウスの記述に由来するもので、「円形の地球の端部」と想像される場所に存在すると考えられていた。『薔薇の名

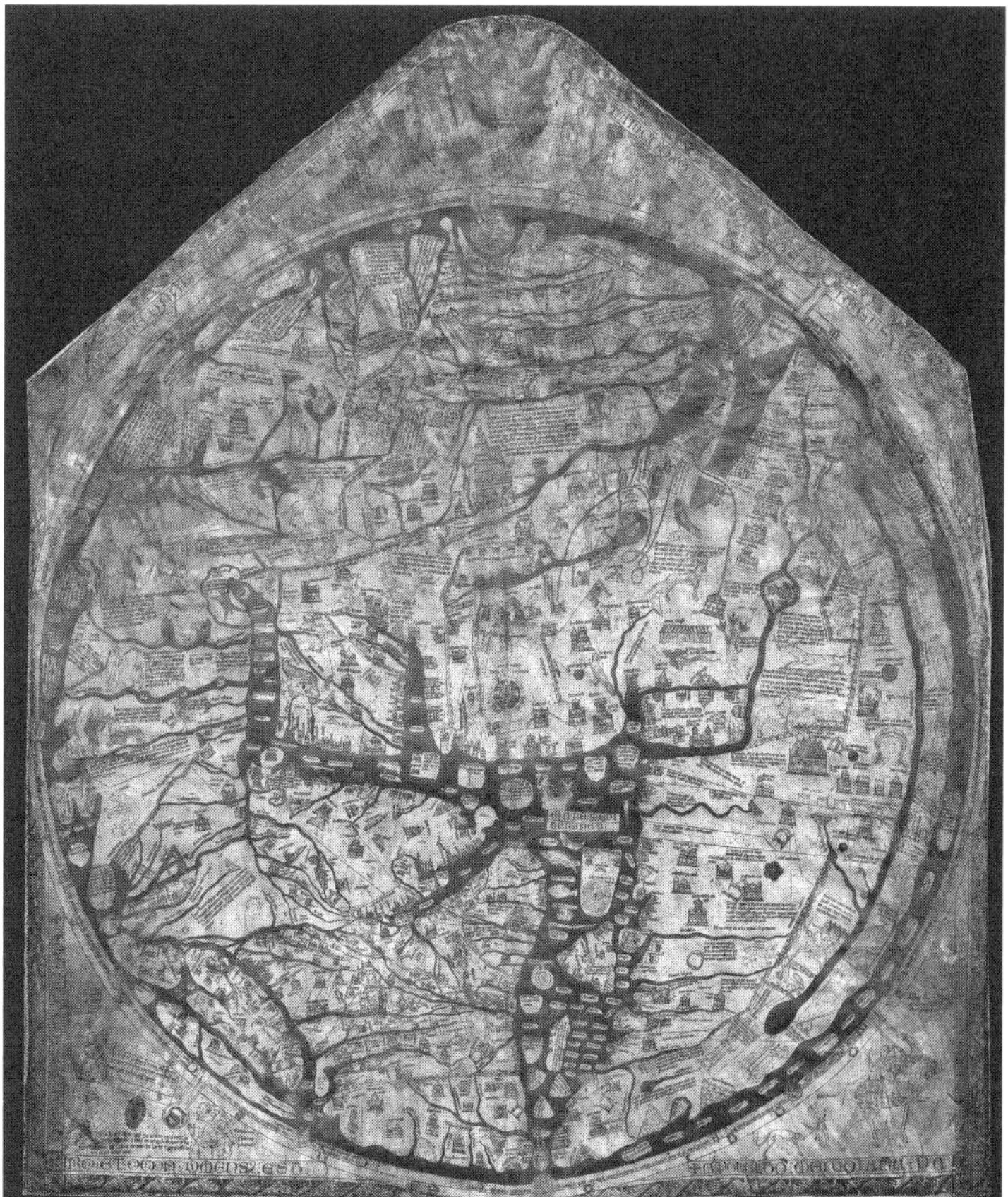

図 2-13　ヘレフォード世界図（13 世紀）

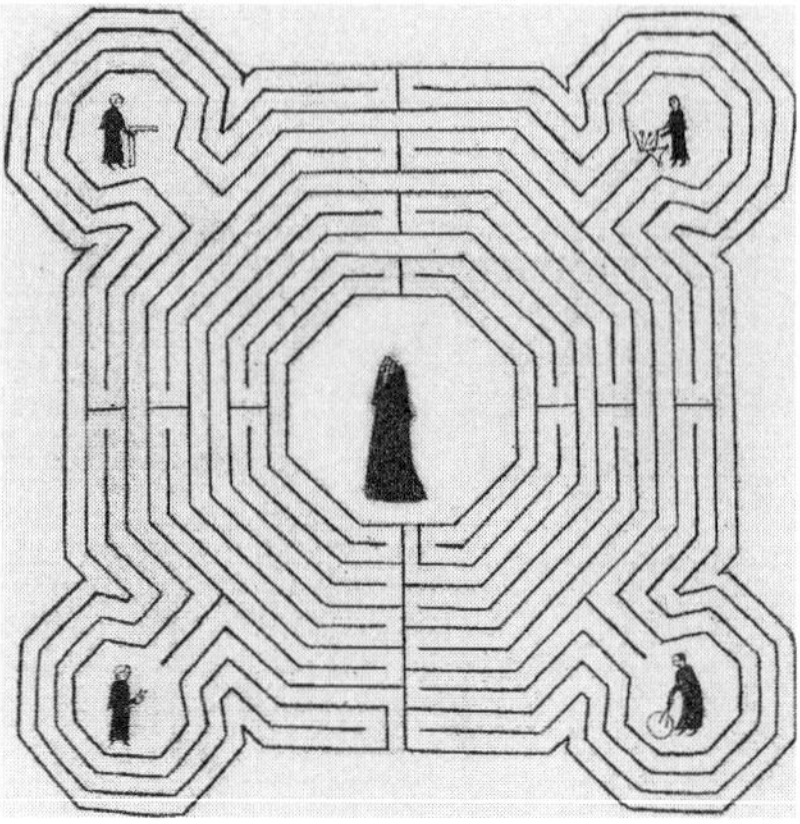

図 2–14　「迷宮」の見取り図

前』で迷宮に重ねられた世界図は、万物とすべての場所を同時に見ることができる神を頂点に配し、円環状で求心的な形を規範とするものであった。

エーコは図書館や修道院の平面図、鏡や迷宮についての研究を重ね、絵に描いた。中世には大聖堂の床に迷宮が配されることがあったが、フランスのランス大聖堂の床にあった迷宮の見取り図は特に参考になったものの一つである（図2–14）。残念ながら、この迷宮は一八世紀に司教座聖堂参事会員ジャックマールによって取り壊されたため現存しない（ミサの最中に子供たちが入り組んだ通路を辿って行く遊びをしようとして、このことが彼の機嫌を害したからだという）。現在では図面と絵画でしかわからないが、この迷宮は八角形をしており、その四隅《よすみ》にも八角形の小部屋が設けられていた。中央には大聖堂の設立者である大司教オーブリ・ド・アンベールとされる人物が、四隅の八角形の中には棟梁《とうりょう》とされる人物が描かれている。このランス大聖堂の迷宮はカステル・デル・モンテの八角形の構造とも響き合う。エーコはこうしたさまざまな要素を巧妙に組み合わせて、「何百年もの長きにわたって、ひそかな囁きの場であり、羊皮紙と羊皮紙が交わしてきたかすかな対話の場であり」、「一種の生き物であり、人間の精神では律しきれない力の巣窟であって、多数の精神によって編み出されてきた秘密の宝庫であり、それらを生み出した者たちや媒介した者たちの死を乗り越えて、生き延びてきた、まさに秘密の宝庫」（下・五二頁）として迷宮＝図書館を構想したのだった。

ところで、エーコは『覚書』の中で迷宮を三種に区別している。[9]第一は古典ギリシア期の迷宮、英雄テセウスがミノタウロスを退治したクレタ島の迷宮である。中に入り、いつか中心に達し、中心から再び出口に辿り着く。アリアドネの糸があればこの迷宮は解明できる。第二は樹木の構造をとるバロック＝マニエリスム期の迷宮である。多数の枝や幹、袋小路があり、入った者を錯誤に導く。出口が一つだけあるのだが、それは容易には見つからず、解明するには試行錯誤が求められる。第三はドゥルーズとガタリの概念を援用して、近代のリゾーム（根茎）状の迷宮とされる。網目状の構造をしているため、どの通路もほかのいずれとも結びつく。ここには中心も、周辺も、出口もない。『薔薇の名前』の迷宮は、物質的構造としてはマニエリスム的であるが、象徴的な次元ではリゾーム状に構造化されている。ウィリアムがその中に自ら生きていると気づいた世界は無限の迷宮として認識されるのだ。

エーコはあるインタビューでこのように述べる。「人間は中心のない迷宮の中に住んでいるのです……私の小説の隠されたテーマは、……この中心を見つけ出すことがはたして人類にふさわしいことなのかどうかという疑問なのです」[10]。『薔薇の名前』の末尾でウィリアムは「見せかけの秩序を追いながら、本来ならばこの宇宙に秩序など存在しないと思い知るべきであった」（第七日深夜課）と述べるが、その一方で、「この宇宙に秩序が存在し得ないとする考えは、とうてい受け容れがたい。なぜなら、それでは神の自由意志とその全能とが損なわれてしまうであろうから。神の自由とは、わたしたちを断罪するもの、少なくともわたしたちの傲慢な心を断罪するものなのだ」。アドソは思い切って、生涯において最初で最後の神学上の推論をウィリアムに投げかける。「神の絶対的全能とその選択の絶対的自由とを肯定するのは、神が存在しないことを証明するのに等しいのではありませんか？」「おまえの問に、然りと答えたならば、学僧である身としては、どうやっておのれの知識をこれから先も伝えていけるだろうか？」（下・三七二―三七三頁）――ここには世界の秩序を生み出す中心としての神が想定されえた中世に身を置きながら、近代に足を踏み入れているウィリアムの葛藤が見て取れる。迷宮としての世界はいかにして読み解くことができるのか。『薔薇の名前』の世界観は、中世を超えて現代世界とも響き合うテーマを内包していると言えるのだ。

始まりと終わり――タイトルとその意味

『薔薇の名前』というタイトルはどのような意味を持つのだろうか。小説を読み進めてもこのタイトルの意味は一向に明らかにならない。「薔薇」という言葉は物語の中ではほんのわずかに言及されるのみなのだ。たとえば、ニコーラが地下聖堂の宝物庫で見せてくれた聖遺物の中に「萎《しお》れた小さな薔薇の花弁」が登場する。「一つの壜のなかには、萎《しお》れた小さな薔薇の花弁を敷き詰め、その上に荊棘《いばら》の冠の一部が収めてあった」（第六日一時課）（下・二六三―二六四頁）。

しかし、より興味深いのは、アドソと娘との場面に出てくる「薔薇」である。

彼女の唇から吐き出されてきた香りは薔薇色であり、革紐のサンダルを履いた素足は美しく、両脚は大理石の華奢な柱に、腰のくびれも大理石の曲線に似て、まさに巧みな芸術家の手になるものであった（第三日終課の後）（上・三九六頁）。

「薔薇」が意味するものとは何だろうか。ここも『雅歌』からの引用なのだが、エーコの原文では「薔薇色の香り（un odore roseo）」となっている。一方、『雅歌』第七章第九節では「りんごの香りのようなあなたの息（odor oris tui sicut malorum）」であり、エーコはあえて「りんご」を「薔薇」に差し替えているのだ。小説の他の箇所で薔薇が用いられることはほぼないことを考えると、アドソの経験と薔薇を結びつけるエーコの意図が透けて見えてくる。エーコはアドソの恋の文脈で「薔薇」を登場させているのだ。アドソはこの「恋人」のことを忘れられない。娘を思い出す表現の中にもう一度「薔薇」が出てくる。

まるで、いまにして思い当たるのだが、全宇宙が私に向かって、すなわち全宇宙とは、ほとんど明確に、神の指で書かれた一巻の書物であり、そのなかでは一切の事物が創造者の広大無辺な善意を物語り、そのなかでは一切の被造物がほとんど文字であり、生と死を映す鏡であり、そのなかではまた一輪のささやかな薔薇でさえ私たちの地上の足取りに付せられた注解となるのだが、要するに、全宇宙が私に向かって、厨房の暗がりの香ぐわしさのうちでわずかに垣間見た、あの顔立ちのことばかりを、語りかけてくるみたいだった（第四日三時課）（下・四〇頁）。

薔薇と恋愛との密接な結びつきがここに見られる。本作品のタイトル「薔薇の名前」もそこに関係してくる。ただし、この時点でタイトルの意味はいまだに謎のままであり、この小説の最後の文章に至って、ようやくその完全な意味が浮かび上がってくるのだ。アドソは「最後の紙片」を終えるところに、ラテン語の六歩格（ヘクサメトロス）の詩句を配している。

〈過ギニシ薔薇ハタダ名前ノミ、虚シキソノ名ガ今ニ残レリ（Stat rosa pristina nomine, nomina nuda tenemus）〉

タイトルと響き合うこの詩句は、一一四四年頃に書かれた『現世の蔑視について』という約三〇〇〇行のラテン語の詩から採られている。作者はモルレーのベルナールと呼ばれるクリュニー派修道士だと伝えられる。彼は人生の儚《はかな》さと現世の無常、社会と教会の乱れを描き出し、現世と肉体への執着を捨て去ることが重要だと説く。往年の偉人たち、有名な都市の数々、美しい王女たち、それらすべては露と消え去り、ただ名前だけが残る。美しさの盛りだった薔薇も枯れ落ち、その名しか記憶に残ることはない。この世の無常観を喚起する比喩である。

ジャン・ドリュモーによると、現世は空しいという教理は、古代の終わり頃から中世を通じて修道院内の精神生活の基礎となっていた。「現世蔑視」の教理は、有限の時／永遠、多様性／単一性、外面性／内面性、空しさ／真実性、地上／天国、肉体／魂、快楽／美徳、官能／霊といった二項対立によって定義されうる。原罪によって魂が物質レベルに堕落したと考える修道士たちは「天使的生活」

を志向する。一一世紀のジャン・ド・フェカンやペトルス・ダミアニから一四・一五世紀のウスタシュ・デシャンやフランソワ・ヴィヨンに至るまで、中世における「いずくにありや（Ubi sunt）」という問いは繰り返される。ちなみに、アベラールは「薔薇は存在しない（nulla rosa est）」という文章を残しているが、これも存在しないもの、消え失せたものについて言葉がいかに語るかを示している恰好の例と言えよう。

もともとこの小説のタイトルとして『修道院の犯罪』という候補があった。しかし、エーコはこの案を採用しなかった。というのも、このタイトルがもっぱらミステリーや冒険話の要素にのみ読者の関心を引き付けるような誤解を生んでしまうことになるからである。エーコは中立的なタイトルとして『メルクのアドソ』と名付けたかったが、イタリアの出版文化として、固有名詞のタイトルは避けられる傾向にあった。『薔薇の名前』というタイトルをエーコが思いついたのは偶然だったというが、エーコはこのタイトルが気に入った。「薔薇」という言葉は、新鮮さ、若さ、女性の優雅さ、美しさ一般の象徴、隠喩、諷喩《ふうゆ》、直喩としてほぼあらゆる神秘的伝承に登場するし、薔薇戦争や薔薇十字団をはじめとして文学や歴史の中でさまざまな意味に用いられてきたからだ。

たとえば、中世において薔薇は聖女や聖母と結びつけられる。薔薇の奇蹟で知られるハンガリーの聖エリーザベト（一二〇七〜三一年）について見てみよう。信心深く貧者救済に献身する彼女は、しばしば城を降りて、パンやその他の食べ物を携えて貧しき者の家を訪れていた。ある日、エリーザベトが貧しき者のためのパンでマントを一杯にして歩いていると、夫であるテューリンゲン方伯ルートヴィヒ四世に何を運んでいるのかと見咎《とが》められる。エリーザベトがマントを開くと、パンは薔薇に変わっていたという。エリーザベトが二四歳で逝去した直後から彼女の墓では奇蹟が起き、巡礼が殺到する。異端審問官のコンラート・フォン・マールブルクがローマ教皇に報告したことで、列聖審査が行われることになり、一二三五年教皇グレゴリウス九世により聖女に列せられた。[11] また、現代においても薔薇はローザ・ミスティカとして聖母マリアとの結びつきでイメージされる。一九四七年にイタリアのモンティキアーリに住む看護師ピエリーナ・ジリのもとに「奇しき薔薇の聖母」と名乗る聖母の出現があった。

文学においても、『薔薇物語』のテクストには薔薇が性愛の象徴として登場するし、ダンテは『神曲』の中で、その光輝と愛と美しさの点から、勝利の教会の神秘の栄光を表現する際に、汚れのない薔薇という表象を用いている（「天国篇」第三一曲）。さらには、シェイクスピアの『ロミオとジュリエット』にも次のようなセリフがある。「バラはどんな名前で呼ぼうともよい香りがする、どんな名前で呼んでもバラはバラ（That which we call a rose, By any other name would smell as sweet）」。これはジュリエットがロミオに対して、モンタギューという名前を持っていようとロミオはロミオだと述べる第二幕のセリフである。

このように『薔薇の名前』の「薔薇」は、キリスト教の信仰であるかもしれず、古代哲学の流れをくむ合理的思考とその所産であるかもしれず、アドソが愛した無名のあの娘かもしれない。エーコは、多義的で相矛盾する象徴的な言葉である「薔薇」をタイトルに用いてその意味をあえて不明にすることで、読者に内容について予め一義的なイメージを抱かせないようにしようとしたのだ。

過ぎし日の薔薇はその名前だけが残っているのであり、われらが手にするのはその空しいその名前なのだ。ものがすべて消えゆく中で、なお消えずに残るものがある。名前であり、言葉である。タイトルになっている「薔薇」は、もの（res）としての意味ではなく、名付けるための言葉（verbum）として用いられている。『薔薇の名前』の中でウィリアムは唯名論の立場を取っており、名辞が重要な位置を占めていたこととも符合するであろう。

それとは対照的に、アドソが恋心を燃え上がらせる娘は、ついにその名前がわからないままである。アドソは彼女との経験をさまざまに思い返すが、彼女の名前を呼ぶことはついぞかなわないのだ。娘がやがて火刑に処されるであろうことを知り、おのれの無力さを思って泣きじゃくるアドソ。

> そのときの私には――メルクの僧院で若い同僚たちと読み耽った騎士道物語のなかの主人公のごとくに――愛する人の名前を呼んで涙を流すことさえ、許されなかったのだから。
> この生涯において、ただ一度めぐり合った地上の恋人、その名前すら、私は知らなかったし、その後も知ることがなかった（第五日終課）（下・二四二頁）。

『薔薇の名前』のプロローグは次のように始まっていた。「初めに言葉があった。言葉は神とともにあり、言葉は神であった」。これは『ヨハネの福音書』第一章第一節の冒頭の文章であった。つまり、『薔薇の名前』は「言葉」で始まり、「名前」で終わる物語と言えるのだ。

Ⅲ 『薔薇の名前』の世界への鍵

エーコは幾重にも糸を張り巡らせ、「中世」の物語を紡いでいた。それではエーコの「中世」は、現代を生きる私たちにとってどのような意味を持つだろうか。第Ⅲ章では、『薔薇の名前』を読み解く上で鍵となる「中世」をいくつかの角度から照らし出す。西洋中世学というアプローチによって、「中世」を織りあげる縦糸と横糸をつぶさに観察することで、『薔薇の名前』をもっと楽しみたい。そして、『薔薇の名前』を通じて私たちが「世界を読み解く」その方法について考えてみよう。

写本と羊皮紙

まず細部へと目を向けてみることにしよう。ここでは写本の材料である羊皮紙、読むための道具である眼鏡など、微視的な観点に立ち、「モノ」から中世世界を眺めてみたい。

グーテンベルクの活版印刷術が登場する一五世紀半ば以前には、書物はすべて手で書き写されていた。これを写本（マニュスクリプト）と言う。手で（manu）書かれた（scriptus）写本には、文字だけでなく細密画（ミニアチュール）が挿絵として描き込まれ、またイニシアル（飾り文字）に彩色が施されるなど、豪華な彩色写本も存在する。中世において修道院は写本製作の中心的な場であり、写本を作り、写本を読むことは修道士の重要な勤めとなっていた。『薔薇の名前』でも、ホルヘが秘匿しウィリアムが追い求める謎の写本やアドソの幻覚を引き起こす『ヨハネの黙示録』の写本など、各種の写本が中心的な役割を演じている。中世の写本はどういう素材に書かれていたのだろうか。ここではまず書写材料に注目してみる。

古代ローマ世界では主にパピルスが用いられていたが、しだいに羊皮紙に取って代わられていき、中世ヨーロッパではもっぱら羊皮紙が書写材料となっていた。こうしたパピルスから羊皮紙への変化は、書物の歴史において非常に大きな転換点となっている。パピルスと羊皮紙の違いについて確認してみよう。

古代ローマ人が文字を書くのに利用していたパピルス（「パピルス紙」）の原材料は、カミガヤツリ（cyperus papyrus）というカヤツリグサ科の多年生植物。「パピルス草」とも呼ばれ、四〜五メートルほどの高さになる。書写材料としてのパピルスは、茎の内部の髄を加工して作られた。パピルス製造については、プリニウス『博物誌』に記載がある。[1] プリニウス自身は二次情報に基づいて記述したようだが、一世紀のローマ世界においてパピルス製造がどのように理解されていたかを窺い知ることができる。パピルスの製法は以下の通りである。

①パピルス草の茎を切り取る。

②刈り取った茎（断面は三角形をしている）の三辺の皮を剥いで内部の髄を取り出す。作りたいパピルス紙の縦横の寸法に従って髄の長さを切り揃える。その髄を縦に薄くスライスして細長い薄片を作る。

③パピルス片の粘着性を高めるため水に漬けて数日の間放置する。

④布を敷いた台の上にパピルス片を同じ向きに（縦に）並べていく。この層の上に今度は直交方向に（横に）並べる。

⑤そのシートの表面を幅広の平らな石で念入りに叩いていく（澱粉を含んだ髄の粘着性のおかげでそれぞれのパピルス片が互いに密着していく）。さらに圧搾機などで圧力を加えて脱水し、日に当てて乾燥させる。

⑥表面を軽石または貝殻や象牙などでこすって滑らかにし、縁を切り揃えれば出来上がり。

こうして出来た一葉のパピルスを、接着剤（穀粉と酢）を用いて張り合わせて巻物（volumen）の形状にする。張り合わせる際には、植物の繊維が常に同じ方向に並ぶ（巻物の外側は垂直に、内側は水平になる）ようにした。通常は二〇枚を張り合わせていた。二〇センチ幅のパピルス紙の場合、およそ四メートルの長さの巻物が出来上がる。中には長さ一〇メートルに達する巻物もあった。

古代ギリシア時代には、エジプトからフェニキアの港湾都市ビブロス（現レバノン）を経由して持ち込まれていたため、パピルスは別名ビブロスとも呼ばれた。そこから転じて書物は「ビブリオ」と名付けられた。

一方で、羊皮紙（parchment）とは、羊（またはヤギや仔牛など他の動物）の獣皮から作られる書写材料である。仔牛の皮で作ったものはヴェラム（vellum）とも言う。

羊皮紙の起源は、小アジア地方ペルガモンの王エウメネス二世（前一九七〜前一五九年）の事績と結びつけられて捉えられてきた（実際にはもっと以前から作られていたが）。そのため、羊皮紙の主産地ペルガモン（Pergamum）からその名を取って、「ペルガモンの」という意味の「ペルガメナ（pergamena）」と呼ばれるようになった（これが「パーチメント」の語源である）。

「羊皮紙」は、素材がヤギや仔牛など「羊の皮」に限らないことから「羊皮紙」ではなく「獣皮紙」という用語が用いられることもある。また、「紙」とは言っても、植物の繊維をからませた和紙や洋紙のような「紙」とは根本的に異なるものである。ちなみに、紙（paper）の語源はパピルス（papyrus）である。

羊皮紙はどのように作られていたか。一三世紀における羊皮紙の製作方法が伝えられている。大英図書館に所蔵されているテオフィルス（一〇七〇頃〜一一二五年）の『さまざまな技能について』の写本に含まれている記述には次のようにある。

山羊の原皮を水に一昼夜浸しておく。水から引き上げ、流水で洗う。水が透明になり汚れが出なくなるまで続ける。水槽に新しい水と消石灰を入れ、よくかき混ぜて白濁液を作る。原皮を毛がついた方を外側にして半分にたたんでこの溶液に浸す。一日二〜三回棒で皮を動かしかき混ぜる。八日間浸したままにしておく（冬は二倍の長さ）。次に、皮を取り出して毛を取り除く。水槽の溶液を捨て、先と同様のプロセスを同量の新しい消石灰溶液で繰り返す。皮は一日一回棒で動かし、先と同じく八日間浸しておく。皮を取り出し、水が透明になるまで皮をよく洗う。きれいな水のみが入った水槽に皮を浸し、二日間置く。皮を取り出し、紐をつけて枠に縛り付ける。乾かす。そして鋭利なナイフで表面を削る。その後さらに二日間日陰で乾かす。水で湿らせ、肉側を軽石の粉で磨く。二日後、少量の水を肉側に振り掛けて再び湿らせて軽石の粉で磨き、さらに水で濡らす。紐をきつく締めて張力が均等にかかるよう調整し、シート状に固定する。乾いたら完成である。[2]

現在に伝わる伝統的な羊皮紙の製作工程でも同様の方法がとられる。

①表面に傷のない羊(山羊・仔牛)の皮を選び、水洗いして汚れを落とす。
②消石灰の液体に数日間浸して毛を柔らかくする。
③毛を手でむしり取り、さらにナイフで削ぎ落とす。
④再び水洗いする。
⑤その皮を木枠にピンと張って、内側に残っている肉や脂肪、毛側の表皮を半月刀で削り取る。
⑥乾燥させ、軽石で表面を磨く。
⑦完全に乾燥したら、木枠から取り外し、シート状にカットする。

動物の皮が原材料と言うと「なめし革(レザー)」を思い浮かべる向きもあるだろう。「革(レザー)」とは、植物の渋に含まれる成分であるタンニンや酸などに漬け込んで、原皮の繊維構造を「化学的」に変化させる「なめし」の工程を経たものである。それに対して、「羊皮紙」は原皮の繊維を「物理的」にピンと張った状態にして固定させたものであり、両者は異なる。

図3-1　皮なめし工

図3-2　羊皮紙製造（1425年頃）

とは言え、途中の工程までは羊皮紙と皮なめしで違いはない。一六九四年にアムステルダムで出版されたヤン・ライケン『人の営み』に収められた「皮なめし工」の図版には、③の工程で、カーブした両刃のナイフ（凸面に鋭利な刃、凹面に鈍い刃がついている）を用いて、肉や表皮をこそぎ落としている場面が描かれている（図3-1）[3]。羊皮紙製作の工程の一端を窺い知ることができる。

次の図は、⑤の工程で、木枠に張った皮を丸い刃で削いで厚さを調整しているところである（図3-2）。羊皮紙は、④のあと「なめす」のではなく、木枠に張って可能な限り伸ばして乾燥させることになる。皮の繊維を「化学的」にではなく、「物理的」にピンと張った状態にして固定させるため、羊皮紙を作ることを「羊皮紙をなめす」とは言わない（一部の辞書では羊皮紙を「羊などの皮をなめしたもの」と説明しているが、これは誤り）。羊皮紙を「なめす」と普通のレザーになってしまうのだ。

最後に、羊皮紙のシートは長方形に切り揃えられ、軽石の粉末（パミス）をまぶしてこする、白亜の粉（チョーク）を全体に刷り込むなど仕上げがなされる。のちに触れるように中世後期には羊皮紙は都市の工房でも製作され、販売されるようになる。一三世紀ドイツの写本のイニシアル（飾り文字）Dの中に描かれているのは、羊皮紙販売業者（左）が修道士（右）に羊皮紙を売っている場面である（図3-3）。業者がロール状の羊皮紙を広げ、その質を修道士が調べている。両者の奥には、左の羊皮紙業者の職業を示すシンボルとして、木枠に張られた皮と、表皮をこそぎ落とす半月刀（鉋《かんな》）が置かれている。

図3-3　羊皮紙販売

中世において豪華に仕立て上げられた彩色写本は非常に価値のあるものと見なされた。しかし、その素材は動物の皮である。西洋中世学会の会員でもある羊皮紙工房の八木健治さんによると、伝統的な製法に基づいて羊皮紙を製作してみると、①〜④の工程でとにかく臭いがスゴイのだという。どのように写本が出来上がるのか、その最初のステップとしての羊皮紙製作の工程に着目することで、視覚だけではなく嗅覚という角度からも中世の「現実」に迫ることができるだろう。煌《きら》びやかなキリスト教美術の粋を尽くした一冊の聖書の写本、それを支えるのは何百頭もの動物たちの命なのだ。

巻物から冊子へ

書写材料という点で、羊皮紙はパピルスに比べて丈夫で柔らかく、耐久性の面でも非常に有能な素材である。また、読書の形態という点でも羊皮紙は優位に立っていた。パピルスは折り畳みにくいため、心棒に巻いた巻物（巻子本《かんすぼん》）の形で読まれたが、その際、片手で巻物を支え、もう片手でパピルスを繰り出しながら読み進めた。途中に読みたい箇所がある場合、その部分に行き当たるまでパピルスを繰り出していかなければならない。さらに読み終わった部分を心棒に巻き取る作業も発生するのだ。

紀元二世紀以降、それまでの巻物とは異なり、紙葉を重ね合わせて綴じる冊子本（codex）が現れた。私たちが今日普通に目にする形の「本」の登場である。羊皮紙の冊子本は、パピルスの巻子本（volumen, rotulus）よりはるかに扱いやすかった。両手で持たなければ読めない巻物と違って、冊子は取り扱いが楽で保管もしやすく、かさばらないので持ち歩きにも便利である。本の中で探し出したい箇所まで辿り着くには、巻物だとずっと巻いていかなければならないが、冊子であればページを容易《たやす》く繰ることができる。羊皮紙を用いた冊子本の登場は、本の歴史における最初の革命であったのだ。こうして、三世紀末から四世紀になると、西欧ではパピルスに代わって羊皮紙やヴェラムが主要な書写材料となっていく。なお、パピルスの利用はその後もしばらくは続き、少なくとも西欧では一一世紀まで用いられていたことがわかっている。メロヴィングの宮廷では六七七年のものが最後だが、ローマ教皇の勅書では一〇五七年の日付のものが現存している。

こうして西欧中世は羊皮紙を用いた冊子本の時代となった。キリスト教の聖書も冊子本の形で広く普及する。中世ヨーロッパにおいて、冊子本とキリスト教とは歩みをともにしていくことになるのだ。『薔薇の名前』で毒の塗られた写本のページを指で繰るという動作も、巻物ではなく冊子の形態だからこそ意味が出てくるのである。

ちなみに、羊皮紙は両面に文字を書くことができたが、毛穴がある皮の外側はざらざらで色が濃いままなので、細密画はインクや色が均等に広がる、柔らかで色が薄い皮の内側の面に描かれるのが普通であった。ともあれ、一冊の写本を作るには多くの動物の犠牲が必要であるだけでなく、仕上げるまでにかなりの労力を要するかなり高価な代物であった。中世キリスト教世界では、聖書をはじめとする彩色写本が数多く作成され、名実ともに羊皮紙利用の全盛期を迎える。羊皮紙には中世のあらゆる情報が書き留められていると言っても過言ではない。だからこそ、素材である羊皮紙がどのように準備されたかを知ることは、中世の人々がどのように情報をやりとりし、また後世にそれらの情報がどのように伝わるのかを理解するために重要なステップとなるであろう。

写字室と写本の製作

中世前期には、修道士が膨大な時間と労力をかけて羊皮紙に筆写して彩色を施した写本は稀少で豪華な工芸品であった。高価な食器などと並び修道院の経済的な資産だったのだ。一方で、書物は修道院にとって贅沢な調度品という価値を持つと同時に、若い修道士への教育のため、説教を行うため、聖書研究を進めるために必要不可欠な道具でもあった。アッボーネが夢見心地に引用する。

〈書物ナキ僧院ハ〉……〈サナガラ富ナキ都市、軍勢ナキ城、用具ナキ厨房、料理ナキ食卓、草木ナキ庭園、花ナキ野辺、枝葉ナキ樹木デアル〉(第一日三時課)(上・六二頁)。

文書庫(アルマーリア)の蔵書数を誇る言葉として述べられたものだが、修道院にとって写本がいかに重要であるかが示されている。じつは、この章句は、『キリストに倣いて』を著したとされる神秘思想家で聖アウグスティノ会の修道士トマス・ア・ケンピス(一三八〇頃~一四七一年)から採られている。エーコは一〇〇年ほど先取りしたセリフを修道院長に語らせているのだ。

ところで、第Ⅰ章で見た最古の修道院平面図である「ザンクト・ガレン修道院図」(図Ⅰ-7)では、写字室は修道院内で最も聖なる場所である聖堂内陣の、聖ガルスの北側に配置されている。修道院の理想型としてのこの平面図には書き込まれていないが、実際の修道院では、修道士の寝室の下に暖房室が置かれ、その暖房室のそばに写字室が置かれることがあった。羊皮紙を柔らかくし、かじかんだ写字生の指を温めるための設備である。温度や湿度によって伸縮・変質してしまう羊皮紙という素材の特性上、写字室自体を暖めることは禁じられていた。

老齢のアドソも最後に述べていた。「写字室の中は冷えきっていて、親指が痛む」(下・三八三頁)と。実際、写字室の湿気と寒さで指がかじかみ、高齢ともなると手が震えていたことだろう。字を書く際の苦労を一〇世紀の書記フロレンティウスが述べる。

文字を書くすべを知らぬ者は、それがいかに苦痛を伴うかわからぬだろう。詳しく聞いてみたいというなら、教えてやろう、この仕事がどれほどつらいかを。目はかすみ、背は曲がり、あばらと腹はつぶれ、腎臓が悲鳴を上げる。こうして全身が痛むのだ。[4]

羊皮紙の上に「ペン（penna）」で書き込まれる規則正しく軽快な文字の優雅さは、こうした「苦痛（pœna）」の果てに醸し出されたものだったのである。

ザンクト・ガレンの平面図では、写字室には六枚の大窓の下に机が七つ、さらに部屋の中央に机が一つ配置されている。書くために必要な明るさは確保され、七人の写字生が働くことになっているが、実際にはもっと多くの写字生が写字室で仕事をしていたようだ。史料によれば、一つの写字室で働く写字生の人数は六〇人に及ぶこともあった。

『薔薇の名前』の「異形の建物」は、一階の西半分が厨房、東半分が大食堂になっていて、東塔に二階の写字室へ通じる螺旋階段が収められている。「古文書学僧、写字生、写本装飾家、その他諸もろの学僧たちが、それぞれに仕事机に向か」う写字室は、四〇の窓を持つ明るい光にあふれた広大な部屋として描かれる。

滴り落ちてくる光の粒があたりに散乱するさまは、まさに光に象られた精神の原理〈輝キ《クラリタース》〉を思わせ、これこそはすべての美と知の源泉であって、この大広間が表わす調和の精神と不可分のものであった。なぜなら三つのものが寄り集まって、美を形成するからである。すなわち、第一に全体性もしくは完全性があって、これゆえに不完全なものは醜いとみなされる。第二に正当な均衡もしくは調和がある。第三に輝きや光があって、現に澄んだ色のものは美しいと呼ばれる（第一日九時課の後）（上・一二〇頁）。

写字室が美と結びつけられて描写されるこの箇所は、エーコが卒業論文をもとにした『トマス・アクィナスにおける美学問題』において議論しているテーマに関連している。つまり、トマス・アクィナスが『神学大全』（Ⅰ・三九・八）で挙げた美に必要な三つのもの（第一に十全性もしくは完全性、第二に適当な比例もしくは諧和、第三に光輝）に対応している。

写字室の様子について、さらに『薔薇の名前』の描写を見てみよう。

どの机にも細密画や筆写のために必要な道具類が備えつけてあった。角製のインク壺、薄い刃で削りながら使う細い羽ペン、羊皮紙を滑らかにするために使う軽石、文字を揃えて書くために引く基線用の定規などである。写字生が腰をおろして向かう机の面は傾斜していて、そのはずれに書見台があり、筆写すべき原本が立てかけられて、開いたページには筆写中の行だけを示す仮面枠が乗せてあった。写字生たちのなかには金色のインクやその他さまざまな色彩のインクを使う者がいた。また、古文書を黙読しているだけの者や、自分たちのノートや小板にメモを記している者がいた（第一日九時課の後）（上・一二一頁）。

羊皮紙、インク・絵具、羽ペンなどの材料の調達に始まり、本が出来上がるまでの写本製作の工程については クラウディア・ブリンカー・フォン・デア・ハイデの『写本の文化誌』に詳しい。修道院の写字室では、羊皮紙と筆写道具など材料が分配され、修道士一人一人に仕事があてがわれた。長いテクストを扱う場合、複数の修道士が共同で担当した。修行中の若い修道士は、補佐として羊皮紙の研磨を担当したり、絵具やインクを用意したりする。写字生は与えられたテクストの文言を変えてはならず、仕事中にしゃべってはならないとされた。写字室では、羽ペンが羊皮紙にきしる音、羊皮紙が擦れる音、写字生が筆写しながら文言をつぶやく音がときおり聞こえるのみ。瞑想と静寂の仕事場であることが理想であった。

図 3-4　イニシアル「R」の中で挿絵を描く彩色画家 Rufillus（12 世紀）

写字生が筆写を終えたのち、写本装飾家が写本にさまざまな挿絵を描き込んでいく（図3-4）。『薔薇の名前』では、アデルモの手になる詩篇読本の余白に「逆立ちした宇宙についての虚偽の物語」が展開している。

> 野兎の前で逃げ出した猟犬、獅子を追ってゆく牡鹿……小さな頭に足を生やした小鳥、背中に人間の手が生えた動物、豊かな髪の毛のあいだから突き出た足……背中に膜状の羽をつけて鳥に似た姿のセイレーン……翼を生やした魚、魚の尻尾をつ

けた鳥……蜥蜴《とかげ》と蜻蛉《とんぼ》の合いの子みたいな双頭の怪獣、ケンタウロス……（上・一二八頁）。

修道院の写字室で製作されていたのは、聖書、教父の著作、典礼本、詩篇などが主であったが、マイケル・カミールが『周縁のイメージ』の中で紹介するように、こうした写本の余白には実際にケンタウロスやセイレーン、「授乳の聖母」をパロディ化した猿に乳を飲ませる淫らな尼僧、巨大な蝸牛《かたつむり》と戦う騎士などのモティーフが描き込まれた。挿絵画家は写本の周縁部において、規範に対して抵抗したり、滑稽化したり、覆したり、転倒したりと、まさにホルへによって批判された「さかさまの世界」が現出していたのである。

写字室の管理者である司書（アルマリウス）は、本を保管し、目録を作り、修繕し、貸し出す役目を負う。司書は、借出者の名前と本のタイトルを慎重に記録した。担保も取った。特に貴重な写本の場合、修道院長の許可を得なければならなかった。『薔薇の名前』では、マラキーアの説明によれば、文書庫の蔵書の閲覧を希望する修道僧はまず書物の題名を図書館長へ申し出て、閲覧の意図が正当かつ敬虔なものであると判断された場合にのみ、上の階の文書庫へ館長がそれを探しに行くことになっていた。ただし、『薔薇の名前』の修道院には、夜中に文書庫に忍び込もうとする者がいて、そうした侵入者を阻むため、文書庫の吊り香炉には幻覚を惹き起こすような薬草が焚かれていたのだった。

読むことと眼鏡

『薔薇の名前』ではウィリアムの眼鏡がきわめて珍しいモノとして描写されている（第一日晩課）

（上・一四二―一四三頁）。ガラス細工僧ニコーラはウィリアムが差し出した二股の「レンズ」を手に取って、しげしげと眺めていたが、やがて「枠ツキノガラスノ目玉ダ！」とラテン語で叫んだ。「ピーサで知りあったジョルダーノとかいう修道士に、噂話として聞いたことがある！　発明されてからまだ二十年も経っていないと彼は言っていたが、あの話をしたときからさらに二十年以上も経ってしまった」。

　キアーラ・フルゴーニ『ヨーロッパ中世ものづくし』によると、実際に眼鏡が発明されたのは一三世紀末のこと。一三〇五年、ドミニコ会士のジョルダーノ・ダ・ピサは、フィレンツェのサンタ・マリア・ノヴェッラ教会での説教において、眼鏡という偉大な発明について述べている。

> 物をよく見えるようにするメガネの製作技術は、編み出されてから、まだ二〇年足らずである。これこそは地上に存在する最良かつもっとも必要な技術だが、編み出されたのはつい最近のこと、つまり前代未聞の新しい技術なのである。そして講師は語った、私はその技術を最初に編み出してメガネを作った者と会って言葉を交わした、と。[5]

　ただし、眼鏡を実際に発明したのはドミニコ会士ではなく、俗人だったと考えられている。ヴェネツィアはガラス製品の一大生産地として知られ、一三世紀末にはすでに眼鏡は広く用いられる品となっていた。一三〇〇年四月二日の法令で、ガラス職人や水晶職人に対して、「色無しのただのガラス・レンズを水晶と信じこませ、たとえばボタン、つか、小さな樽用の丸ガラスや目に使う丸ガラス、祭壇画用や十字架用の板ガラス、拡大鏡といったものを、買ったり買わせたり、売ったり売らせたりする」ことを不正行為として禁止しており、違反者には罰金、ならびにこうした物品の没収と破棄が規定されている。眼鏡と拡大鏡が区別されていることから、眼鏡がそれとして認識されていることがわかる。

残念ながら眼鏡を発明した俗人の名は知られていない。発明から利益を引き出すために、その製作技術は秘匿される傾向が強かったようだ。しかし、現世での利益を生み出すことを目的としない修道院では、事情は異なった。ピサのサンタ・カテリーナ修道院で過ごしていたドミニコ会士アレッサンドロ・デッラ・スピーナ（一三世紀～一三一三年）は、目にしたものを何でもその通りに再現して作ることができたという。

> アレッサンドロ・デッラ・スピーナ修道士は、欲したものは何であれ、自分の手で作っていたし、慈愛をもって他の人々にその成果を伝えていた。それゆえ、当時ある人がメガネ（オクラリア）と呼ばれるガラス製の用具を初めて考案し、その用具はとても美しく、有益でかつ新しく考案されたもので、考案者はその製作技術を誰にも伝えようとしなかったのに、この善良な職人〔アレッサンドロ・デッラ・スピーナ〕はそれを見て、ただちに誰から教わらずとも習得し、それを知りたがった他の人々に教えた。彼は穏やかに歌い、優美に書き、書かれた書をミニア〔朱色の顔料〕と呼ばれる絵で飾るのを常としていた。手の技のどれ一つとして彼が知らないものはなかった。[6]

眼鏡を考案した者は製作の秘密を人に伝えたがらなかったが、手の技に長《た》けたアレッサンドロは、それを一目見て再現し、その製作方法をほかの人々に教えたということだ。ひとたび編み出された技術はさまざまに広まっていく。

『薔薇の名前』のウィリアムが所持している眼鏡は「名匠サルヴィーノ・デッリ・アルマーティから贈られたものだ」という。長らく眼鏡の発明者として名声を誇ってきた実在の人物であるが、現在ではこの説は一七世紀の虚言に基づく誤りだったとされている。とかく、眼鏡の発明者とされる人物をめぐっては、とりわけ一七世紀以降さまざまな仮説が出されてきた。その際、故意の嘘や意図せざる誤謬や不注意によって歪曲されてきた。サルヴィーノと眼鏡の発明との結びつきが捏造されたのも一七世紀になってからである。フィレンツェの愛郷主義者フェルディナンド・レオポルト・デル・ミリオーレなる人物が一六八四年に言及したのがきっかけであった。フィレンツェのサンタ・マリア・マッジョーレ教会にある墓を調べたデル・ミリオーレは、自分が所有している『古埋葬録』の中に重大な発見をしたという。「教会の修復の際に失われてしまった墓碑銘とは別に、『古埋葬録』の中に忠実に筆写されていた墓碑銘があったのである。この記録が残っていたおかげでわれわれはメガネの最初の発明者を知ることができたのであるから、まことに貴重な記録といってよい」。その墓碑銘には「メガネの発明者（INVENTOR DEGL'OCCHIALI）フィレンツェのサルヴィーノ・ダルマート・デッリ・アルマーティ、ここに眠る。神がその罪（LA PECCATA）を赦《ゆる》したまわんことを。一三一七年」なる文字が刻まれていたという[7]。しかし、デル・ミリオーレが秘蔵するその『古埋葬録』なる文書を誰も見せてもらうことはできなかった。他の史料に記された本物のサルヴィーノは一三四〇年頃の逝去だが、デル・ミリオーレは最初に眼鏡が登場した時期に合わせて二〇年以上も遡らせており、デル・ミリオーレが墓碑銘を捏造したことも判明している。一三〇〇年代初めにはinventor（発明者）という言葉は用いられておらず、さらにle peccata（もろもろの罪）と記すべきところを、勝手にla peccata（その罪）という単数形の言い方に作り変えてしまったのだ。

デル・ミリオーレによって祀《まつ》りあげられたサルヴィーノであったが、じつに二〇世紀前半まで眼鏡の発明者サルヴィーノの記憶は語り継がれることになった。現在では眼鏡の発明は名の知れぬ俗人に帰せられるのみで、サルヴィーノはその栄誉から転げ落ちてしまったが、ここで注目しておきたいことがある。サルヴィーノと眼鏡の発明との結びつきは何の意味も有さなくなったのだろうかということである。たしかに、サルヴィーノは眼鏡の発明者ではなかった。史料に基づき真偽が判別され、そのことは明らかである。しかし、一七世紀に眼鏡の発明者をめぐってさまざまな仮説が提示され、その中でサルヴィーノが大きな位置を占めるようになり、その後、フィレンツェのサンタ・マリア・マッジョーレ教会には彼の胸像が設置され、眼鏡の発明者としてサルヴィーノはほめたたえられてきた。そうした「記憶」をめぐって多くの人々が歴史を積み重ねてきたということ自体は非常に興味深い事例となる。「嘘」だから意味がないのではなく、その「嘘」がどのような背景のもとで出されたのか、その「嘘」がどのような影響を及ぼすことになったのか。つまり、真偽のはざまを見通すことが過去のさまざまな事柄を読み解くことにつながるのである。たとえば、近年の歴史学では、偽文書に関する研究も進められており、「嘘」が果たしてきた役割に注目が集まっている。

実際、エーコは『もうすぐ絶滅するという紙の書物について』の中で、「間違いや嘘に関連した書物だけを収集して」おり、それらは「まぎれもない真実を描いた本」とは言えないが、「いくら嘘が書いてあるといっても、過去について何も教えてくれないということはありません」と述べている。[8]『薔薇の名前』でウィリアムの眼鏡をもたらしたのがサルヴィーノ・デッリ・アルマーティとしているのは、エーコの遊び心のようにも思えてくる。

　次に、眼鏡が描かれている図像に目を向けてみよう（図3-5）。この一四世紀半ばの細密画では、装飾された大文字のDの中に四人の聖職者が描かれ、書見台の上に載せられた写本には「主よ、彼に永遠の安息を与えたまえ」という祈禱文の冒頭箇所が書かれている。彼らは墓前で死者の追悼の祈りを捧げているが、左端の人物が牛乳瓶の底のような分厚いレンズの眼鏡をかけている。

図 3-5　眼鏡をかけた聖職者

　ドミニコ会士は、学問修業を宗教生活の軸にしていた。教義に関する公開論争において異端を論駁する目的があったためである。それゆえ、職業柄「読むために目にガラスを」必要とする修道士が多く出てくる。トマーゾ・ダ・モデナは、一三五二年にトレヴィーゾのサン・ニコロ修道院にフレスコ画を残しているが、そこには四〇名の著名な説教師がそれぞれ自分の部屋で書き物机に座って、瞑想や読書、執筆、筆写に専念している姿が描かれている。その中には鼻の上に載せるタイプの眼鏡をかけた人物が確認できる（図3-6）。このほか、眼鏡の祖先にあたる読書用レンズも描かれている。一四世紀半ばには、ドミ

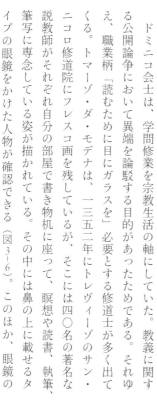

図 3-6　眼鏡をかけた説教師

ニコ会士は書物や眼鏡をはじめとする読書用具と結びつけてイメージされていたようである。

　一方で、フランチェスコ会士は、当初は「人をうぬぼれさせる知識」である学問に身を捧げることなく貧者の中の貧者として生きることが理想とされたが、やがて眼鏡を携え学問に価値を置く修道士たちが多く輩出されるようになる。フランチェスコ会の説教師として名高いベルナルディーノ・ダ・シエナ（一三八〇〜一四四四年）は、眼鏡を入れた保護ケースを紐帯《ひもおび》から吊るした姿で描かれる。こうして眼鏡は旅先にも持ち運ばれた。いずれにせよ、ウィリアムの眼鏡はフランチェスコ会士としては先進的な例であった。

　こうした眼鏡の製作はガラスという技術を背景に持つ。そこで『薔薇の名前』でのステンドグラスの描写にも触れておきたい。修道院のガラス細工僧ニコーラは、工房の奥でガラスの器を吹いて造ったり、鍛冶職人がいる工房の表では、ガラスを鉛の桟に固定させて、ガラス窓（ステンドグラス）を造ったりしている。ニコーラ曰く、異形の建物と聖堂とを飾るステンドグラスの大工事は、少なくとも二世紀前に完了しており、今は古くなって損傷した箇所の修理をするくらいなのだが、昔のような色はもう出せないという。「とりわけ内陣に行けば、あなた方もまだ拝むことのできるあの青い色、あの澄みきった色合いは、太陽が高く昇ったときに天国の光を身廊へあふれさせてくれる」（上・一四一頁)。シャルトル・ブルーと称えられるシャルトル大聖堂のステンドグラスを彷彿とさせる箇所である(図3-7)。

ステンドグラスは、とりわけ一二世紀以降の教会堂に用いられてきた。早い例では一〇世紀末、バイエルンのテーゲルンゼー修道院長ゴスベルトが貴族の寄進者に宛てた書簡には次のようにある。

> これまでわれわれの教会の窓は、古い布でしか覆われていませんでした。貴兄のおかげで初めて、金色の髪の太陽が、さまざまな色で描かれたガラスを通して、われわれの聖堂の床の上に輝くことになりました。この並外れた比類なき革新的な偉業の称賛にあずかることのできる者たちの心は、尽きることのない喜びで満たされています。[9]

図3-7　シャルトル大聖堂のステンドグラス(12世紀)

また、『薔薇の名前』の修道院長アッボーネのモデルとされるサン・ドニ修道院長シュジェールによると、「教会が聖別されたのは、キリストの年の一一四四年だった。いまや新しい後陣の部分が正面の部分とつながっている。また中央部が明るくなったので、聖堂が光り輝いている。光とのほどよい結合によって、物がきらめき、建物が新たな光に満たされて光り輝いている」「教会全体が、たいへん明るいステンドグラスから常時入ってくる、感嘆すべき光によって（luce mirabili et continua）光り輝くのである」[10]。

『薔薇の名前』の時代には、ステンドグラスをはじめガラスは教会や王侯貴族の邸宅には用いられていた。しかし、ガラスが富裕な家など都市の建物の窓に用いられるようになるのは一四世紀末から一五世紀初めにかけてである。それまでは窓は木のよろい戸や蠟《ろう》引きの布でふさがれていた。ガラスという素材が当たり前ではない時代の暮らしはどのようなものだっただろう。往時に思いを馳せてみると、建物の内部の暗さとの対比で、ステンドグラスから降り注ぐ光の「神々しさ」にも合点がいくのではないだろうか。

聖なる読書から学者の読書へ

読書と言うと、現代的な感覚では黙って目で読むさまをイメージするかもしれない。しかし、修道院で典礼のための書物が朗唱されたように、中世前期における読書はもっぱら朗読や朗唱の形をとり、そこでの「読者」とは朗読する声を聞く聴衆たちを含んでいた。もちろん音読だけではなく黙読も行われていたが、音読と黙読という二つの読書法の間には、ぶつぶつと低い声で呟くという読書、囁くような声による音読という中間的な形態が常に存在していた。

書物は何のために読まれたのか。修道士にとって読書は霊的な糧であり、読書を通じて、人は神に近づくことができる――読書の目的とは魂の救済であった。また、修道士による筆写の作業は、ペトルス・ウェネラビリスによると「口ではなく手で行われる」祈りだという。書物は読まれるだけでは

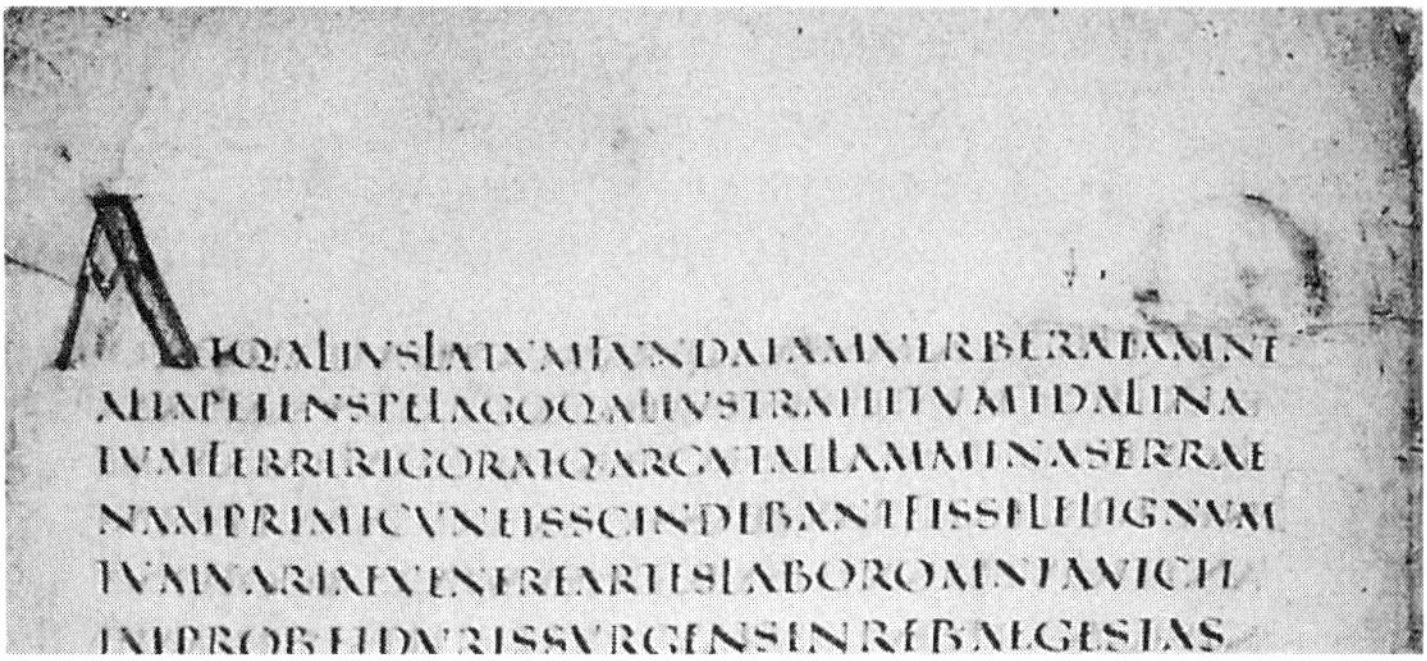

図3-8　連続記法

なく、書き写されるものであり、こうした敬虔な行いは救済のための手段となっていた。羊皮紙に綿密に書き写され、厳《おごそ》かで豪奢な相貌をとる書物は、聖なるものの神秘の徴《しるし》とも見なされた。

書物を声に出して読むことは、一語一語を記憶に刻みつけ、その記憶が「瞑想」の手がかりとなった。音節ごとに強調して読み上げる習慣が広まっていたので、修道士たちはたとえ一人で読書を行うときでも小声を発していた。一方、第I章でも触れた『聖ベネディクトゥスの戒律』には修道院で他人を妨げない自分自身のための読書の必要性が言及されており、すでに黙読にも意味が見出されている。セビーリャのイシドルスが言うように、文字は事物の記号として、視覚を介してことばを「沈黙のうちに」伝えることができるものなのだ。

こうして黙読を軸として、テクスト読解を容易にするための新しい工夫が見られるようになる。たとえば、「分かち書き」という一語ずつ単語を分けて書くスタイルである。現在の私たちが英語など欧米諸語を勉強する際に、単語と単語の間を半角スペースで分けて書くというのは当然のように思えるが、中世前期までは単語をつなげて書く「連続記法」というスタイルがとられていた。

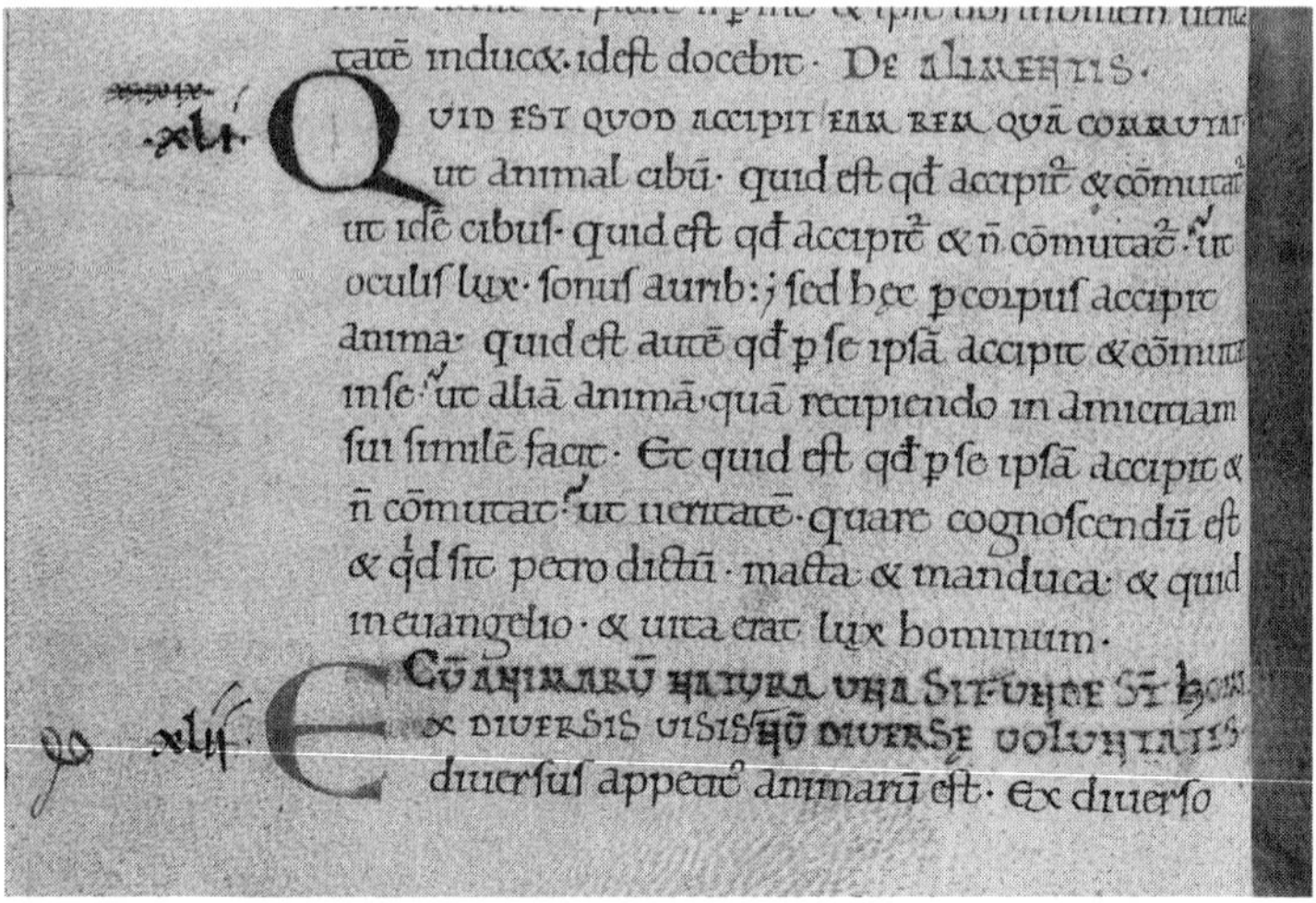

図 3-9　分かち書き

それと比べると「分かち書き」は、句読法と組み合わせることでテクストが格段に読みやすくなる（図3-8、3-9）。その他、章の区分けや段落分けがなされ、各章には表題が与えられ、朱文字による見出しやパラグラフの印が付された。また、目次やアルファベット順に並べられた索引など、読者の便宜のためにさまざまな工夫が施された。こうすれば手早く書物を参照でき、必要な情報の所在が確認できるのだ。このような読書方法は、スコラ学の進展とともに精緻化していく。聖書をゆっくりと厳密に読み解くことに重点を置いていたかつての修道院の読書とは対照的な読書スタイルが登場する。ここにおいて知識を得ることが最優先となり、瞑想は利便性に道を譲る。技術的で技巧化された「学者の読書」が、霊的な「聖なる読書」を圧倒していく。読書に深刻な変化が訪れるのだ。

書物を生み出す写字室とそれを保管する図書館は、常に修道院の中心であり、長らく知の中心として位置づけられてきたが、一二世紀以降、都市の発展、貨幣経済の浸透、王国行政の進展などに伴い、皇帝や国王の宮廷尚書局《しょうしょ》、さらには諸侯の宮廷や都市の尚書局が大量の公文書や法律文書を発給していく。それにつれて写本製作の場としての修道院写字室の独占的地位は、揺らいでいくことになる。

『薔薇の名前』でアイマーロ・ダ・アレッサンドリアは、都市の繁栄を引き合いに出しつつ、俗世間と距離を置く修道院の相も変わらぬやり方に不平を述べていた。今や司教座付属学校や、都市の団体や、各地の大学が、修道院よりもはるかに充実した、多数の写本を収蔵し、新しい版を作成しつつあった。修道院は、知の生産と再生産において、依然として傑出した機関であったが、まさにそれゆえにこそ、『薔薇の名前』の修道士たちは、もはや尊い作品を筆写することだけでは満足しきれなくなり、彼ら自らが新事物への探究に心を動かされていた。図書館は知識の貯蔵庫であるが、その知識を貯蔵し続けるためには、図書館長以外の一切の人間を近づけさせない方針がとられ、知へのアクセスに制限がかけられていたのだった。

かつて司教座聖堂付属学校や修道院付属学校では、基礎的教養として自由七科(自由学芸)が基本とされた。入門用の三科目(文法、演説を学ぶ修辞学、論理を学ぶ弁証法)と修了用の四科目(算術、幾何学、天文学、音楽)からなる七つの学問の道は、神学へと続いている。ただし、神の語った言葉(聖書の言葉)は「解釈」されるものであり、「議論」の俎上に載せてはならない。そのため、ホルヘの立場に象徴されるように、聖書の勉学は保守主義的にならざるをえなかったのだ。

しかし、アイマーロが危惧したように、時代は新たな局面を迎えていた。一二世紀以降、諸都市で学校が作られ、教えることが収入につながる仕事となる。これまで教会が主張するところでは、時間とは神に属するがゆえに何ものとも交換してはならないものであった。「知識は神から授けられたものであるから、売られてはならない」という古い諺が繰り返し述べられたように、知識を金と引き換えに利用することは非難の対象となっていたのだ。しかし、ここにおいて時間の切り売りが始まる。

中世における大学の誕生である。

最初の大学は、ボローニャ、パリ、モンペリエ、オックスフォードなどに生まれ、医学、法学、神学などの上級学部が設置された。一三世紀半ばには教皇座がこれらの大学を「ストゥディウム・ゲネラーレ」という概念で統合する。ジャック・ヴェルジェによると、一四世紀前半まで教師や学生の人数は絶えず増え続け、一三〇〇年に約一五あった「ストゥディウム・ゲネラーレ」は、一三四六年には二〇以上になっている。一三世紀以降発展を遂げる大学では、討論に基礎が置かれ、論理の矛盾を見つけ出し、それを乗り越えようという姿勢が進歩という考え方を発展させることになった。

都市における大学の進展に伴い、識字能力を身につけた多くの者たちが知へのアクセスを求め、新たな知のあり方を模索していく。自由学芸という伝統的な分類も一三世紀には事実上行われなくなっていた。文字文化と宗教文化との密接な結びつきはもはや断ち切られ、それまでは聖職者に限定されていた写本の利用者の枠が広がった。都市の興隆は中世キリスト教世界に大きな変化をもたらしたのだ。社会は、もはや中世前期の伝統的な三身分（聖職者、貴族、農民）に分けられるのではなく、都市における手工業者、商人、法律家、教師、銀行家、公証人など、さまざまな職業の担い手たちが活躍する場となった。彼らは、それぞれの実務に応じて、文字を駆使して新たな知の担い手となっていく。

学識ある人々は、書簡を作成し、説教し、法廷で弁護し、裁判を行い、会計を検査するなど、教会や君主の世俗的な仕事を取り仕切っていくのだ。

写本製作の新時代

大学の誕生は活発な出版活動を生み出し、写本作りとその利用についても大きな変化をもたらした。ドミニコ会士ジョルダーノ・ダ・ピサは言う。

あらゆる都市が、かくも善良で誠実なたくさんの説教師で満ち満ちている。また、幾千もあるそれぞれの修道院の学校では、日々英知が探求され、解明され、習得されている。……修道会と修道士は毎日、書物を作っている。パリでは日ごとに書物が作られている。[11]

都市の学校が新しい知識人の階層を生み出した結果、以前よりもっと多くの読み手が登場した。彼らは、職業として筆写する人々ではなく、自分の愛好する作品を手許に置いておきたいときに自分で筆写する力を持った人々だった。今や写本は、売られることなどありえない修道院の写字室に閉じ込められることなく、本屋と買い手からなる活発な市場活動の中を流通することになる。

一三世紀以降の大学の発展に伴い、書物の位置づけも変化する。学生は教師が教壇から解説する内容を記した書物（今で言う教科書）を必要とした。同じ書物について以前よりも多くの部数が必要とされるようになったと言える。こうした事態への対処として、「ペキア（分冊）」というシステムに基づく新しい書物の生産体制が登場する。講義で使う本は、教授陣が構成する会による検査を経て誤りが正され、公式版である見本が作られる。その見本を一冊に製本しないで、バラバラの分冊ごとに一人一分冊で写字生に託してたくさんの分冊を筆写させた。ペキアは最終的に本屋に納入され、それが必要に応じて学生に貸し出された。

こうして大学での教授たちの講義録がペキア（分冊）ごとに書写され刊行され、書物はもっぱら読まれるものとして増加の一途を辿る。版型も小さくなり、持ち運びに便利になり、紙の使用の拡大と相まって、より参照されるものとなる。部数の増大に伴い、製作コストは大いに下がり、出版業の萌芽も見られるようになる。『薔薇の名前』の時代には、都市において修道院における伝統的な写本文化とは異なる新たな情報流通のあり方が展開していたのだ。

図 3-10　書蠟板

ちなみに、大学での講義のノートなど、メモを取るのには書蠟板《しょろうばん》（ワックス・タブレット）が使われていた（図3-10）。安価な紙が普及するまで、書蠟板は高価な羊皮紙に対する有用な代用品であった。書蠟板は木の板を削ってくぼませた中に蠟を流し込んで作られ、そこにスタイラスという骨や金属製の筆を使って字を刻んだ。書いた文字を消すときは、尖った筆の反対端の丸くした部分を用いて蠟を均《なら》して、蠟の面を再利用していた。学生たちが講義でノートをとっている姿を思い浮かべると、現代の大学生と重なる部分があるのではないだろうか。

紙の製造

第六日六時課、いよいよ謎の写本に迫るウィリアム。ベンチョから写本の特徴を聞き出そうとする。「羊皮紙が羊皮紙ではないみたいで……布地のようでありながら、華奢で……」というベンチョの言葉に、ウィリアムは〈亜麻紙（Charta lintea）〉のことに思い当たる。「見たことがなかったのか？」アラブ世界から伝えられた〈亜麻紙〉は、イタリアでもファブリアーノでは作られているが、「そうか！ここの図書館では〈亜麻紙〉は珍しいものなのだな、何しろ最新の時代の写本は入ってこないからな。それに羊皮紙みたいに何世紀も後まで生き延びられないのではないかと多くの者が恐れているから」（下・二九七頁）。謎の写本の素材は「紙」であったのだ。

そもそも中国の製紙技術がイスラーム世界を通じてヨーロッパにもたらされたのが一二世紀半ばのこと。それ以降、中世後期には麻布などを原料にして作られる紙が徐々に普及していった。グーテンベルクの活版印刷術が広まる背景には、羊皮紙に代わる紙の使用の普及があった。そもそも中国での製紙法については、古くは『後漢書』に蔡倫《さいりん》が紙を作って皇帝に献上したことが記されているが、発掘調査からは紀元前二世紀には紙の製造をしていたことも判明している。製紙法は七世紀に朝鮮半島を経由して日本にも広まった。代表的な和紙には、楮紙《ちょし》（クワ科のコウゾの繊維で漉《す》いた紙）、雁皮紙《がんぴし》（ジンチョウゲ科のガンピの繊維で漉いた紙）、三椏紙《みつまたがみ》（ジンチョウゲ科のミツマタの繊維を漉いた紙）などがある。素材となる植物や、産地や製法の違いにより、古来多くの種類の和紙が作られ、使い分けられてきた。

図3-11　紙漉き

一方で、西方に向けては八世紀にイスラーム圏に製紙法が伝わり、一一五〇年頃になるとスペインに製紙工場があったことが判明している。同じ時期にシチリアのノルマン人も紙を知っていたようだ。紙の製造には布切れ（麻の古着など）が用いられた。ヨーロッパにおける紙の製造工程はおおよそ次の通りである。

①布切れを細かく切り、粉状になるまで叩いてつぶす。

②捏《こ》ね粉状の布の塊ができると、それに再び水を加えて溶かす。

③額縁状の枠に網を張ったものをその中に浸ける。

④網の上にどろどろした繊維の薄い層が沈殿するので、枠ごと取り出して乾かす。繊維の薄い層が乾けば剥がす。これで紙の完成である（図3-11）。

『薔薇の名前』では、一四世紀前半の修道院ではいまだ知られていなかった（少なくともベンチョは見たことがなかった）紙を使用した謎の写本は、やがてもはや隠し通せないと悟ったホルヘにより嚥下《えんか》されるであろう。亜麻製の紙は羊皮紙よりは嚙み砕きやすいだろうか。いずれにしても毒が塗られているのだが……。

羊皮紙は時の経過に長く耐えさせる本のために使われた丈夫な素材であったのに対して、紙は当初は破れやすい素材と見なされていた。しかし、紙の使用はしだいに増加していく。一五世紀半ばに登場したグーテンベルクの活版印刷術は、大量部数の本を、以前よりも安価な費用で迅速に作り出すことを可能にし、本の流通量も格段に上昇した。中世が終わり、本格的な印刷本の時代を迎えると、羊皮紙の地位は決定的に紙に取って代わられ、羊皮紙が使用される機会はしだいに減っていく。

エーコは「中世」を再現する上で、羊皮紙や紙、眼鏡といった細部に徹底的にこだわっていた。それこそが『薔薇の名前』の迫真性を増す効果をもたらしている。中世学者でもあったエーコならではのアプローチである。

異端の烙印

エーコが「うす暗い場所」として舞台に選んだのは一四世紀前半という時代であった。ドミニコ会を中心として異端審問が展開される中、カタリ派やヴァルド派と並んでベガンやドルチーノ派（使徒兄弟団、教会側からは「偽使徒派」と呼ばれる）も異端として問題視され、正統と異端という問題が社会に深く刻印を残していた。アドソは、正統と異端の違い、異端各派の違いがわからなくなってくる。

ヴァルド派とカタリ派、リヨンの貧者たちと謙遜者集団、ベギーニ派と第三会員たち、ロンバルディーア派とヨアキム主義者たち、パタリーニ派と使徒派、ロンバルディーアの貧者たちとアルノルド派、グリエルモ派と自由なる霊の分派、そして悪魔主義者たち……彼ら相互の違いが、もうわからなくなってしまったのです（第三日九時課）（上・三一四頁）。

ウィリアムは異端とは何かについて丁寧に語って聞かせる。獰猛な牧羊犬（世俗の権力者）と羊飼い（聖職者）が羊の群れを統御し、導いている。しかし、牧羊犬と羊飼いは互いに争ううちにおのれを見失い、群れを守らなくなる。すると羊の群れの一部が離れてしまい、羊の群れから追い出されてしまう。排除された者たちは一貫して外縁を生き続け、権力者から異端の烙印を押されていった。そこでは教義や信条が問題になるのではなかった。異端とされた側は、排除という現実を受けて正真正銘の異端となるのだ。ローマ教会は異端を弾劾していくが、正統と異端の線引きに明確な基準はなく、相手次第《しだい》、状況次第《しだい》であった。アドソは途方に暮れてしまう。いったい誰が正しく、誰が間違っていたのか――。

第三日終課の後、アドソはウベルティーノに会いに行き、「多くの人々を惑わした、邪悪な男、修道士ドルチーノ」について教えてほしいと頼む。レミージョとサルヴァトーレはドルチーノ派と行動を共にしていたという設定である。ウベルティーノはゲラルド・セガレッリの話から語り始める。セガレッリが「悔イ改メヨ！」と叫びながら、貧しい托鉢修道士として説教をして各地を巡った。しかし、フランチェスコの場合と違い、聖職者の権威を否定したことで異端へ追いやられた。セガレッリの説教のあとを承《う》け、異端の形態を発展させたのがドルチーノであった。聖職者の不義の子として生まれた彼は、愛において一切が共有されねばならないから、すべての女たちと無差別に交わってもよく、たとえ他人の妻や娘と交わっても咎《とが》めだてすることは誰にもできない、と主張したという。ドルチーノは教会を否定するだけではなく、谷間の村々を略奪して回り、近隣諸地域への戦闘を開始する。結局、ドルチーノたちは反逆者として捕らえられて、火刑台の煙と共に消えたのであった。

『薔薇の名前』の中でベルナール・ギーは、レミージョを一連の殺人事件の犯人として（誤解して）捕らえ、異端審問においてドルチーノとのつながりを自白させている（拷問の恐怖をちらつかせながら）。実際、ベルナール・ギーは審問マニュアルである『異端審問官提要』（一三二三年）の中で、ドルチーノの誤謬について次のように触れている。

ドルチーノにはマルゲリータという名の愛人がいて、共に寄り添って暮らしていた。彼は彼女をキリストにおける姉妹として、完全な貞潔と誠実のもとに遇しているように見せかけていた。のちに彼女が妊娠していることがわかったとき、ドルチーノとその仲間たちは、彼女は聖霊を孕んでいると公言した。……使徒であると自称するドルチーノの弟子たちと信奉者たちは、何度も確認されたことであるが、彼らがキリストにおける姉妹たちと呼び、共に寝る、同じような愛人たちを伴っていて、肉欲の誘惑をまったく感じないと偽りの自慢をなし、そのように見せかけていた。……前述のドルチーノが司祭の不義の子であったことは注目すべきであろう。[12]

ウベルティーノがアドソに語って聞かせた内容が、当時のドルチーノ理解に沿ったものだということがわかる。続いて、同じく『異端審問官提要』の記述をもとに、異端ドルチーノの断罪と処刑に至るまでの経緯についても見てみよう。

ロンバルディアの異端審問官たちは、ヴェルツェリ司教と協力して、全贖宥《しょくゆう》の授与を伴う十字軍を勧説《かんぜい》し、前述の異端の指導者ドルチーノに対する多数の派遣軍を組織した。異端の者たちは過去の誤謬をむしかえしたばかりでなく、新しい邪悪な教義を捏造して多くの者を汚染し、彼らを自分の方へ引き寄せて多数の弟子や信奉者となし、彼らと共にノヴァーラ山脈に隠遁したのだった。

そこで、厳しい気候のせいで多くの者が飢えと寒さから衰弱し、命を落とすことになった。こうして彼らは誤ったまま死んでいったのである。同じく、信仰深い者たちの軍は山脈を登り、四〇人近い仲間と共にドルチーノを捕らえた。飢えと寒さで死んだと同じくらいの者が殺され、四〇〇人近い犠牲が出た。ドルチーノと共に、異端で魔女、不埒で誤謬にみちた共犯者のマルゲリータも捕らえられた。この逮捕は聖週間のあいだに、すなわち主の受肉から数えて一三〇八年の聖木曜日に行われた。犯罪者たちに対する裁判の実施は不可避であった。裁判は世俗の法廷で行われた。前述のマルゲリータはドルチーノの目の前でばらばらに切断され、続いてドルチーノもばらばらに切り刻まれた。二人の処刑者の骨と肢体は、数人の共犯者たちと同時に、火に投じられた。これこそ、彼らの罪に値する罰であった。[13]

このようにベルナール・ギーは、ドルチーノ派をはじめ同時代の異端についての情報を収集し、自身の異端審問での聴取の経験も踏まえてマニュアルをまとめていた。その彼が『薔薇の名前』の中で、ドルチーノ派の生き残りを追い詰めるというのは、(フィクションではあるが)なかなかスリリングな設定ではないだろうか。

「キリストの清貧」をめぐって

『薔薇の名前』の時代には、正統に位置づけられていたはずのフランチェスコ会の内部にも異端と見なされかねない要素が立ち上がってきていた。フランチェスコ会厳格主義の問題や清貧論争が重要な局面を迎えるのである。『薔薇の名前』の中で、教皇使節団とフランチェスコ会の代表団との会談が持たれた理由はまさにこの点にあった。そこで次に、フランチェスコ会に端を発し、ローマ教会の根幹を揺るがしかねない問題に発展した清貧論争について、小田内隆氏の異端研究をもとに確認することにしよう。[14] 第五日一時課に展開される「キリストの清貧」をめぐる複雑な議論を整理することになるだろう。

会談の口火を切った修道院長アッボーネは次のように「近年の事態」を要約している。

思い返せば、主の御歳を数えて一三二二年に、ミケーレ・ダ・チェゼーナの釆配下で、ペルージャにおいて開催された、小さき兄弟修道会士たちの総会は、熟慮と慎重な審議の結果、キリストが完全な生き方の手本を示すために、また使徒たちがその教えを実践するために、所有の理由にせよ統率の理由にせよ、一切の共有財産を持たなかったことを確認し、また正典の文章からさまざまにそれが論証できるとして、この精神こそは正統なカトリック信仰の根拠であると決議した。したがって一切の所有の放棄は、賞賛に値する神聖な決意であり、戦う教会の創設者たちはこの神聖な掟を遵守したのであった（第五日一時課）（下・一三三頁）。

教皇ヨハネス二二世がこの見解を異端と非難し、『クム・インテル・ノンヌッロス』によってペルージャの総会の主張を決定的に断罪したことは第I章でも見た通りである。アッボーネの説明に対して、枢機卿ベルトランドが異論を差しはさむ。バイエルンのルートヴィヒ（皇帝ルートヴィヒ四世）こそがこの問題に介入して事態を紛糾させたのだと。「教皇猊下《げいか》に敵対し、猊下を〈平和ノ敵〉と呼び、醜聞と不和を巻き起こすことに腐心した」のであり、「猊下を異端として、いや異端の教祖として扱った」のだと。

プロローグでも語られた教皇と皇帝の対立構図を背景として、清貧論争は重要な局面を迎えていた。だからこそアッボーネのベネディクト派修道院でフランチェスコ会の代表団と教皇使節団との会談が持たれたのであった。会談では、双方から非難と罵声の応酬が繰り広げられるが、そもそも「キリストの清貧」の何がそこまでの問題とされたのだろうか。

まずは歴史的背景を見ておこう。フランチェスコは個人としても共同体としてもいかなる財産も所有しないという「清貧」を説いた。しかし、フランチェスコ会が教皇に認可され、修道会として発展していくに伴って、「キリストの清貧」は現実から乖離した実態を持つようになる。フランチェスコ会士が説教を通じて都市民への司牧の役割を果たすようになると、その拠点としての修道院と教会を都市内に所有することが必要になったのである。教皇は、異端に対する戦いと都市における司牧活動という目的のために、会則の厳格な適用を緩和する動きに応じ、お墨付きを与える。教皇グレゴリウス九世とインノケンティウス四世による一連の教勅《きょうちょく》は、財産の「使用」と「所有」は区別されるものだとした。つまり、財産を「所有」してはならないが、その「使用」は認められるというのだ。財産を「所有」するのは教皇であり、修道会は教皇の財産を「使用」しているにすぎない。

一二五七年に修道会総長に就任したボナヴェントゥーラは『清貧擁護論』（一二六九年）において、キリストや使徒たちの清貧は財の使用そのものを放棄したわけではなく、所有権を放棄したのであり、フランチェスコの説いた無所有の原則は、たとえば司牧のために必要な物を「使用」することまでは制限していないとして、「キリストの清貧」の理論化を進める。こうしてフランチェスコの清貧と修道会の財産保持とは両立しうるという解釈が、教皇ニコラウス三世の教勅「エクスィト・クィ・セミナト」（一二七九年）によってカトリック教会の公式的な立場とされた。

要するに、聖フランチェスコにとって清貧とは、その実践を通じてキリストとの神秘的な合一を果たす至高の体験であったが、清貧の理念の形骸化により、フランチェスコ会は「キリストの貧者」の理想と実態との矛盾を抱え込むことになり、その解決が模索されていたということだ。

その後の展開を見ていこう。修道会の指導部は清貧の緩和を推し進めて「コンヴェントゥアル派」として主流を構成した。これに対して、聖フランチェスコその人の鮮烈な記憶を留め、その遺言に忠実たろうとする人々もいた。彼らはこのような清貧の形骸化に矛盾を唱え、体制から分離するようになる。急進的な「聖霊派」は、「裸のキリストには裸で従う」と主張し、宗教生活として清貧を実践するためには財の使用にあたっても「貧しさ」がなければならないとした。

コンヴェントゥアル派との確執を深めていく聖霊派は、教皇の認可を受けた既存の修道会のあり方を否定するに至る。両陣営の対立は熾烈を極め、修道会内部での解決はもはや望むべくもない状況となっていた。こうして清貧論争はアヴィニョン教皇庁へと持ち込まれることになった。教皇クレメンス五世は、一三〇九年、フランチェスコ会の問題を調査する委員会を設け、両陣営の代表をアヴィニョンに招いた。両派は激しい論戦を繰り広げるが、財の「所有」と「使用」の区別を主張し、教皇の教会法的な権威のもと修道会の上長と教皇への服従を強調するコンヴェントゥアル派の立場と、キリストに倣《なら》いて清貧を実践し霊化を志向する聖霊派の立場という両派の違いが明確になっただけであった。

清貧論争に論理的決着が導かれるのは、一三一六年に教皇位に就いたヨハネス二二世のもとであった。ヨハネス二二世は聖霊派の修道士に対して、「貧しき使用」を実践するシンボルとなっていたフランチェスコを模倣した「短い僧衣」を捨てて、フランチェスコ会の総長に服従すべしとの断固たる意志を伝える。六一名の修道士に対して、一〇日以内にアヴィニョンまで出頭し、教皇の命に従うかどうか返答が求められた。その際、拒否する者は破門に処すとされた。

ラングドックの聖霊派修道士たちは、出頭の求めに応じてアヴィニョンに到着する。多数の顧問団に囲まれた年老いた教皇ヨハネスの臨席のもと、豪華な盛装をまとったコンヴェントゥアル派のフランチェスコ会士たちと、襤褸《ぼろ》のつぎはぎだらけの「短い僧衣」をまとった聖霊派のフランチェスコ会士とが対峙する。しかし、査問とは名ばかりで、聖霊派の修道士たちはその場で次々と捕らえられ、六〇余名が牢獄に入れられたという。

一三一七年一〇月七日、教皇ヨハネス二二世は教勅「クォルムダム・エクスィギト」を発布する。修道会総長が「短い僧衣」をやめさせ、穀物蔵・ぶどう酒蔵の設置を認可する権限を持つことを認めるかどうか、聖霊派修道士たちに対して、修道会総長への服従を迫った。この要求を受け入れることは、聖霊派としての清貧理想を自ら否定することになる。ヨハネス二二世はこの教勅の最後を、「清貧（paupertas）は偉大なり、然れども、純潔（integritas）はさらに偉大であり、もし完全に保たれるならば、すべての中で服従（obedientia）こそがもっとも善きことである」[15]と結んでいる。修道会総長、さらには教皇の権威に従うかどうか――。

修道会総長チェゼーナのミケーレは拘留中の聖霊派修道士に対して、教皇への服従を求めた。多くの者はこれに従ったが、頑強に拒む聖霊派二〇名の処遇について一三名の神学者からなる委員会への諮問がなされた。そこでの答えは、あくまで服従を拒否し続ける者は異端として断罪されるべきであるというものであった。拒否の態度を貫く聖霊派修道士は、「異端」の嫌疑を受け、異端審問にかけられた。最終的に五名を除いて教皇と修道院総長への服従が誓われたが、不服従を貫いた五名は最終的に「異端」とされた。このうち直前に悔悛《かいしゅん》した一名は終身禁固刑に、残りの四名は一三一八年五月七日、火刑に処せられた。

こうした厳しい弾圧を受けて、聖霊派の修道士たちはカトリック教会に公然と反抗し、教皇制度に対しても批判を展開する。教皇による弾圧がさらに強まる中、フランチェスコ会に認められていた特権が撤回されるに至る。総長チェゼーナのミケーレやオッカムのウィリアムらは、教皇を「異端」と非難し、『薔薇の名前』の翌年の一三二八年、教皇ヨハネス二二世と対立していた皇帝ルートヴィヒ四世のもとに逃れ、ヨハネス二二世の廃位を要求するであろう。こうして「キリストの清貧」をめぐる論争は、聖俗の権力を巻き込んだ中世後期ヨーロッパ史の重大局面へと発展していったのだ。

『ヨハネの黙示録』と終末論

何のために清貧に生きるのか？　救済への道筋となるからだ。聖霊派にとって軸となったのがフィオーレのヨアキム（一一三五頃～一二〇二年）と聖霊派の指導者ペトルス・ヨハンニス・オリーヴィ（一二四八～九八年）の思想であった。ヨアキムの残した預言的言説が、およそ一世紀後、オリーヴィを経て聖霊派に多大な影響を及ぼしている。オリーヴィはフランチェスコ会の清貧の本質としての「貧しき使用」論を展開した。「貧しき使用」を通じて、人間はこの世での財への執着から解き放たれ霊的な自由を得ることができるという。聖霊派は苛烈な処遇を受けながらも、このオリーヴィの「貧しき使用」論を熱狂的に支持し、文字通りの清貧を実践したのである。

それではフィオーレのヨアキムはどのように世界を捉えたか。そこには『ヨハネの黙示録』が深く関わっている。バーナード・マッギンによりながら、ヨアキムの終末論を見てみよう。

ヨアキムは、歴史を三つの時代に分けて捉えた。第一の「父なる神の時代」は、天地創造からキリストの生誕まで（旧約の時代）である。第二の「子なるキリストの時代」は、キリストの生誕から現在を経て少し先の将来（数字の象徴に基づくヨアキムの計算では一二六〇年）まで、第三の「聖霊の時代」は、一二六〇年に始まり世界の終末までの期間である。

第二の「キリストの時代」の終わりには、第一の反キリストが到来し、最初のキリスト再臨が起きる。第三の「聖霊の時代」には、聖霊によって旧約・新約聖書の真の意味が開示され、「霊的教会」により人類は完全な霊の自由を得る。やがて、第二の反キリストと再臨したキリストとの闘争が起き、世界は最後の審判による終末を迎える。

『ヨハネの黙示録』第一〇章において、太陽のような顔で頭上に虹を戴き、右足で海を、左足で地を踏みしめる天使が小さい巻物（書物）を天よりもたらす。その巻物は口には蜜のように甘いが腹には苦くなるだろうと告げられたにもかかわらず、ヨハネは躊躇なく呑み込んだ。書物を食べるという観念は、その内容を完全に吸収するという意味を帯びる。とりわけフィオーレのヨアキムのような修道士にとって、祈りと瞑想をもって聖なる書物を吸収する「霊的読書（lectio divina）」と重ね合わされたことであろう。

ヨアキムは、天から降り来った天使を「霊的な人々（viri spirituales）」と捉える。天使が海と地の両方に足を踏み下ろしているのは、それが旧約・新約の調和を意味し、もたらされる開かれた巻物はこれまで聖書に秘められてきたことの啓示なのだ。そして、巻物を食べる（記憶に焼きつける）ように命じられるヨハネとは修道会を表しており、言葉が腹に苦いのは、報償に至るにはなお相当の苦難を経なければならないことの警告だという。ヨアキムにとって『ヨハネの黙示録』とは過去の物事への鍵、起こるべき物事の知識であり、封印されていたものの開示、隠されていたものの啓示なのだ。

こうしたヨアキムの救済に向けたヴィジョンによると、この世の終わり（最後の審判）ではなく、第三の「聖霊の時代」への移行が新たに問題として持ち上がっている。そこでは反キリストの到来が徴《しるし》となる。ヨアキムは、キリスト教社会の刷新は人間の制度によって成し遂げられるものではなく、聖霊の介入により初めて実現されるとする。ヨアキムは別に「聖霊の時代」にカトリック教会に取って代わる新しい教会が出現すると唱えたわけではなかったが、聖霊による刷新という観念のうちに、既存の制度をラディカルに変革するというメッセージを読み取ることもできる。実際、一三世紀末以来、托鉢修道士による説教を通じて一般信徒の間で魂の救いを求める動きが活発化しており、ヨアキムの「霊的教会」はそこに大きな影響を及ぼすのである。

一三世紀後半には、ヨアキム主義の影響はフランチェスコ会に浸透しており、第三の時代を切り開く「新修道会」とは自分たちのことだという認識が広まっていた。聖フランチェスコの清貧とヨアキムの預言とが結びつけられる。こうしてオリーヴィが「貧しき使用」論をヨアキムの「霊的教会」の話に結びつけ、同時代のキリスト教社会の制度に対してラディカルな批判を生み出す素地をつくった。オリーヴィの預言的言説が清貧論争を激化させることになったと言える。

フランチェスコ会士オリーヴィは晩年に書いた『黙示録註解』の中で、この世の終末が間もなく訪れるという切迫した黙示録的危機のヴィジョンを展開している。このヨアキム主義的な預言は、聖霊派とその支持者である一般信徒（ベガン）に熱狂的に支持された。教会の歴史は七つの時期に分けられる。聖フランチェスコがキリストの清貧を説いた第六の時期は、今や危機的な状況に陥っている。今こそ聖フランチェスコの理想に立ち返り、霊的教会を実現しなければならない。教会の腐敗はとめどなく進行しているが、フランチェスコの真の後継者たちは、反キリストの支配する「肉的教会」による迫害に抵抗し、最終的には勝利を収め、世界に霊的平和が訪れるであろう。

迫害を受け「異端」とまでされた聖霊派は、自らを「霊的教会」の一員と位置づけ、ローマ教会を「肉的教会」と見なして教皇ヨハネス二二世こそが反キリストだと捉えることになった。逃亡し流浪の聖霊派修道士たちはベガンに匿《かくま》われた。ベガンとは「貧しき悔悛者の兄弟姉妹」と自らを称して、フランチェスコ会士から霊的指導を受けて在俗生活を送る一般信徒の会（第三会）のメンバーである。ベガンにとってオリーヴィは聖フランチェスコの真の後継者。聖フランチェスコがヨハネの黙示録の「生ける神の刻印を持って」いる第六の封印の天使（黙・七・二）との観念と並び、オリーヴィは「顔は太陽のようで……手には開いた小さな巻物を持っていた」天使（黙・一〇・一―二）なのだ。

ベルナール・ギーは『異端審問官提要』の中でこのように述べている。「彼らの有害な謬見はベジエ近郊のセリニャンで生まれたペトルス・ヨハンニス・オリーヴィの作品や論考、とくに黙示録に関する註解に由来する。彼らはこの著作をラテン語で読むばかりではなく、自分たちの言葉に翻訳した[16]」。

一般信徒は文字の読み書きができる者ばかりではなかったが、読み書きができる教養ある人がほかの者に朗読するというスタイルがとられていた。そうすることで文字の読み書きができない者にもテクストの意味合いが理解される。単に読み上げられただけではなく、その意味内容が解釈されて伝えられる。その解釈を共有する集団（「テクスト共同体」）が出来上がる。オリーヴィの黙示録的な預言のメッセージもこうして民衆に伝わり、共有され、拡大していったのだ。

以上のように、一四世紀前半には「キリストの清貧」をめぐる論争に端を発する動きがあり、異端問題が社会に深く刻印されていった。そこには『ヨハネの黙示録』の釈義を通じた世界の読み解きがあった。カトリック教会は異端審問を通じてこれらの者たちを「異端」として非難・追及していく。

異端審問と刑罰

異端審問官はいかにも「うす暗い」中世を象徴する存在である。エーコは『薔薇の名前』の中で異端審問の恐怖を描く。とりわけ異端審問官ベルナール・ギーは冷徹な人物として描かれていることは印象的である。

ギーは七十歳くらいのドミニコ会士で、華奢な身体つきではあったが、まだ矍鑠《かくしゃく》としていた。何よりも、無表情なままで相手を見据える、あの冷ややかな灰色の目に、私は打たれた。それでいながら、あとになって、何度も、ギーが自分の思念や情念を隠そうとするときに、あるいはわざと露わにしようとするときに、そこに怪しい光がよぎるのを、私は見た（第四日九時課）（下・七五頁）。

ベルナール・ギーは結論を得るためには手段を選ばない。サルヴァトーレが拷問された様子にアドソは驚き怯える。「あちこちの関節がはずされ、もうほとんど動けないのに、縄で縛られた猿みたいに弓兵に引き立てられ、鎖のなかで身もだえしている」サルヴァトーレの姿を見ると、過酷な尋問がなされたことは明らかだった。レミージョに対しては、回状という証拠を突き付けてドルチーノとのつながりを白状させる。しかし、レミージョは身に覚えのない修道院の殺人については答えようがない。「わたしは自分のしたことは何もかも告白した。自分がしなかったことまで告白させるな……」。だが、ベルナール・ギーに拷問をちらつかせられると、態度は一変する。「拷問はいけない。あなたが望むならば、何でも話そう。いつそのこと、すぐに火焙りにされたほうがよい、焼かれる前に息が詰まって死んでしまうから」。レミージョは四人の修道士の殺人を認める。「どうやって殺したのかも知りたいのか……あんなやつら、殺したとも……そうだな……」「人を殺すのにいちいち手を下すには及ばない。悪魔を使う方法さえ知っていれば、悪魔が代わりにやってくれるから」。笑いながら、並みいる人々を眺めわたした。しかしそれはもはや正気を踏みはずした者の笑いだった。

「学ぶのだぞ」。ウィリアムがアドソに語りかける。「拷問にかけられると、いや、拷問にかけると脅されると、それだけで人間は自分がしたことばかりか、自分がしたいことまで、わけもわからずに口走るのだ」。

「審問は終わった」「羊飼たちは彼らの役割を果たした。いまや、病める羊を群れから離して、火によって浄めるのは、番犬たちの役目だ」（下・一九〇―二一五頁）――。作中のベルナール・ギーは、まさに多くの人々が思い描く中世の異端審問官像に合致する冷徹な人物として描かれている。実際、異端審問では拷問に加えて、火刑に象徴されるような苛酷な刑罰が科されていた。こうした拷問や刑罰は異端とされた者にとっては耐え難い苦痛以外の何ものでもなかっただろう。ただし、拷問の使用を許可したインノケンティウス四世の「アド・エクスティルパンダ」（一二五二年）以降、拷問は異端審問においては公式に認められた手段であった。つまり、拷問それ自体が当時の基準で不正だったわけではなく、審問手続きの中で自白を引き出す選択肢の一つであったのだ（もちろん拷問を乱用する審問官がいたことも確かなのだが）。それでは、異端審問の刑罰には、当時の文脈においてどのような「意味」があったのだろうか。[17]

異端審問官はさまざまな手段を駆使して異端者とその仲間を発見し、起訴し、刑罰を科していった。捕らえられた異端者や異端との関わりが判明した者は、その関わりの濃淡に応じて刑罰が科された。歴史上のベルナール・ギーの事例を確認してみよう。ベルナール・ギーが判決を下したカタリ派やヴァルド派に対する六三三通の判決記録の中で、「生きたまま火刑」の宣告は四一件（六・五％）にとどまる。対して、「十字架着用」は一三六件（二一・五％）、最も多数を占めるのが「緩やかな壁」と称される終身刑であった（二六八件、四二・三％）。つまり、全体として見た場合、異端審問の刑罰の中で火刑が占める割合はじつは決して高いものではない。

しかも、場合によっては、のちに減刑措置がとられることがあった。「牢獄からの釈放、ただし十字架着用」が一三九件、「十字架を外す」許可が一三五件確認できる。つまり、審問官の側には異端は何が何でも火刑というわけではなく、異端から正統に引き戻そうという意図があったことが窺えるのだ。

たしかに審問官にとって刑罰の目的は「異端の破壊」であったが、ベルナール・ギーはそこに「異端から正統に戻るか、世俗の権力に引き渡されて身体が燃やされるか」という二通りの道筋を想定している。説得にもかかわらず改悛《かいしゅん》することなく異端に固執する者、また誓絶《せいぜつ》（神に誓って異端との関わりを絶つと約束）したにもかかわらず「戻り異端」となった者は許されなかったため、両者は火刑に処されることになったが、悔い改め正統へと戻った人物に対しては「赦免《しゃめん》」が与えられたのである。

ただし、この「赦し」は異端審問官の側の目線に立ったものでしかないことは忘れてはならないだろう。衣服に黄色い十字架のフェルトを縫い付けるという「十字架着用」は、異端に関わった人間への目に見える形での贖罪《しょくざい》の刑罰であるとされるが、この刑罰を科された側にとっては逃れられない刻印となったはずである。中世において、黄色は疑念と欺瞞、悲しみと怒り、嘘と裏切り、規範の侵犯という貶《おとし》められた価値を体現した色彩であった。また黄色の衣服や記章は、道化・芸人、ユダヤ人など社会から疎外され排除される社会的マイノリティの徴《しるし》であったのだ。黄色い十字架は、家の内外を問わず外してはならず、ほかの衣服で隠してはならないとされた。つまり、ひとたび異端審問官の手にかかった人物は、こうした身体的なシンボルで劇的に印づけられ他のすべての人から分け隔てられることになる。たとえ、十字架を外すことが認められても、結局は元異端者というレッテルは残るのであり、「プロパガンダとしての刑罰」が結局は被告の社会的孤立をもたらすのである。

異端審問記録の作成・保管・利用

異端審問官は異端追及に際して画期的な技術を用いていた。ここでは中世ヨーロッパにおける実際の異端審問がどのような技術を用いて異端を追跡し、起訴し、判決を下していたか、異端審問記録(供述記録・判決記録)や審問マニュアル(ベルナール・ギーの『異端審問官提要』が有名)などの「史料」に着目することで、『薔薇の名前』を別の角度から眺め直してみたい。

一三世紀前半の異端審問の創設当初、審問官は異端者かどうかに関わりなく多数の住民を召集して大規模な聞き取り調査を行った。尋問を受けた者が語る供述内容は記録簿へと整理されて保管され、これらの記録は異端者を把捉《はそく》するためにのちに利用されていた。こうした体系的な情報管理を通じて、効率的な調査が展開されていくことになる。

一三世紀半ばの大規模な調査では、膨大な数の証言が記録されている。たとえば、異端審問官ベルナール・ド・コーとジャン・ド・サン＝ピエールは一二四五年五月から四六年八月の期間に南フランスのローラゲ地方の五五〇〇人以上から証言を得ている。この供述記録（一二四五〜四六年）のオリジナルは消失しているものの、一二五八年一〇月から一二六三年八月の時期になされたオリジナルからのコピーの断片が残存しており、トゥールーズ市立図書館に所蔵されている。

この史料の中では証言者の語る内容はきわめて簡素であり、一人ひとりについての情報は乏しい。膨大な数の聴取を行う場合、時間的な制約もあり、証言者の人数が多くなればなるほど、記録は簡素にならざるをえないからである。しかし、「いつ、どこで、誰を見たか」という情報から、証人が誰と関係しているかを徹底的に洗い出し、「異端」のネットワークを炙り出そうとしていた異端審問官の意図は読み取れる。

こうした供述記録がとられる聴取の場面において、多かれ少なかれ質問はマニュアルにしたがって定式化されていた。たとえば、同史料で尋問において審問官ジャン・ド・サン＝ピエールが質問した内容は次のように記録されている。

汝はその異端者たちを〈善き人々〉だと信じていたか？　また彼らを崇拝したか？　また彼らに何かを与えたか？　また彼らに何かを送ったか？　また彼らの訪問を受け入れたか？　また彼ら

や彼らの本から平穏を得たか？　また彼らの参進礼（アパレラメントゥム）もしくは救慰礼（コンソラメントゥム）に加わったか？[18]

こうした定型化した質問に対する証人の答えについては、「はい」「いいえ」「知りません」など承認・否認の情報しか記録されないこともあった。そのため、異端の信仰や説教活動、「異端化」の儀式の方法や様式などについては、この史料から窺い知ることはできない。あらかじめ審問官（および書記）によってかけられた質問の「フィルター」によって、被告の生の「声」は私たちのもとに届かないのだ。

これに対して、執拗なまでに被告の「声」を記録した審問記録も存在している。その代表例がパミエ司教ジャック・フルニエ（のちの教皇ベネディクトゥス一二世）の審問記録である。モンタイユー村のギヨーム・フォールの供述を見てみよう。

> アレ司教区のベルカイルに住んでいる女のアルノード・リーヴは悪霊が悪人たちの魂を連れて岩や斜面を登って行くのを見たのであります。それは岩山のてっぺんから突き落とすためでありました。
> アルノードは自分の目でこういう霊魂を見たのであります！　霊魂には肉も骨も手足もありました。頭も手も足も、そのほか全部であります。こういうわけで、魂には体が備わっております。霊魂は悪霊に高いところから突き落とされたのであります。呻き苦しんだのでありますが、それ

でも霊魂が死ぬということはありません！[19]

ここからは、異端者に関する直接的な情報だけではなく、証言者が語った迷信に含まれるような多種多様な内容についても関心を抱く審問官の姿が浮かび上がってくる。ちなみに、ベレンガーリオはアデルモの「亡霊」を見たと言ったが、中世において「幽霊」は迷信にとどまらない。修道士の間でも議論される対象であった。ジャン・クロード・シュミットは驚異譚や幽霊譚を繙《ひもと》きながら、中世において幽霊がどのように受け止められたのかを解き明かしている。

話を戻そう。第五日九時課、異端審問のシーンでベルナール・ギーが厨房係レミージョに尋問している。


「おまえの信じるものは何か？」

「善良なキリスト教徒の信じるものならば、何でも信じている……」

「それならば善良なキリスト教徒とは、何を信じるのか？」

「聖なる教会の説くところを」

「聖なる教会とは、どれのことか？……」

「あなたの……信じておられる真の教会がどれか、あなたこそ言ってみてください……」

「わたしならば、それはローマの教会だと信じている。唯一の聖なる使徒の教会、教皇と司教たちに支えられた教会だ」

「わたしだって、そう信じている」厨房係が言った。

「何という抜けめのないやつ！」異端審問官が叫んだ。「何という〈詭弁ノ〉使い手！　聞かれたか、みなの衆、わたしが信じている教会を自分も信じていると言うことによって、この男は自分の信じているものを口に出す義務を免れようとしている！……」（下・一八七―一八八頁）。

このあともベルナール・ギーによるレミージョへの尋問はしばらく続くが、このやりとりはじつはベルナール・ギーが『異端審問官提要』の中で、詭弁を弄して尋問をかいくぐろうとするヴァルド派への注意を促すべくまとめたテクストから採られている。まさにベルナール・ギー自身の経験に根ざした異端審問の尋問と言えるのだ。

異端審問官による尋問のあり方には、調査の目的や手順、以前の証言の有無など手がかりの性質や数、審問官や書記である公証人の個人的な経験など、その異端審問を取り巻くさまざまな要素が関わっていた。そもそも異端審問における審問官と被告の対話のすべてが書き留められるわけでもない。先のジャック・フルニエの供述記録は例外的な史料なのだ。また、書き留められたものも必ずしも完全とは限らない。ベルナール・ギーは『異端審問官提要』の中で次のように述べている。

もし多くの質問をなしたとしても……、すべての質問を記録するのは適当でない。事実の本質に触れる可能性の高いもの、またもっとも真実を示しているように見えるもののみを記録するのがよい。……あまりにも多くの尋問が記録されるならば、証言者の供述をたがいに照合することがむしろ難しくなる。[20]

ベルナール・ギーの『トゥールーズ判決集』という異端審問記録には、アルファベット順に並べられた地名リストや、都市ごとに分類された被告のリストなどの索引が付されている。被告の名前には、刑罰の種類や掲載ページ（フォリオ番号）がまとめられており、情報を検索する工夫が施されているのだ。また、異端審問官は残された記録を互いに照合し、異端者の現実へと迫ろうとした。ひとたび審問官の前に引き出された被告の情報は記録に書き留められ、その情報は蓄積されていく。こうして異端者は審問官の網の目に絡めとられていったのである。

中世の異端審問と聞くと、どうしても拷問や刑罰といった苛烈な措置が真っ先に念頭に浮かぶかもしれない。しかしその一方で、異端審問官は記録を取り、それをアーカイヴに保管し、必要に応じて参照・利用していた。異端審問官は托鉢修道士であり、迷える羊たちの魂の救済への配慮が贖罪という措置の背景にあったのである。とは言え、異端とされた者の恐怖たるや如何《いか》なるものであっただろうか。『薔薇の名前』の異端審問の劇的なシーンからは錯乱したレミージョの恐怖がひしひしと伝わってくる。

ある異端審問記録の数奇な運命

ベルナール・ギーの関連で、最後に興味深い史料の伝来について触れておきたい。[21] 概して異端審問関連の史料は、その伝来状況が特殊である。それには、異端審問記録に対する同時代人の認識が深く関わっている。すなわち、異端審問に対する都市民の反感により文書庫が襲撃され、その結果、関連文書が破棄されるという事例が少なくなかったからである。こうした事態に備えて異端審問側では、文書を二部作成したり、安全な場所に保管したりすることによって、厳重な文書の管理を行っていた。そうすると文書庫に後生大事に仕舞い込まれてそのまま忘れ去られてしまい、後世になって「発見」されることになる文書も出てくる。中でも、ル・ロワ・ラデュリが『モンタイユー』で利用した『ジャック・フルニエ審問録』（一三一八〜二五年）はその有名な例である。[22] パミエ司教ジャック・フルニエが教皇位（ベネディクトゥス一二世）に就く際に、異端審問記録を含む一連の文書群を携えて教皇庁の所在地アヴィニョンに入ったため、それらの文書はその後、ヴァティカンの書庫に秘蔵され、今日までその全文が保存されることになった。

また、フランス国立図書館のドア文書には大部の異端審問記録が含まれているが、[23] これには、一七世紀のフランス王権による文書管理の事情が関係している。そもそもドア文書とは、王権の利害に関わる情報の収集を目的として、ジャン・バティスト・コルベールの命によりジャン・ド・ドアが南西フランスの文書の網羅的な調査・蒐集（一六六三〜七〇年）を行って筆写させた史料（全二五八巻）である。つまりこの史料は、当時の国王行政における文書管理というコンテクストの中で保存されることになったものであり、これ自体は一七世紀のコピーではあるものの、オリジナル文書の大半が失われた今日、中世南フランスの状況を窺い知るための貴重な情報源となっている。このように異端審問記録の来歴には、それぞれの時代における文書の取り扱いが密接に関連している。

とりわけ異端審問官ベルナール・ギーによる判決記録である『トゥールーズ判決集』（一三〇八〜二

三年）は、数奇な運命を辿っている。一四世紀初頭に南フランスで作成された『判決集』は、じつは現在イギリスの大英図書館に所蔵されている。[24] どのような経緯でイギリスに伝来したのであろうか。『判決集』は、一六九二年に神学者フィリップ・ファン・リンボルクによって『異端審問の歴史』の付録としてアムステルダムにて公刊されているが、[25] その際にリンボルクが利用したオリジナルの写本は、一九六〇年代までは「紛失」したものと考えられてきた。リンボルクが写本の所在を明らかにしなかったことが原因である。この写本の価値について、一九世紀後半にシャルル・モリニエは次のようにコメントしている。「どのようにしてこの記録はオランダにやってきたのだろうか。彼〔リンボルク〕はそれを説明していない。この点に関する彼の沈黙が非常に悔やまれる。しかし、さらに残念なことは、この原本が今日もはや残っていないと思われることである。……原本はどうなったのであろうか。それはわからないし、ずっとわかることもないだろう」。しかしこの写本は、じつはイギリスの大英図書館に保存されており、一九七〇年代にマーガレット・ニクソンによって「発見」されることになる。[26] もともと作成された南フランスの地からオランダを経てイギリスへ。『判決集』の伝来の経緯については、写本に残された手がかりやその他の痕跡からある程度まで追跡することが可能である。

まずは、大英図書館に所蔵されている『判決集』に残された手がかりから調べてみよう。写本には数葉の後代の書類が挟み込まれたり貼り付けられたりしている。そこからある時期にこの『判決集』を所有していた人物が判明する。『判決集』は一七世紀末に、オランダのロッテルダムに在住のベンジャミン・ファーリーなるイギリス人商人の手に渡っていたようである。ベンジャミンの一七〇五年付けの蔵書票が貼り付けられていることからもそれは窺える。さらに、ベンジャミンの孫にあたるトマス・ファーリーの書簡が写本に挟み込まれていて、そこから『判決集』がオランダからイギリスへと渡る経緯が明らかになるのだが、それについてはあとで触れることにする。

さて、このベンジャミンはじつはジョン・ロックとも交友がある人物である。ロックはオランダ亡命中の一六八七年から八八年にかけてファーリー家を頻繁に訪れていたことがわかっている。また二人は多数の書簡を取り交わしている。さらに、『判決集』を刊行したリンボルクと二人の間にも接点があったことが、ロックの書簡から窺える。一四世紀初頭に作成された『判決集』が一七世紀に至るまでどのように保管されていたのかについては、残念ながら痕跡は見つかっていない。しかし、一七世紀末に南フランスのモンペリエに保存されていた『判決集』にロックが言及しており、また、その『判決集』に注目を寄せたベンジャミンらがロックと購入を相談する書簡を取り交わしている。結局『判決集』は、別の人物の手を経たのちベンジャミンが入手することになった。こうして南フランスからオランダに運ばれることになった『判決集』は、先に触れたようにリンボルクによってアムステルダムにおいて公刊されることになったわけである。

さて、『判決集』は一七一四年にベンジャミンが死んだあともファーリー家に留まる。しかし一七五〇年代に、彼の孫トマス・ファーリーはその売却を決意する。そのことは、彼がオックスフォード司教トマス・セッカーに送った書簡の内容から窺い知ることができる。その書簡が写本に挟み込まれているため、『判決集』のその後の足取りを追うことができるのである。[27] ただし、この書簡は、司教がトマスから受け取って『判決集』と一緒に保管していたものと考えられるため、司教からトマスへの書簡は残されていない。そのため、トマスから司教への書簡の内容から両者のやりとりを想定するしかないのであるが、一〇〇ポンドで『判決集』の購入をもちかけたトマスに対して司教は値踏みを行っていたようである。トマスは書簡の中で必死にこの写本の価値を伝える。

「……一〇〇ポンドからの減額を希望されている由……」

「……この判決集の現在の所有者は、これについて決して法外な価格を主張しているわけではございません……」[28]

だが、この懇願は聞き届けられることはなかった。というのも、最終的にトマスが減額した上で『判決集』を手放したことが、挟み込まれた受領書からわかるからである。

「……ロッテルダムのベンジャミン・ファーリーの息子、マークレーンのジョン・ファーリーの遺言執行人の一人わたくしトマス・ファーリーは、オックスフォード司教トマスより八〇ポンド受領いたし候……」[29]

こうして『判決集』は、オランダからイギリスのオックスフォード司教トマス・セッカーの手に渡り、その司教が一七五六年八月二一日に大英博物館にこれを寄贈したことにより、現在の大英図書館の所蔵へとつながることになった。

ところでベンジャミン・ファーリーは、一六八八年よりロッテルダムに居を構えたクェーカー派のイギリス人実業家であった。クェーカー派とは、一七世紀中頃イギリスに生まれたプロテスタントの一派である。ベンジャミンはなぜ『判決集』を求め、購入に踏み出したのであろうか。一七世紀から一八世紀における『判決集』の価値とはどのようなものであったか。この問題に迫るためには、ベンジャミンやロックらの間で取り交わされた書簡を綿密に検討する必要があるが、そのヒントはトマス・ファーリーが司教に送った書簡の中に含まれているように思う。

「……もしこれが教皇主義者（Papists）の手に落ちるようなことになれば、リンボルク教授の版の真実性が二度と証明されなくなってしまいます……」[30]

つまり、カトリックが異端に対して裁きを下した証拠である『判決集』は、プロテスタントであるクェーカー派にとってカトリックの誤謬を暴く材料と捉えられるものであったのである。ここで大事だと思われる点は、この異端審問記録の価値が、一七・一八世紀当時の社会的文脈での「読み」において理解されるものであったということである。つまり、一四世紀初頭にカタリ派やヴァルド派といった異端追及のために作成された『判決集』は、近世においてはカトリックとプロテスタントという宗派対立の構図の中で理解されるものとなっているのである（もっとも、『判決集』を売却するための口実として述べられたにすぎないかもしれないのだが、いずれにせよ、近世社会のコンテクストで『判決集』を理解する必要はあるだろう）。ある社会において史料が生み出されるということ自体が多分に時代性を帯びた現象であるが、ある時代に特有の形式のもとで生み出されたテクスト（ここでは、一四世紀初頭の南フランスにおける異端審問の過程で作成された異端審問記録）が、史料を取り巻く人間関係の変化に伴って異なる捉え方をされ、取捨選択を受けることになる。中世に作成された史料に中世に起こった出来事の証拠が含まれていることはもちろんであるが、ここで観察されたように、それらの史料が現代に伝わるその経緯には、その時代その時代の史料の「読み」の積み重ねがあり、その「読み」による文書の保存・破棄の選択がなされているという点は忘れてはならないだろう。

中世南フランスのトゥールーズで作成されたベルナール・ギーの『判決集』は、中世の段階では南フランスに留まっていたが、近世に入るとオランダのリンボルクの手に渡り、刊行される。次いで、ロッテルダムのプロテスタント、ファーリー家に所蔵され、その後イギリスのオックスフォード司教のもとへ。最終的に大英図書館に所蔵されたこの『判決集』は、二〇世紀後半にマーガレット・ニクソンによって「発見」され、二一世紀に入ってフランスのパレス・ゴビイヤールによって史料刊行がなされる。写本はこうした「旅」を経て現代に伝来しているのだ。

失われてしまった写本をめぐる物語

ベルナール・ギーの写本は偶然に発見されて、オリジナルの写本と刊本（一七世紀のリンボルク版、二一世紀のゴビイヤール版）を比べることができるが、『薔薇の名前』では同じく数奇な経緯を辿ったアドソの手記（写本）はついぞ見つかることがない。アドソの手記の行方について最後に考えてみよう。『薔薇の名前』においてエーコは作品の存立の根拠としてアドソの手記をめぐる問題を提示したが、歴史という角度から『薔薇の名前』を考える上でもこの箇所はとても重要になってくる。現在の私たちが過去の出来事にどのように接近できるのかという問題につながるからだ。

『薔薇の名前』の冒頭に置かれている「手記だ、当然のことながら」という部分は、エーコ本人と目される作者＝「私」がアドソの手記に関する書物を発見した一九六八年からその内容を『薔薇の名前』として刊行する一九八〇年までの経緯が語られている。

一九六八年八月一六日、修道院長ヴァレという者のペンによる一巻の書物『J・マビヨン師の版に基づきフランス語に訳出せるメルクのアドソン師の手記』（一八四二年、パリ、ラ・スルス修道院印刷所刊）を「私」は手に入れた。この書物は、元を辿ればベネディクト修道会の歴史に貢献したことで知られるマビヨンがメルクの修道院で発見した一四世紀後半のアドソの手記を忠実に復原したものだという。このジャン・マビヨン（一六三二～一七〇七年）はサン・モール学派のベネディクト会士である。『古文書学』（一六八一年）を著し、文書の材質、書体、文体、署名、印章、日付などを判断材料にして、古文書の真贋を判別する方法を提示した。近代古文書学の学問体系を確立させた画期ともされるこの書物は、日本語にも翻訳されている。

さて、その六日後、「親しい人物」との待ち合わせを予定していたプラハにソ連の軍隊が侵入してきたため、辛苦の果てにオーストリア側へと逃れた「私」は、リンツを経てウィーンにて「親しい人物」との再会を果たした。二人は一緒にドナウ河の流れを遡ったが、ザルツブルクに着く前、「モンゼー湖畔に臨む小さなホテルで悲劇的な一夜を過ごし、私たちの共同生活の旅はにわかに中断された」（上・一三頁）。二人の関係が不意の終わりを迎えた混乱の中で、その人物は姿を消す際に修道院長ヴァレの書物を持ち去ってしまった。

この間、この手記に魅了された「私」は、メルクのアドソの恐ろしい物語に読み耽り、ほとんど一気に、ジョゼフ・ジベール文具店の大判のノート数冊にその訳文を作り上げていた。しかし色恋沙汰のいざこざで手記の現物は失われてしまい、「私の手もとには私自身が書きつけた一連の訳稿だけが残され」たのだった。「私」はアドソの話の真偽を確かめるために調査に乗り出すが、ヴァレの書物はどこの図書館にも所蔵されておらず、一七世紀のマビヨン版も発見できない。こうして手元に残る自ら訳出したノートの内容に対してすら疑いを抱き始めていた。

そうした中「私」は、一九七〇年にブエノスアイレスでミロ・テメスヴァルの小冊子『チェスのゲームにおける鏡の効用について』のカスティリア語版を入手する。一九三四年、トビリーシで刊行されたグルジア語で書かれた原テクストの訳本だという。この版の中にアドソの手記からの引用が多数収められていたが、出典はヴァレ版でもマビヨン版でもなく、アタナシウス・キルヒャー神父からのものだった。アタナシウス・キルヒャー（一六〇一〜八〇年）も実在したドイツのイエズス会士である。

つまり、こういうことだ。アドソのオリジナルの写本（一四世紀末）は失われてしまっており、それを刊行したマビヨン版（一七世紀）も図書館で見つからず、ヴァレ版（一八四二年）はごたごたの中で失われてしまう。「私」の手元に残ったのはヴァレ版からの訳出ノートだけであったが、ブエノスアイレスで偶然発見したミロ・テメスヴァルの書物にアドソの手記からの引用が見つかる。このテメスヴァル版はグルジア語で刊行された書物（一九三四年）をカスティリア語に訳したものであったが、もとは一七世紀のキルヒャー版だという。こうして、アドソの写本に関して一七世紀にマビヨンとキルヒャーという二系統の刊本が存在していたことが示されるのだ。

そして、テメスヴァルの訳書が言及しているエピソードがヴァレの仏訳による手記の内容と完全に符合していた。とりわけ迷宮の描写については疑問の余地がないという。こうして「私」は次のように結論づける。「修道院長ヴァレはあくまでも実在の人物であり、同様にメルクのアドソも間違いなく実在したのだ」と（上・一六頁）。

以上のように、アドソの手記が書かれてから刊行されるに至るまでの経緯はじつに入り組んでいる。第一に、一四世紀末にドイツ人修道士アドソが、およそ半世紀前の一三二七年一一月末に自身が巻き込まれた事件を回想しながらラテン語で書き残した写本がある。その写本を一六〇〇年代にジャン・マビヨンがラテン語で刊行する。さらにそのマビヨンのラテン語版を修道院長ヴァレがフランス語に訳して一八四二年に刊行する。そのヴァレのフランス語版を一九六八年に「私」が入手し、イタリア語に翻訳する。こうして一九八〇年、「私」によって『薔薇の名前』が出版されることになったのである（そして、そのイタリア語版が河島英昭氏によって訳出されたのが、日本語版となる）。

こうした入れ子構造について、エーコは小説を出すには「仮面」が必要だと語っている。「どの書物も常に他の書物について語っており、どの話ももうすでに語られた話を物語っているのだ[31]」。アドソが語ったとマビヨンが語っており、そのマビヨンが語ったことをヴァレが語っており、そのヴァレの語ったことを「私」が語るというスタイルが採用される。

実際のところ、「手記だ、当然のことながら」で語られるのは、虚実織り交ぜたストーリーであり、実在の地名や人名と架空のそれらが巧妙に組み合わされている。パリ、プラハ、ウィーン、ブエノスアイレスなどの地名と並んで、ラ・スルス修道院という実在しない修道院の名前が挙げられる。また、J・マビヨン、アタナシウス・キルヒャー、エティエンヌ・ジルソンなど歴史上の人物名が出てくる一方で、ミロ・テメスヴァル、ビュコワ修道院長などは実在しない人物である。現実と虚構、リアルとフィクションが入り混じっているのだ。

ビュコワ修道院長の名前は、隠された書物をめぐるモチーフと合わせてジェラール・ド・ネルヴァルの「アンジェリーク」(『火の娘たち』)から採られている。また、ミロ・テメスヴァルのくだりで「この著者については『黙示録の販売人』という最近作を拙著『黙示派と統合派』のなかで書評したさいに(孫引きながら)引用する機会があった」(上・一五頁)として、「私」とテメスヴァルのつながりが示される。「私」が書いたという『黙示派と統合派』は、現実のエーコが一九六四年に刊行した著作のタイトルであり、ここで「私」=エーコだという読みが可能になる。しかも、『黙示録』というのはアドソの物語の中で決定的に重要な要素となる『ヨハネの黙示録』を先取りするものであり、さらに、ブエノスアイレスという場は老ホルヘのモデルとなったボルヘスを想起する。このように冒頭の部分ですでにさまざまな伏線が張られていたのを、読者は本書を読み進める中で気づかされるのだ。

アドソが若かりし頃に巻き込まれた事件は一三二七年一一月末に起こった。物語の本筋はこの七日間の事件の顛末なのだが、エーコが提示する中世の物語は、その後に重層的に積み重なったこれらの書物の存在を抜きにしては受け取れないことが示されている。エーコは物語るときの技法として「仮面」という言葉で説明を加えたが、ベルナール・ギーの史料について見たように、過去を語る(歴史を再構築する）上でもそれと同様の幾重にも折り重なった史料のフィルターを通る必要があるのだ。はたしてアドソの語りは「真実」なのか。オリジナルの手記を失った「私」は述べる。「結局、たったいまの私の胸のなかには、疑いが渦巻いている。アドソ・ダ・メルクのこの手記が本物であると公言する気に、なぜなったのだろうか、いまや自信がないからだ。いうなれば、これは愛の行為に似ている。あるいは、長年の数かずの妄執からおのれの身を振りほどこうとするときの一つの方法である、と言ってもよいかもしれない」（上・一八頁）。

絶対的な唯一の過去の語りなど存在しない。また、語りのスタイルや翻訳によっても意味内容は変化してしまう。しかし、文字を通じて伝えられることがあるのだ。史料を通じて過去の世界を読み解く歴史学の手法と重なり合うこの部分は、この作品の読み解きにとってもきわめて重要な要素となっている。

『薔薇の名前』という書物の中には数多くの書物が含み込まれている。登場人物たちの会話の中には、中世の史料からの引用がちりばめられている。当時知られていた著述からの引用、当時語られたであろう内容。また歴史的背景を物語るのは、すぐれた歴史家の研究からの引用や言い換え（パラフレーズ）である。こうしてエーコが用意した「中世」へと読者は誘われたのだ。振り返ってみると、『薔薇の名前』とは、アドソの写本／刊本とアリストテレス『詩学』第二部という二種類の失われた書物をめぐる物語であったのだ。

書物は何を伝えるか——世界を読み解くとは？

『薔薇の名前』の執筆時点で、エーコはまだワープロを持っていなかったという。推敲した手書きの原稿を人に渡してタイプアウトしてもらい、打ち上がってきた新しいバージョンを推敲し、また打ち直してもらうという気の遠くなるような作業をこなしていたのだ。パソコンが当たり前となりインターネットの普及した現在においては、検索をかけて情報を照合することは極めて容易になっているが、圧倒的な情報を詰め込まれた『薔薇の名前』がパソコンを用いずに書かれたということに驚きを禁じえない。

私たちにとって書物とはいったい何だろうか。現在、Kindleなど電子書籍の利用が拡大する中、紙の本は絶滅するかもしれないとも指摘されている。しかし、エーコは私たちが紙の本を読まなくなることはないだろうと言う。[32] グーテンベルクが活版印刷術を発明し、印刷本の利用が拡大した一五世紀半ば以降、羊皮紙の冊子本がなくなったわけではなく、引き続き売り買いの対象となっていた。これまで新たな実用的なメディアが登場するたびに、習慣的に用いられてきたメディアは変化を強いられながらもそれと並存してきた。絵画は写真によって滅びはせず、写真は映画によって滅ばなかった。映画はテレビの普及のあとも続いている。つまり、選択肢が広がったということなのだ。

エーコは言う。「書物とは車輪と同じような発明品です。発明された時点で、進化しきってしまっているんです」「物としての本のバリエーションは、機能の点でも、構造の点でも、五〇〇年前となんら変わっていません。本は、スプーンやハンマー、鋏と同じようなものです[33]」。アルファベットなど文字の発明も同じである。一度完成してしまったら、それ以上なかなか進化のしようがない。本とは、それにまさるものをもはや想像できないほど完成された発明品なのだ。スマホやタブレットの途方もない便利さは言うまでもない。だが、もしも何らかの事態で電気が失われてしまったら……?紙の本は、昼なら太陽の下で、夜であってもろうそくを点《とも》せば、読むことができる。

ただし、電子書籍を読むようになることで、これまで紙の本のページを繰りながら獲得してきた体験がどのように変わることになるのか。実際、インターネットの普及で、これまでのメディアは大きな変容を余儀なくされている。紙の本においては言葉とモノとは結び合わされていたが、デジタル革命はそうした古い絆《きずな》を断ち切った。パソコンやタブレットの画面上で読むという体験が何をもたらすのか。写真・映像・テクストが織り交ぜられたインターネット上の情報を私たちはどのように捉えればよいだろうか。

かつては文化がフィルターの役割を果たしていた。そのフィルタリングによって保存すべきものと忘れるべきものが示され、暗黙裡の共通基盤として構成メンバー間の対話の継続が保証されていた。インターネットの普及で、ありとあらゆる情報が入手可能になり、端末を使えば何でもいくらでも知ることができるようになった。インターネットはすべてを与えてくれるが、それによって私たちは、もはや文化という仲介によらず、自分自身の頭でフィルタリングを行うことを余儀なくされる。共通のフィルタリングを経ないということは、相互理解には妨げとなる。グローバル化の進展は人類共通の土台を築くのとは逆に、共有経験の細分化をもたらしたのだ。

そうした現在、私たちにとって記憶とは何かと問われたエーコは、「考えをまとめて結論を導く技術」だと答える。つまり、「真偽を確かめられない情報をチェックする方法を覚えること」である。[34] インターネットに対する批評感覚を鍛え、何でもかんでも鵜呑みにしないことを覚える鍛錬が必要となる。インターネット上の情報であれ、それ以前の情報であれ、それらは事実を再構成したものであることに変わりない。何かを習得するプロセスこそが大事になるのだ。

『薔薇の名前』の物語の冒頭（第一日一時課）、ウィリアムは修道院長の愛馬が行方不明になったことを見抜き、まだ見てもいないのにその馬の毛並みから大きさなどの特徴まで言い当ててみせた。このエピソードはヴォルテール（一六九四〜一七七八年）のコント『ザディーグ』第三章から採られたものだ。優れた洞察力を備えたザディーグは、ある日散歩の途中、行方不明になった王妃の雌犬と王の馬の姿かたちについて見てもいないのに詳しく答えてみせる。そのあまりの詳細さゆえにかえって怪しまれ、それらを盗んだ犯人に間違われてしまう。「この世で幸福になることはなんと難しいのだろう」とはザディーグが繰り返すセリフである。鋭い洞察力を披露したウィリアムは、殺人事件の解決に向けてもその能力を発揮することが期待されるが、物語の最後、じつはその推理がことごとく間違っていたことが判明する。

> 一連の犯行を支えているかに見えた『黙示録』の図式を追って、わたしはホルへにまで辿り着いたが、それは偶然の一致に過ぎなかった。すべての犯罪に一人の犯人がいるものと思いこんで、わたしはホルへにまで辿り着いたのだが、それぞれの犯罪には結局、別の犯人がいるか、誰もいないことを、発見したのだった。邪悪な知能に長けた者の企みを追って、わたしはホルへにまで

辿り着いたが、そこには何の企みもなかった。……わたしの知恵など、どこに居場所があろうか？　わたしは頑なに振舞っただけのことだ、見せかけの秩序を追いながら、本来ならばこの宇宙に秩序など存在しないと思い知るべきであったのに（第七日深夜課）（下・三七一―三七二頁）。

ウィリアムが求めてやまなかった『詩学』第二部は永遠に失われてしまった。しかし、ウィリアムは言う。「誰かが、いつの日か、あの写本をまた見つけ出すことは、必要ではない。役に立つ唯一の真理は、投げ棄てるべき道具なのだから」（下・三七二―三七三頁）。「昇りきった梯子は、すぐに棄てなければいけない」という（ルートヴィヒ・ヴィトゲンシュタイン『論理哲学論考』の）言葉を踏まえたセリフである。

真実にいかに迫ることができるのか。「一連の原因の鎖が、原因から派生した原因の鎖が、相互に矛盾する原因の鎖が、つぎつぎにたぐられていくと、それらが勝手に独り歩きして、初期の企みとは無縁な別個の諸関係を生み出してしまうのだ」「わたしにわからなかったのは記号と記号とのあいだの関係性だった」（下・三七一―三七二頁）と述べるウィリアム。情報の断片をつなぎ合わせる際に、間違った解釈を行ってしまうことは誰しもありうる。しかし、その解釈に固執してしまうと陰謀論に陥ってしまう。現代においても、社会や経済が危機的な状況に陥った不安な時代にあって、インターネット上にあふれる真偽不明の情報を前に、ややもすると情動にしたがって直感的に物事の良し悪しを判断してしまいがちではないか。

エーコは『薔薇の名前』の次の作品『フーコーの振り子』（一九八八年）において、一九七〇年代から八〇年代のミラノを主な舞台として、秘密結社による世界征服説をはじめとするオカルト史と陰謀史観を扱っている。一四世紀に異端審問を通じて解体されたはずのテンプル騎士団が、じつは歴史の舞台裏で秘密の「計画」を推し進めており、「グラール（聖杯）」を入手して世界制覇を果たそうとしている――。懐疑は嘘を生み、その嘘を隠蔽するための秘密の記号が新たな秘密の記号を増殖させる。こうして虚構が現実を侵蝕していく。世界をどう読み解くのかという問いは、エーコの諸作品に通底している。また、一九世紀後半のパリとイタリアが主な舞台の第六作『プラハの墓地』（二〇一〇年）でも、表の顔は古物商だが、稀代《きたい》の文書偽造者にしてスパイである反ユダヤ主義の主人公が、ガリバルディのシチリア遠征やドレフュス事件などの舞台裏で暗躍し、ナチスのホロコーストの根拠とされた偽書『シオン賢者の議定書』の捏造にからむさまが描かれる。エーコは、「誹謗文書の対象がフリーメイソン、イエズス会、ユダヤ民族と変化する陰謀論のメカニズム」を暴き、偽書が真実として置き換えられていく過程を鮮やかに描く。最後の小説となった『ヌメロ・ゼロ』（二〇一五年）でも、同じテーマが再び現れる。政界を揺るがす贈収賄事件の起きた一九九二年のミラノを舞台とするこの作品に、陰謀史観の偏執狂とも言うべき記者を登場させている。彼がとりつかれているのは、ムッソリーニがじつは処刑されず、アルゼンチンに逃亡したという仮説。政治的スキャンダルやゴシップに追われ、真実を隠すための装置、あるいは政敵を攻撃するための道具と化した新聞の現状への批判もこめられている。このようにエーコにとって物語ることは、現代を読み解くことにつながっている。

過去を再構築するとき、ただ一つの情報源に依拠するのは望ましくない。インターネット上の情報はもちろん、書物も誤りを含みうるからだ。また、私たち自身が解釈する際の誤りや混乱が問題となることも多い。アドソは「最後の紙片」において、断片的な情報から過去の事実を再構成しようとした。

瓦礫のあいだを歩き回っているうちに、羊皮紙の切れ端をいくつか見つけた。写字室や文書庫から降ってきて、半ば地中に埋もれたまま、宝物のように生き延びたものだった。私はそれらを一つ一つ拾い集めた、あたかも切れぎれの紙片から一巻の書物を再構成しようとするかのように。……粘り強く再構成の努力を重ねていくうちに、ついには、小規模の図書館として、あの大規模な失われた図書館の記号として、片々たる語句と、引用文と、不完全な構文という、切断された四肢の書物から成る、一つの図書館を、私は思い描くようになった（最後の紙片）（下・三八〇―三八一頁）。

だが「これが偶然の結果であって、ここには何の伝言も含まれていないことを、私はますます思い知らされてしまう」「あれらの断片が私の脳裡に喚起させたものを繰り返し告げているだけの、長大な折句に過ぎないのではないか、という印象を私は半ばもっている。そして果たして、いままで、あれらの断片について私が語ってきたのか、それとも断片のほうが私の口を介して語ってきたのかさえ、もうわからなくなってしまった」（下・三八一―三八二頁）。アドソは自身の記憶のみに基づいて過去を語ったわけではない。可能な限り記録を集めようとした。手にできたのは断片的な情報にすぎなかったが、そこから世界を（過去を）再構成しようとした。このアドソの語りは真実と言えるのだろうか。

エーコは「最後の紙片」において、アドソに時空を超えた諸作品のセリフを語らせている（下・三八一―三八三頁）。〈手ニ取ッテ読メ〉は、アウグスティヌス（三五四〜四三〇年）の『告白』からの引用である。アウグスティヌスは二回目の改心の際、子供の歌っている声が「取って読め」と聞こえ、聖書を開いて目に入った最初の一行を読めという神の命令だと解釈したのだ。〈バビロンノ栄華ハイマドコニアルノカ?〉は、〈過ギニシ薔薇ハタダ名前ノミ、虚シキソノ名ガ今ニ残レリ〉と同じく、一一四〇年頃のモルレーのベルナール『現世の蔑視について』から。続く「去年の雪はいまどこにあるのか?」は、現世蔑視の歌に新たな息吹を吹き込んだフランソワ・ヴィヨン（一四三一頃〜六三年頃）の『むかしの女たちのバラッド』の最後の一節である。「ダニューブの流れも小暗い場所へ向けて進みゆく愚者の群れの船に満ちている」はゼバスティアン・ブラント（一四五八〜一五二一年）の『阿呆船』を想起させる。一五世紀ドイツの世相や宗教改革前夜のキリスト教会の退廃・腐敗を風刺した本作品は、万巻の書物を集めながらそれを読まずにただ崇めるだけの愛書狂（ビブロマニア）への皮肉から始まる。

こうして「いまや、沈黙するしかない」アドソは、最後に中世後期ドイツの神秘主義の系譜を先取りしていく。〈オオ、ドレホド心嬉シク、心楽シク、カツ妙ナルモノカ、独リ黙シテ坐リ、神ト語リ合ウノハ!〉（おお、なんと有益なことだろう、なんという喜び、なんという快さだろう、こうしてひとりすわり、だまって、神と言葉をかわすのは）とはトマス・ア・ケンピス（一三八〇頃〜一四七一年）から引いた言葉である。

〈神トハタダ無ナノダ。今モ、コノ場所モ、ソレヲ動カサナイノダカラ……〉（神は純粋の無であって、時空を超えている、神をとらえようとすればするほど、神は離れていく）とはアンゲルス・シレシウス（本名ヨハンネス・シェフラー）（一六二四〜七七年）の言葉。神は、すべてを超えるものであるのだから、存在するもののうちには認識されない。これは無そのものだ。その後も、アドソの口を借りてドニ・ル・シャルトルー（一四〇二〜七一年）、ヨハンネス・タウラー（一三〇〇頃〜六一年）、マイスター・エックハルト（一二六〇頃〜一三二八年頃）など神秘主義者の言葉が並ぶ。修道院での七日間に幾度となく幻想に沈み込んだアドソの精神は、タウラーの言うように、「神聖な闇のなかに、まったくの沈黙のうちに、捉えがたい一体感のうちに、深く深く沈んでいくであろう。そしてそのように沈みこんでいくなかで、あらゆる同じものも、あらゆる異なるものも、失われていくであろう。そしてあの奈落のなかで、私の精神はおのれを失っていき、平等も不平等も、何もかも、わからなくなっていくであろう……」（神の暗黒のうちに沈む、静かな沈黙のうちに、つかみがたく、いいあらわしがたい合一のうちに沈む。この沈潜にあっては、すべての同不同は失われ、この深淵にあっては、精神はおのれじしんを失い、神も知らず、おのれじしんも知らず、同も不同も知らず、無をさえも知らない。けだし精神は、一なる神のうちに沈むのであり、すべての区別を失うのだ）。エックハルトにあっては、魂は「つくられたものなく、イメージもない荒涼たる神性に、おのれじしんを投入するとき、そのところにおのれを失い、砂漠のうちに沈むとき」、はじめて、至福を受けて神と一体になる。はたして手記を書き終えた老齢のアドソは、人生の最期に神との一体化という至福を受けることができただろうか[35]——。

『薔薇の名前』には、断片を単に寄せ集めただけでは真実に辿り着くことはできないというメッセージが込められている。エーコはさまざまなテクストを重ね合わせて「中世」の物語を紡ぎ出した。

そこでは中世のテクストからの引用のみならず、歴史家や中世学者の著作からの引用も随所に見られた。ホイジンガ『中世の秋』やクルティウス『ヨーロッパ文学とラテン中世』はその代表例である。その点で、たしかにエーコの『薔薇の名前』はフィクションである。しかし、「書物は常に他の書物について語っている」のだ。書物をめぐって展開するこの物語は、書物に書かれていることを通じて過去の世界に迫ることができるかどうか、はたして世界を読み解くことはできるのだろうかという現実的な問題を私たちに突きつけている。

老アリナルドは言った。迷宮はこの世を寓意的に表していると。断片的な情報が氾濫する現代世界は、まさに迷宮としての世界にほかならない。『薔薇の名前』は私たちに問いかける。その断片をいかにつなぎ合わせるのか、どのように世界を再構築するのか。その方法をはたして私たちは習得できるだろうか。エーコは『薔薇の名前』の書物の世界のみならず眼前に広がる現実世界を読み解く「はてしない物語」を私たちに提示しているのだ。

注

序

1 ウンベルト・エコ（谷口勇訳）『「バラの名前」覚書』而立書房、一九九四年、二〇頁。

2 http://www.medievalstudies.jp/

3 企画の概要は以下を参照。図師宣忠「2012年度若手交流セミナー〈西洋中世学の伝え方――「薔薇の名前」の世界を語る〉報告記」『西洋中世研究』五号（二〇一三年）、二〇二―二〇五頁。

4 Alison Ganze, ed. *PostScript to the Middle Ages: Teaching Medieval Studies Through Umberto Eco's the Name of the Rose* (Syracuse: Syracuse University Press, 2009).

5 https://cmrs.ucla.edu/wp-content/pdfs/conferences/2017jan27_eco_symposium.pdf

6 エーコの略歴・業績についてはオフィシャル・サイト（http://www.umbertoeco.it/）および以下を参照。河島英昭「解説」（『薔薇の名前〈下〉』所収）、篠原資明『エーコ――記号の時空』講談社、一九九九年。

7 伊藤公雄「迷宮のなかの政治――「薔薇の名前」とモロ事件」『ユリイカ』二一―六（一九八九年五月）、一四八―一五五頁。

I

1 エーコ『覚書』四五頁。

2 杉崎泰一郎『修道院の歴史――聖アントニオスからイエズス会まで』創元社、二〇一五年、八七―九二頁。ペーター・ディンツェルバッハー、ジェイムズ・レスター・ホッグ編（朝倉文市監訳）『修道院文化史事典』八坂書房、二〇一四年、九六―一〇五頁。

3 ヌルシアのベネディクトゥス（古田暁訳）「戒律」上智大学中世思想研究所監修『中世思想原典集成（五）後期ラテン教父』平凡社、一九九三年、二三九―三二八頁。『聖ベネディクトの戒律』古田暁訳、すえもりブックス、二〇〇一年。

4　エーコ『覚書』二三頁。

Ⅱ

1　エーコ『覚書』二一頁、五一頁。

2　アーサー・コナン・ドイル（深町眞理子訳）『緋色の研究〔新訳版〕』東京創元社、二〇一〇年、二七頁。

3　Umberto Eco, *Beato di Liebana. Miniature del Beato de Fernando I y Sancha* (*Codice B. N. Madrid Vit. 14-2*) (Milano: Franco Maria Ricci, 1973). リエバナのベアトゥスによる『黙示録注解』については以下も参照。『ベアトゥス黙示録註解――ファクンドゥス写本』J・ゴンザレス・エチェガライ解説、大高保二郎・安発和彰訳、岩波書店、一九九八年。

4　Umberto Eco, *Beatus de Liebana. Miniatures du "Beatus" de Ferdinand Ier et Sanche* (*Manuscrit B. N. Madrid Vit. 14-2*) (Milano/Paris: Franco Maria Ricci, 1982), pp. 67–68.

5　クレルヴォーのベルナルドゥス（杉崎泰一郎訳）「ギョーム修道院長への弁明」上智大学中世思想研究所監修『中世思想原典集成（一〇）修道院神学』平凡社、一九九七年、四八四頁。

6　E・R・クルツィウス（南大路振一訳）『ヨーロッパ文学とラテン中世』みすず書房、一九七一年、六一四―六一七頁。

7　ウンベルト・エーコ（和田忠彦訳）「フランティ礼讃」『ウンベルト・エーコの文体練習』新潮文庫、二〇〇〇年、六六―八五頁（引用は八〇―八二頁）。また、ウンベルト・エーコ（古賀弘人訳）「フランティ礼讃」『ユリイカ』二一―六（一九八九年五月）一六二―一七三頁も参照。

8　W. M. Lindsay, *Isidori Hispalensis Episcopi Etymologiarum sive Originum Libri XX* (Oxford: Clarendon Press, 1911), at libri IX. テクストの英訳は、Stephen A. Barney, et al. trans., *The Etymologies of Isidore of Seville* (Cambridge: Cambridge University Press, 2006), p. 191. アルノ・ボルスト（永野藤夫ほか訳）『中世の巷にて〈上〉』平凡社、一九八六年、三六〇―六二頁も参照。

9　エーコ『覚書』六〇―六二頁。

10　トーマス・シュタウダー（谷口伊兵衛、G・ピアッザ訳）『ウンベルト・エコとの対話』而立書房、二〇〇七年、四六頁。

11　聖エリーザベトについては、ヤコブス・デ・ウォラギネ（前田敬作ほか訳）『黄金伝説〈四〉』人文書院、一九八七年、一六二章、二四六—二八一頁も参照。

III

1 Pliny, *Natural History*, trans. H. Rackham, rev. ed., vol. 4 (Cambridge, MA: Harvard University Press, 1986), p. 145 (book XIII, 74–82). Andrew D. Dimarogonas, 'Pliny the Elder on the Making of Papyrus Paper', *The Classical Quarterly*, vol. 45, no. 2, 1995, pp. 588–590.

2 British Library, London, MS Harley 3915, fol. 148r. テクストの英訳は、Raymond Clemens and Timothy Graham, *Introduction to Manuscript Studies* (Ithaca: Cornell University Press, 2008), pp. 11f. 羊皮紙作りについては、羊皮紙工房のサイトも参照(http://www.youhishi.com/)。

3 Jan Luiken, *Het Menselyk Bedryf* (Cambridge, MA: Harvard University Press, 1986).

4 Biblioteca Nacional, Madrid, MS 80. テクストの英訳は、Clemens and Graham, *Introduction to Manuscript Studies*, p. 23.

5 キアーラ・フルゴーニ(高橋友子訳)『ヨーロッパ中世ものづくし——メガネから羅針盤まで』岩波書店、二〇一〇年、二頁。

6 同書、二一七頁。

7 Isidoro Del Lungo, "Le vicende d'un'impostura erudite (Salvino degli Armati)", *Archivio Storico Italiano*, LXXVIII, 1920, p. 14. フルゴーニ『ヨーロッパ中世ものづくし』八—九頁も参照。

8 ウンベルト・エーコ、ジャン゠クロード・カリエール(工藤妙子訳)『もうすぐ絶滅するという紙の書物について』CCCメディアハウス、二〇一〇年、二四一—二四二頁。

9 フルゴーニ『ヨーロッパ中世ものづくし』三九頁。

10 Erwin Panofsky, ed., *Abbot Suger on the Abbey Church of St.-Denis and its Art Treasures* (Princeton: Princeton University Press, 2nd edn., 1979), pp. 50f, pp. 100f. フルゴーニ『ヨーロッパ中世ものづくし』三九頁も参照。

11 フルゴーニ『ヨーロッパ中世ものづくし』五四頁。

12 Bernard Gui, *Manuel de l'inquisiteur*, ed. G. Mollat, 2 vols (Paris: Les Belles Lettres, 1926), vol. 2, pp. 102–103. ジョルジュ・デュビィ(池田健二・杉崎泰一郎訳)『ヨーロッパの中世——芸術と社会』藤原書店、一九九五年、二二五—二二六頁も参照。

13 Bernard Gui, *Manuel de l'inquisiteur*, vol. 2, pp. 102–107.

14 小田内隆『異端者たちのヨーロッパ』NHK出版、二〇一〇年、一九八―二五〇頁。

15 *Bullarium franciscanum*, Tomus 5 (Rome: Vatican, 1898), pp. 128–30.

16 Bernard Gui, *Manuel de l'inquisiteur*, vol. 1, pp. 110–111.

17 本節と次節については、図師宣忠「彷徨える異端者たちの足跡を辿る――中世南フランスにおける異端審問と「カタリ派」迫害」服部良久編『コミュニケーションから読む中近世ヨーロッパ史――紛争と秩序のタペストリー』ミネルヴァ書房、二〇一五年、三七三―三九五頁。

18 Bibliothèque de la Ville, Toulouse: MS 609, 95r.　http://jean.duvernoy.free.fr/text/pdf/ms609_b.pdf

19 Jean Duvernoy, trad., *Le registre d'inquisition de Jacques Fournier* (*évêque de Pamiers*), *1318–1325,* (Paris, 2004), p. 444. エマニュエル・ル・ロワ・ラデュリ（井上幸治・渡辺昌美・波木居純一訳）『モンタイユー――ピレネーの村　一二九四～一三二四〈下〉』刀水書房、一九九一年、二九九頁も参照。

20 Bernard Gui, *Manuel de l'inquisiteur*, vol. 1, pp. 32–33.

21 本節については、図師宣忠「マニュスクリプトの「旅」――大英図書館に眠る中世南フランスの異端審問記録」『都市文化研究』五号（二〇〇五年）、八四―八七頁。

22 J. Duvernoy, éd, *Le Registre d'inquisition de Jacques Fournier, évêque de Pamiers: 1318–1325*, 3 vols (Toulouse, 1965).

23 Bibliothèque Nationale, Paris, Collection Doat, vols. 21–37.

24 British Library, Add. MS 4697; A. Pales-Gobilliard, éd. *Le livre des sentences de l'inquisiteur Bernard Gui, 1308–1323*, 2vols (Paris, 2002).

25 Philipp van Limborch, *Historia inquisitionis, cui subjungitur Liber sententiarum inquisitionis Tholosanae ab anno Christi MCCCVII ad annum MCCCXXIII* (Amsterdam, 1692).

26 M. A. E. Nickson, "Locke and the Inquisition of Toulouse", *British Museum quarterly*, 36 (1972), pp. 83–92.

27 トマス・ファーリーによるオックスフォード司教への手紙（一七五四年五月二二日、一七五四年五月二三日、一七五五年四月二二日）BL, Add. MS 4697, ff. iii–v.

28 BL, Add. MS 4697, f. iv.

29 BL. Add. MS 4697, f. v.

30 BL. Add. MS 4697, f. iv.

31 エーコ『覚書』二一頁。

32 ウンベルト・エーコ、ジャン＝クロード・カリエール（工藤妙子訳）『もうすぐ絶滅するという紙の書物について』CCCメディアハウス、二〇一〇年。

33 同書、二四頁、一七六頁。

34 同書、九八―九九頁。

35 エーコはこれら神秘主義のテクストをホイジンガ『中世の秋』から引いている。日本語訳については、ホイジンガ（堀越孝一訳）『中世の秋』中央公論新社、一九七九年、三九四―四一六頁を参照。

参考文献

本書で紹介した内容は先行するさまざまな文献に直接・間接に依拠している。以下の参考文献リストでは、エーコ関連の著作、『薔薇の名前』論や西洋中世研究のおススメの書物をリストアップした。「書物は常に他の書物について語っている」。読者のみなさんは「書物についての書物」である『薔薇の名前』のどこに関心を抱いただろうか。ぜひ関心のある書物を手に取って、それらの書物の間を行き来しながら、みなさん自身で『薔薇の名前』の「中世」を見つけてみてほしい。過去の世界をじっくりと眺めてみることで、翻って今私たちが暮らす現代の世界についても新たな角度から読み解くことができるのではないか。世界を読み解く私たちの〈はてしない物語〉はここから始まる。

【エーコの小説】

ウンベルト・エーコ（河島英昭訳）『薔薇の名前』東京創元社、一九九〇（原著、一九八〇）
――――（藤村昌昭訳）『フーコーの振り子』文藝春秋、一九九三（原著、一九八八）
――――（藤村昌昭訳）『前日島』文藝春秋、一九九九（原著、一九九四）
――――（堤康徳訳）『バウドリーノ』岩波書店、二〇一〇（原著、二〇〇〇）
――――（和田忠彦訳）『女王ロアーナ、神秘の炎』岩波書店、二〇一八（原著、二〇〇四）
――――（橋本勝雄訳）『プラハの墓地』東京創元社、二〇一六（原著、二〇一〇）
――――（中山エツコ訳）『ヌメロ・ゼロ』河出書房新社、二〇一六（原著、二〇一五）

【エーコの代表的著作】

ウンベルト・エーコ（篠原資明・和田忠彦訳）『開かれた作品』青土社、一九八四（新版：青土社、二〇一一）
――――ほか（池上嘉彦・唐須教光訳）『カーニバル！』岩波書店、一九八七
――――、トマス・A・シービオク編（小池滋監訳）『三人の記号――デュパン、ホームズ、パース』東京図書、一九九〇
――――（谷口勇訳）『論文作法――調査・研究・執筆の技術と手順』而立書房、一九九一

――――（和田忠彦訳）『ウンベルト・エーコの文体練習』新潮社、一九九二
――――（篠原資明訳）『物語における読者』青土社、一九九三（新版：青土社、二〇一一）
――――（谷口勇訳）『テクストの概念――記号論・意味論・テクスト論への序説』而立書房、一九九三
ステファン・コリーニ編（柳谷啓子・具島靖訳）『エーコの読みと深読み』岩波書店、一九九三
ウンベルト・エーコ（上村忠男・廣石正和訳）『完全言語の探求』平凡社、一九九五
――――（谷口勇訳）『記号論と言語哲学』国文社、一九九六
――――（池上嘉彦訳）『記号論I・II』岩波書店、一九九六
――――（和田忠彦訳）『エーコの文学講義――小説の森散策』岩波書店、一九九六
――――（谷口伊兵衛訳）『記号論入門――記号概念の歴史と分析』而立書房、一九九七
――――（和田忠彦訳）『永遠のファシズム』岩波書店、一九九八
――――ほか（谷口伊兵衛訳）『エコの翻訳論――エコの翻訳論とエコ作品の翻訳論』而立書房、一九九九
――――（和田忠彦訳）『ウンベルト・エーコの文体練習』新潮文庫、二〇〇〇
――――（和田忠彦・柱本元彦訳）『カントとカモノハシ〈上・下〉』岩波書店、二〇〇三
――――（植松靖夫監訳、川野美也子訳）『美の歴史』東洋書林、二〇〇五
――――（谷口伊兵衛訳）『セレンディピティー――言語と愚行』而立書房、二〇〇八
――――（川野美也子訳）『醜の歴史』東洋書林、二〇〇九
――――、ジャン＝クロード・カリエール（工藤妙子訳）『もうすぐ絶滅するという紙の書物について』CCCメディアハウス、二〇一〇
――――（川野美也子訳）『芸術の蒐集』東洋書林、二〇一一
――――（リッカルド・アマデイ訳）『歴史が後ずさりするとき――熱い戦争とメディア』岩波書店、二〇一三
――――（三谷武司訳）『異世界の書――幻想領国地誌集成』東洋書林、二〇一五
――――（和田忠彦・小久保まりえ訳）『ウンベルト・エーコの小説講座』筑摩書房、二〇一七
――――（和田忠彦監訳）『ウンベルト・エーコの世界文明講義』河出書房新社、二〇一八

【『薔薇の名前』論を中心に】

H・D・バウマン、A・サヒーヒ（谷口勇訳）『映画「バラの名前」――その完成までのドキュメント』而立書房、一九八七
U・エコほか（谷口勇訳）『「バラの名前」探求』而立書房、一九八八
L・マッキアヴェッリ（谷口勇、G・ピアッザ訳）『『バラの名前』後日譚』而立書房、一九八九
K・イッケルト、U・シック（谷口勇訳）『「バラの名前」百科』而立書房、一九八八（増補版：一九九〇）
A・J・ハフト、J・G・ホワイト、R・J・ホワイト（谷口勇訳）『「バラの名前」便覧』而立書房、一九九〇
L・パンコルボ、T・シュタウダー、C・ノーテボーム（谷口勇訳）『ウンベルト・エコ――インタヴュー集：記号論、「バラの名前」そして「フーコーの振り子」』而立書房、一九九〇
ウンベルト・エコ（谷口勇訳）『「バラの名前」覚書』而立書房、一九九四
ニルダ・グリエルミ（谷口勇訳）『『バラの名前』とボルヘス――エコ、ボルヘスと八岐の園』而立書房、一九九五
ジュール・グリッティ（谷口勇（伊兵衛）訳）『ウンベルト・エーコ』ユーシープランニング、一九九五
F・パンサ、A・ヴィンチ編（谷口伊兵衛、ジョバンニ・ピアッザ訳）『エコ効果――4千万人の読者を獲得した魔術師の正体』而立書房、二〇〇〇
ウンベルト・エコ（谷口伊兵衛訳）『中世美学史――「バラの名前」の歴史的・思想的背景』而立書房、二〇〇一
ロベルト・コトロネーオ（谷口伊兵衛、G・ピアッザ訳）『不信の体系――「知の百科」ウンベルト・エコの文学空間』而立書房、二〇〇三
トーマス・シュタウダー（谷口伊兵衛、G・ピアッザ訳）『ウンベルト・エコとの対話』而立書房、二〇〇七
コスタンティーノ・マルモ（谷口伊兵衛訳）『ウンベルト・エコ作『バラの名前』原典批判――尊重すべき無花果』文化書房博文社、二〇一一
富山太佳夫「ポスト・モダンの文学（一）ウンベルト・エーコ「薔薇の名前」」『ユリイカ』一八―一二（一九八六年）、二四〇―二四六頁

谷口勇「"Penitenziagite!"――「バラの名前」における〃バベルの塔〃的表現について」『表現研究』四五（一九八七年）、三三―四二頁
丹生谷貴志「ウンベルト・エーコ「薔薇の名前」――言葉としての世界の迷宮」『国文学――解釈と教材の研究』三三―四（一九八八年）、二〇八―二一一頁
ウンベルト・エーコ（聞き手：J＝J・ブロシエ、M・フスコ）（萩野弘巳訳）「『薔薇の名前』と記号論」『文學界』四三―七（一九八九年）、一九〇―二一五頁
『ユリイカ』二一―六（一九八九年五月）（特集：「エーコ――ベストセラー『薔薇の名前』はいかにして生まれたか」）
村上陽一郎「『バスカヴィルのウィリアム』考」、『ユリイカ』二一―六（一九八九年）、一〇〇―一〇三頁
今野国雄「『薔薇の名前』の修道院」、『ユリイカ』二一―六（一九八九年）、一〇四―一二一頁
河島英昭「『薔薇の名前』の仕掛け」、『ユリイカ』二一―六（一九八九年）、一二二―一三〇頁
ウンベルト・エーコ（細川哲士訳）「殺人者、修道院長、そして記号学者」、『ユリイカ』二一―六（一九八九年）、一三八―一四四頁
細川哲士「インタヴューの注にかえて」、『ユリイカ』二一―六（一九八九年）、一四四―一四七頁
伊藤公雄「迷宮のなかの政治――「薔薇の名前」とモロ事件」、『ユリイカ』二一―六（一九八九年）、一四八―一五五頁
篠原資明「エーコと中世――ベアトゥス論をめぐって」、『ユリイカ』二一―六（一九八九年）、一七四―一七八頁
古賀弘人「エーコによるエーコ――作品の「文化的自叙伝」の試み」、『ユリイカ』二一―六（一九八九年）、二一七―二三七頁
福井憲彦「ウンベルト・エーコ著／河島英昭訳『薔薇の名前』上下：東京創元社一九九〇」『史学雑誌』九九―七（一九九〇年）、一三〇五―一三〇七頁
絓秀実「図書館は燃えているか」、『早稲田文学』一七〇（一九九〇年）、六四―六八頁
若森栄樹「反・アポカリプスの小説」、『早稲田文学』一七〇（一九九〇年）、六九―七三頁
池内紀・池沢夏樹・松岡和子「「薔薇の名前」を解読する」『文學界』四四―五（一九九〇年）、三〇二―三二一頁
丹生谷貴志「「薔薇の名前」ウンベルト・エーコ著、河島英昭訳――知的観光小説」『新潮』八七―五（一九九〇年）、二三

四―二三七頁
松島征「『薔薇の名前』ウンベルト・エーコ著、河島英昭訳――書物をめぐる、書物のための、書物による殺人」『文学』一―二（一九九〇年）、一九〇―一九三頁
塚原史「『薔薇の名前』論または記号論的ミステリーの不可能性について」『人文論集』三一（一九九三年）、四九―六六頁
篠原資明『エーコ――記号の時空』講談社、一九九九
村上恭子「モダニズムとポストモダニズムの共存――エーコの『薔薇の名前』の場合」『高岡短期大学紀要』一七（二〇〇二年）、一八九―二〇四頁
杉崎泰一郎「中世の修道院を探訪する――U・エーコ『薔薇の名前』を片手に」『星美学園短期大学日伊総合研究所報』一一（二〇一五年）、五六―五九頁
細川周平「エーコのエコー――『薔薇の名前』を供えて」『新潮』一一三―五（二〇一六年）、一七二―一七五頁
和田忠彦『ウンベルト・エーコ『薔薇の名前』――笑いは知の限界を暴く（１００分ｄｅ名著）』ＮＨＫ出版、二〇一八

＊　＊　＊

Coletti, Theresa. *Naming the Rose: Eco, Medieval Signs, and Modern Theory* (Ithaca: Cornell University Press, 1989).
Ganze, Alison, ed. *PostScript to the Middle Ages: Teaching Medieval Studies Through Umberto Eco's the Name of the Rose* (Syracuse: Syracuse University Press, 2009).
Hamaimi, Mebrouk. *Le Nom de la rose d'Umberto Eco: de la fictionalité à la réflexivité: Essai d'analyse* (Éditions universitaires européennes, 2016).
Inge, M. Thomas, ed. *Naming the Rose: Essays on Eco's 'The Name of the Rose'* (Jackson: University Press of Mississippi, 1988).
Peyronie, André. *Le Nom de la rose, Du livre qui tue au livre qui brûle: Aventure et signification* (Rennes: PU Rennes, 2006).
Ross, Charlotte and Rochelle Sibley, eds. *Illuminating Eco: On the Boundaries of Interpretation* (New York: Routledge, 2016).

【『薔薇の名前』に引用・影響がある古今の書物（本書で言及した関連文献のみ）】

アリストテレス（高田三郎訳）『ニコマコス倫理学〈上・下〉』岩波書店、一九七一・一九七三
Ｅ・Ｒ・クルツィウス（南大路振一訳）『ヨーロッパ文学とラテン中世』みすず書房、一九七一

アン・ラドクリフ（野畑多恵子訳）『イタリアの惨劇〈一・二〉』国書刊行会、一九七八
ポオ（中野好夫訳）「モルグ街の殺人事件」『黒猫・モルグ街の殺人事件（他五篇）』岩波書店、一九七九
『カルミナ・ブラーナ――ベネディクトボイエルン歌集』永野藤夫訳、筑摩書房、一九九一
『中世思想原典集成』（全二〇巻）上智大学中世思想研究所編訳・監修、平凡社、一九九二～二〇〇二
J・L・ボルヘス（鼓直訳）「バベルの図書館」『伝奇集』岩波書店、一九九三
ミハイル・バフチン（川端香男里訳）『フランソワ・ラブレーの作品と中世・ルネッサンスの民衆文化』せりか書房、一九九五
『ベアトゥス黙示録註解――ファクンドゥス写本』J・ゴンザレス・エチェガライ解説、大高保二郎・安発和彰訳、岩波書店、一九九八
ジャン・マビヨン（宮松浩憲訳）『ヨーロッパ中世古文書学』九州大学出版会、二〇〇〇
『聖ベネディクトの戒律』古田暁訳、すえもりブックス、二〇〇一
シュジエール（森洋訳・編）『サン・ドニ修道院長シュジエール――ルイ六世伝、ルイ七世伝、定め書、献堂記、統治記』中央公論美術出版、二〇〇二
ウィトゲンシュタイン（野矢茂樹訳）『論理哲学論考』岩波書店、二〇〇三
ヴォルテール（植田祐次訳）「ザディーグまたは運命」『カンディード他五篇』岩波書店、二〇〇五
ヤコブス・デ・ウォラギネ（前田敬作ほか訳）『黄金伝説〈一～四〉』平凡社、二〇〇六
フランソワ・ラブレー（宮下志朗訳）『ガルガンチュアとパンタグリュエル』ちくま文庫、二〇〇七―二〇一二
アーサー・コナン・ドイル（深町眞理子訳）『緋色の研究〔新訳版〕』東京創元社、二〇一〇
トマス・アクィナス（山田晶訳）『神学大全〈Ⅰ・Ⅱ〉』中央公論新社、二〇一四
ダンテ・アリギエリ（原基晶訳）『神曲〈地獄篇・煉獄編・天国編〉』講談社、二〇一四
エリアス・カネッティ（池内紀訳）『眩暈〈改装版〉』法政大学出版局、二〇一四
アリストテレス（内山勝利ほか編）『弁論術・詩学――〔新版〕アリストテレス全集第一八巻』岩波書店、二〇一七
『聖書（新共同訳）』共同訳聖書実行委員会訳、日本聖書協会、二〇一七

ホイジンガ（堀越孝一訳）『中世の秋〈上・下〉』中央公論新社、二〇一八
『ヨハネの黙示録』小河陽訳、講談社、二〇一八
トマス・ア・ケンピス（呉茂一・永野藤夫訳）『イミタチオ・クリスティ――キリストにならいて』講談社、二〇一九
『中世思想原典集成精選〈一～七〉』上智大学中世思想研究所編訳・監修、平凡社、二〇一九
ジェラール・ド・ネルヴァル（野崎歓訳）『火の娘たち』岩波書店、二〇二〇

【『薔薇の名前』から中世ヨーロッパの世界へ】

ゲルト・アルトホフ（柳井尚子訳）『中世人と権力――「国家なき時代」のルールと駆引』八坂書房、二〇〇四
フランソワ・イシエ（蔵持不三也訳）『絵解き中世のヨーロッパ』原書房、二〇〇三
アローン・Ya・グレーヴィチ（中沢敦夫訳）『同時代人の見た中世ヨーロッパ――十三世紀の例話』平凡社、一九九五
アニエス・ジェラール（池田健二訳）『ヨーロッパ中世社会史事典』藤原書店、二〇〇〇
エルンスト・シューベルト（藤代幸一訳）『名もなき中世人の日常――娯楽と刑罰のはざまで』八坂書房、二〇〇五
ジョルジュ・デュビィ（池田健二・杉崎泰一郎訳）『ヨーロッパの中世――芸術と社会』藤原書店、一九九五
アルフレート・ハーファーカンプ（大貫俊夫ほか訳）『中世共同体論――ヨーロッパ社会の都市・共同体・ユダヤ人』柏書房、二〇一八
キアーラ・フルゴーニ（高橋友子訳）『ヨーロッパ中世ものづくし――メガネから羅針盤まで』岩波書店、二〇一〇
J・ル＝ゴフ（池田健二・菅沼潤訳）『中世とは何か』藤原書店、二〇〇五
ジャック・ル＝ゴフ（池田健二・菅沼潤訳）『中世の身体』藤原書店、二〇〇六
ジャック・ル・ゴフ（桐村泰次訳）『中世西欧文明』論創社、二〇〇七
池上俊一・河原温編『ヨーロッパの中世［全八巻］』岩波書店、二〇〇八―二〇一〇
池谷文夫『神聖ローマ帝国――ドイツ王が支配した帝国』刀水書房、二〇一九
亀長洋子『イタリアの中世都市』山川出版社、二〇一一
河原温『中世ヨーロッパの都市世界』山川出版社、一九九六

神崎忠昭『ヨーロッパの中世』慶應義塾大学出版会、二〇一五
佐藤彰一ほか編『西洋中世史研究入門［増補改訂版］』名古屋大学出版会、二〇〇〇
柴田三千雄ほか編『フランス史〈一〉先史～一五世紀』山川出版社、一九九五
高山博・池上俊一編『西洋中世学入門』東京大学出版会、二〇〇五
成瀬治ほか編『ドイツ史〈一〉先史～一六四八年』山川出版社、一九九七
服部良久ほか編『大学で学ぶ西洋史――古代・中世』ミネルヴァ書房、二〇〇六
堀越宏一『中世ヨーロッパの農村世界』山川出版社、一九九七
堀越宏一『ものと技術の弁証法』岩波書店、二〇〇九
堀越宏一・甚野尚志編『15のテーマで学ぶ中世ヨーロッパ史』ミネルヴァ書房、二〇一三
ヨーロッパ中世史研究会編『西洋中世史料集』東京大学出版会、二〇〇〇
Arnold, John H. *What is Medieval History?*, 2nd edn. (Medford, MA: Polity, 2020).

【読むことの歴史、写本、図書館】

E・L・アイゼンステイン（別宮貞徳訳）『印刷革命』みすず書房、二〇〇一
フランセス・A・イエイツ（玉泉八州男監訳）『記憶術』水声社、一九九三
ウォルター・J・オング（桜井直文ほか訳）『声の文化と文字の文化』藤原書店、一九九一
メアリー・カラザース（別宮貞徳監訳）『記憶術と書物――中世ヨーロッパの情報文化』工作舎、一九九七
エリク・ド・グロリエ（大塚幸男訳）『書物の歴史』白水社、一九九二
スチュアート・ケルズ（小松佳代子訳）『図書館巡礼――「限りなき知の館」への招待』早川書房、二〇一九
ロジエ・シャルティエ、グリエルモ・カヴァッロ編（田村毅ほか訳）『読むことの歴史――ヨーロッパ読書史』大修館書店、二〇〇〇
ジョルジュ・ジャン（矢島文夫監修、高橋啓訳）『文字の歴史』創元社、一九九〇
フェルナンド・バエス（八重樫克彦・八重樫由貴子訳）『書物の破壊の世界史――シュメールの粘土板からデジタル時代ま

で』紀伊國屋書店、二〇一九
クリストファー・ド・ハメル（朝倉文市監訳）『聖書の歴史図鑑――書物としての聖書の歴史』東洋書林、二〇〇四
クリストファー・デ・ハーメル（加藤磨珠枝・松田和也訳）『世界で最も美しい12の写本――『ケルズの書』から『カルミナ・ブラーナ』まで』青土社、二〇一八
ベルンハルト・ビショッフ（佐藤彰一・瀬戸直彦訳）『西洋写本学』岩波書店、二〇一五
ブリュノ・ブラセル（荒俣宏監修、木村恵一訳）『本の歴史』創元社、一九九八
クラウディア・ブリンカー・フォン・デア・ハイデ（一條麻美子訳）『写本の文化誌――ヨーロッパ中世の文学とメディア』白水社、二〇一七
ヘルムート・プレッサー（轡田収訳）『書物の本――西欧の書物と文化の歴史　書物の美学』法政大学出版局、一九七三
アンドルー・ペティグリー（桑木野幸司訳）『印刷という革命――ルネサンスの本と日常生活［新装版］』白水社、二〇一七
ジャック・ボセ（遠藤ゆかり訳）『世界図書館遺産――壮麗なるクラシックライブラリー23選』創元社、二〇一八
マーシャル・マクルーハン（森常治訳）『グーテンベルクの銀河系――活字人間の形成』みすず書房、一九八六
アルベルト・マングエル（原田範行訳）『読書の歴史――あるいは読者の歴史』柏書房、二〇一三
アルベルト・マングエル（野中邦子訳）『読書礼讃』白水社、二〇一四
アルベルト・マンゲル（野中邦子訳）『図書館――愛書家の楽園［新装版］』白水社、二〇一八
アレクサンダー・モンロー（御船由美子・加藤晶訳）『紙と人との歴史――世界を動かしたメディアの物語』原書房、二〇一七
印刷史研究会編『本と活字の歴史事典』柏書房、二〇〇〇
大黒俊二『声と文字』岩波書店、二〇一〇
桑木野幸司『記憶術全史――ムネモシュネの饗宴』講談社、二〇一八
田中久美子『世界でもっとも美しい装飾写本』エムディエヌコーポレーション、二〇一九
前川久美子『中世パリの装飾写本――書物と読者』工作舎、二〇一五
八木健治『羊皮紙のすべて』青土社、二〇二一

Clemens, Raymond, and Timothy Graham, *Introduction to Manuscript Studies* (Ithaca: Cornell University Press, 2008).
Hamel, Christopher de, *Making Medieval Manuscripts* (Oxford: Bodleian Library, 2018).

【キリスト教の歴史、修道会、異端】

ヘルベルト・グルントマン（今野國雄訳）『中世異端史』創文社、一九七四
ハンス＝ヴェルナー・ゲッツ（津山拓也訳）『中世の聖と俗——信仰と日常の交錯する空間』八坂書房、二〇〇四
ジャイルズ・コンスタブル（高山博監訳）『十二世紀宗教改革——修道制の刷新と西洋中世社会』慶應義塾大学出版会、二〇一四
H・シッペルゲス（熊田陽一郎・戸口日出夫訳）『ビンゲンのヒルデガルト——中世女性神秘家の生涯と思想』教文館、二〇〇二
ベルンハルト・シンメルペニッヒ（甚野尚志ほか訳）『ローマ教皇庁の歴史——古代からルネサンスまで』刀水書房、二〇一七
ペーター・ディンツェルバッハー、ジェイムズ・レスター・ホッグ編（朝倉文市監訳）『修道院文化史事典』八坂書房、二〇一四
ジャン・ドリュモー（佐野泰雄ほか訳）『罪と恐れ——西欧における罪責意識の歴史［十三世紀から十八世紀］』新評論、二〇〇四
ジェフリー・バラクロウ（藤崎衛訳）『中世教皇史』八坂書房、二〇一二
フランツ・フェルテン（甚野尚志編訳）『中世ヨーロッパの教会と俗世』山川出版社、二〇一〇
オーギュスタン・フリシュ（野口洋二訳）『叙任権闘争』筑摩書房、二〇二〇
アンヌ・ブルノン（池上俊一監修、山田美明訳）『カタリ派——中世ヨーロッパ最大の異端』創元社、二〇一三
レオン・プレスイール（杉崎泰一郎監修、遠藤ゆかり訳）『シトー会』創元社、二〇一二
ジョン・ボズウェル（大越愛子・下田立行訳）『キリスト教と同性愛——1～14世紀西欧のゲイ・ピープル』国文社、一九九〇

アリスター・E・マクグラス（神代真砂実訳）『キリスト教神学入門』教文館、二〇〇二
ラウール・マンセッリ（大橋喜之訳）『西欧中世の民衆信仰――神秘の感受と異端』八坂書房、二〇〇二
ルドー・J・R・ミリス（武内信一訳）『天使のような修道士たち――修道院と中世社会に対するその意味』新評論、二〇〇一
イエンス・ヨハンネス・ヨルゲンセン（永野藤夫訳）『アシジの聖フランシスコ』平凡社、一九九七
ジャック・ルゴフ（池上俊一・梶原洋一訳）『アッシジの聖フランチェスコ』岩波書店、二〇一〇
エマニュエル・ル・ロワ・ラデュリ（井上幸治ほか訳）『モンタイユー――ピレネーの村　一二九四―一三二四〈上・下〉』刀水書房、一九九〇・一九九一
ミシェル・ロクベール（武藤剛史訳）『異端カタリ派の歴史――十一世紀から十四世紀にいたる信仰、十字軍、審問』講談社、二〇一六
朝倉文市『修道院にみるヨーロッパの心』山川出版社、一九九六
小田内隆『異端者たちのヨーロッパ』NHK出版、二〇一〇
甚野尚志『中世の異端者たち』山川出版社、一九九六
杉崎泰一郎『修道院の歴史――聖アントニオスからイエズス会まで』創元社、二〇一五
堀米庸三『正統と異端――ヨーロッパ精神の底流』中央公論新社、二〇一三
渡邊昌美『異端カタリ派の研究――中世南フランスの歴史と信仰』岩波書店、一九八九
渡辺昌美『異端審問』講談社、一九九六

【死の歴史、イマジネールの世界】

フィリップ・アリエス（成瀬駒男訳）『死を前にした人間』みすず書房、一九九〇
ミシェル・ヴォヴェル（池上俊一監修、富樫瓔子訳）『死の歴史――死はどのように受けいれられてきたのか』創元社、一九九六
ノルベルト・オーラー（一条麻美子訳）『中世の死――生と死の境界から死後の世界まで』法政大学出版局、二〇〇五

ジャン＝クロード・シュミット（松村剛訳）『中世の迷信』白水社、一九九八
ジャン＝クロード・シュミット（小林宜子訳）『中世の幽霊――西欧社会における生者と死者』みすず書房、二〇一〇
ジャック・ルゴフ（池上俊一訳）『中世の夢』名古屋大学出版会、一九九二
ジャック・ル・ゴフ（橘明美訳）『［絵解き］ヨーロッパ中世の夢（イマジネール）』原書房、二〇〇七
ジャック・ル・ゴッフ（渡辺香根夫・内田洋訳）『煉獄の誕生［新装版］』法政大学出版局、二〇一四
ジャン・ドリュモー（佐野泰雄ほか訳）『罪と恐れ――西欧における罪責意識の歴史／十三世紀から十八世紀』新評論、二〇〇四
阿部謹也『西洋中世の罪と罰――亡霊の社会史』講談社、二〇一二
池上俊一『儀礼と象徴の中世』岩波書店、二〇〇八
池上俊一『中世幻想世界への招待』河出書房新社、二〇一二
池上俊一『ヨーロッパ中世の想像界』名古屋大学出版会、二〇二〇
松田隆美『煉獄と地獄――ヨーロッパ中世文学と一般信徒の死生観』ぷねうま舎、二〇一七

【中世哲学・思想、大学・知の歴史】

ジャック・ヴェルジェ（大高順雄訳）『中世の大学』みすず書房、一九七九
ジャック・ヴェルジェ（野口洋二訳）『ヨーロッパ中世末期の学識者』創文社、二〇〇五
ジュヌヴィエーヴ・グザイエ（久木田直江監修、柴田里芽訳）『ひみつの薬箱――中世装飾写本で巡る薬草の旅』グラフィック社、二〇一九
エティエンヌ・ジルソン（山内志朗監修、松本鉄平訳）『キリスト教哲学入門――聖トマス・アクィナスをめぐって』慶應義塾大学出版会、二〇一四
エティエンヌ・ジルソン、フィロテウス・ベーナー（服部英次郎・藤本雄三訳）『アウグスティヌスとトマス・アクィナス［新装版］』みすず書房、二〇一七
チャールズ・H・ハスキンズ（青木靖三・三浦常司訳）『大学の起源』八坂書房、二〇〇九

チャールズ・H・ハスキンズ（別宮貞徳・朝倉文市訳）『十二世紀のルネサンス――ヨーロッパの目覚め』講談社、二〇一七
バーナード・マッギン（宮本陽子訳）『フィオーレのヨアキム――西欧思想と黙示的終末論』平凡社、一九九七
ジョン・マレンボン（加藤雅人訳）『後期中世の哲学　一一五〇―一三五〇』勁草書房、一九八九
マージョリ・リーヴス（大橋喜之訳）『中世の預言とその影響――ヨアキム主義の研究』八坂書房、二〇〇六
クラウス・リーゼンフーバー（村井則夫訳）『中世思想史』平凡社、二〇〇三
ジャック・ルゴフ（柏木英彦・三上朝造訳）『中世の知識人――アベラールからエラスムスへ』岩波書店、一九七七
リチャード・E・ルーベンスタイン（小沢千重子訳）『中世の覚醒』筑摩書房、二〇一八
伊東俊太郎『十二世紀ルネサンス』講談社、二〇〇六
樺山紘一『パリとアヴィニョン――西洋中世の知と政治』人文書院、一九九〇
久木田直江『医療と身体の図像学――宗教とジェンダーで読み解く西洋中世医学の文化史』知泉書館、二〇一四
将基面貴巳『ヨーロッパ政治思想の誕生』名古屋大学出版会、二〇一三
山内志朗『普遍論争――近代の源流としての』平凡社、二〇〇八

【中世美術・建築・音楽】

マイケル・カミール（永沢峻・田中久美子訳）『周縁のイメージ――中世美術の境界領域』ありな書房、一九九九
グイド・ダレッツォ（中世ルネサンス音楽史研究会訳）『ミクロログス（音楽小論）――全訳と解説』春秋社、二〇一八
ジョン・ハーヴェー（森岡敬一郎訳）『中世の職人――II建築の世界』原書房、一九八六
ユルギス・バルトルシャイティス（西野嘉章訳）『幻想の中世〈1・2〉――ゴシック美術における古代と異国趣味』平凡社、一九九八
エミール・マール（田中仁彦ほか訳）『ロマネスクの図像学〈上・下〉』国書刊行会、一九九六
エミール・マール（田中仁彦ほか訳）『ゴシックの図像学〈上・下〉』国書刊行会、一九九八
エミール・マール（田中仁彦ほか訳）『中世末期の図像学〈上・下〉』国書刊行会、二〇〇〇

秋山聰『聖遺物崇敬の心性史——西洋中世の聖性と造形』講談社、二〇〇九
尾形希和子『教会の怪物たち——ロマネスクの図像学』講談社、二〇一三
金澤正剛『キリスト教と音楽——ヨーロッパ音楽の源流をたずねて』音楽之友社、二〇〇七
金澤正剛『中世音楽の精神史——グレゴリオ聖歌からルネサンス音楽へ』河出書房新社、二〇一五
金沢百枝『ロマネスク美術革命』新潮社、二〇一五
木俣元一・小池寿子『[西洋美術の歴史3] 中世II——ロマネスクとゴシックの宇宙』中央公論新社、二〇一七
皆川達夫『中世・ルネサンスの音楽』講談社、二〇〇九

あとがき

本書の執筆も大詰めを迎えようとしていた折、ショーン・コネリー死去（二〇二〇年一〇月三一日）の報に接した。『薔薇の名前』の映画をはじめて観たのは二〇数年前、大学時代のことだった。当時は京都百万遍の北西角にステーションというレンタルビデオ屋があり、そこでVHSのテープを借りた記憶がある。多くの人にとって、ショーン・コネリーと言えばジェイムズ・ボンドなのかもしれない。だが、僕にとっては聖杯を探し求めるインディ・ジョーンズ（ハリソン・フォード）の父ヘンリーであり、マリアン（オードリー・ヘプバーン）の恋人ロビン・フッドであり、何よりもアドソの師バスカヴィルのウィリアムであった。彼の醸し出す中世的な雰囲気が好きだった。本書の執筆の間も、ウィリアムはずっとショーン・コネリーの風貌で立ち現れてきていた（そのとき脇にいるアドソは若きクリスチャン・スレーターである）。エーコの原作とジャン＝ジャック・アノー監督の映画版には少なからず違いがあるが、どちらの「中世」も魅力的だと思う。

中世の世界は奥深く、面白さにあふれている。本書で触れられたのはごく一部にすぎない。そこには現代とは異なる驚きに満ちた世界が広がっている。その一方で、今の私たちと変わらない人々の姿に触れることもあるかもしれない。時間と空間を異にする世界を生きる他者への共感（エンパシー）は、きっと世界に対する新たな「まなざし」へとつながっていく。

過去の世界に通じている「窓」がある。その窓には「ガラス」が嵌め込まれて、通り抜けることはできない。ガラス窓からあちら側を覗いてみることはできるのだが、そのガラスは透明なものではなく、ときに色ガラスだったり、歪んだガラスだったりして、そのままの様子を見通せるわけではない。歪んだガラスに気づかずに覗いてしまうと、向こう側の世界が妙な具合に映りギョッとする。過去の世界をつぶさに眺めるためには、ガラスの色味や歪み（バイアス）をしっかりと考慮に入れて見抜くことが必要なのだ。それは、私たちが現代世界を生きる上でも変わらない。断片的な情報があふれる昨今、私たちが接する情報の悉《ことごと》くにバイアスはかかっている。

最初から最後の一節に至るまで、古今の諸作品の引用・借用で散りばめられた『薔薇の名前』は、それ自体が世界（中世／現代）を読み解く作品であり、同時に世界を読み解くその作法（メディア・リテラシー）を伝えてくれる格好の教科書でもある。エーコは膨大な断片をつなぎ合わせて一つの世界を生み出すという驚異の超絶技巧を披露した。エーコの物語に入り込み、「中世」の断片を拾い集めていくことで、その世界の様子が少しずつ感じ取られるようになってこないだろうか。世界のすべてを見渡すことはできない。だが、そこに暮らす人たちの息遣いが聞こえてきたならば、たしかにその世界を実感することになるだろう。

本書の企画は松田隆美先生にお声がけいただいた。上村和馬氏、平原友輔氏には打ち合わせのため西洋中世学会の会場まで足を運んでいただいたが、それからずいぶん時間がかかってしまった。この間、在外研究でイギリスのケンブリッジ大学に滞在する機会を得た。受け入れ教員のジョン・アーノルド教授には異端審問記録の読み解きについて示唆に富むアドバイスをいただいた。テッサ・ウェバー教授には写本研究のグループワークに参加させていただき、毎週たくさんの写本に触れながら学ばせていただいた。遠回りもしたけれど、『薔薇の名前』の魅力を再確認するきっかけになったと思う。平原氏には校正に至るまで粘り強くお付き合いいただき、原稿を丁寧にチェックいただいた。お世話になったすべてのみなさんへ、この場を借りて心より感謝申し上げます。

二〇二一年二月　図師宣忠

図 2–8　Trinity College, Cambridge, R.16.2, f.10v.
図 2–9　著者撮影。
図 2–10　著者撮影。
図 2–11　著者撮影。
図 2–12　著者撮影。
図 2–13　Hereford Cathedral, England.　https://upload.wikimedia.org/wikipedia/commons/4/48/Hereford-Karte.jpg
図 2–14　Paris, Bibliothèque nationale de France, ms. français 9152, fol. 77.

III
図 3–1　Jan Luiken, *Het Menselyk Bedryf*（Amsterdam, 1694）.
図 3–2　Stadtbibliothek Nürnberg, Amb. 317.2°, f. 34v.
図 3–3　Copenhagen, Royal Library. Ms. 4, 2o f. 183v.
図 3–4　Cologny, Fondation Martin Bodmer, Cod. Bodmer 127: Passionary of Weissenau（http://www.e-codices.unifr.ch/en/list/one/fmb/cb-0127）, fol. 244r.
図 3–5　Besançon, Bibl. mun., ms. 140, f. 190, La Bibliothèque virtuelle des manuscrits médiévaux（BVMM）, par l'Institut de recherche et d'histoire des textes（IRHT-CNRS）.
図 3–6　Bibliothèque d'histoire culturelle du Moyen Âge; Author: Tommaso da Modena.
図 3–7　著者撮影。
図 3–8　Vatican Library, MS Vat. lat. 3256.　https://upload.wikimedia.org/wikipedia/commons/8/82/Vergilius_Augusteus%2C_Georgica_141.jpg
図 3–9　Trinity College, Cambridge, B.1.40, f. 16v.
図 3–10　Staatsbibliothek Bamberg, Msc. Patr. 5, fol. 1v.
図 3–11　Jan Luiken, *Het Menselyk Bedryf*（Amsterdam, 1694）.

図版出典一覧

序

図 0–1　Den Haag, Nationaal Archief, CC0; Photographer: Bogaerts, Rob / Anefo.

図 0–2　著者撮影。Umberto Eco, *Il nome della rosa*（Milano: Bompiani, 2010）. Umberto Eco, *The Name of the Rose*, trans. by William Weaver（New York: A.A. Knopf, 2006）. Umberto Eco, *Le nom de la rose*, traduit par Jean-Noël Schifano（Paris: Grasset, 2012）.

Ⅰ

図 1–1　Vatican Library, Cod. Vat. lat. 4922, fol. 49r.

図 1–2　Museo Nacional del Prado（P000609）; Pedro Berruguete, Santo Domingo y los albigenses, 1493/99.

図 1–3　Musée du Louvre, Angèle Dequier; Giotto di Bondone, Saint François d'Assise recevant les stigmates. À la prédelle: Le pape approuvant les statuts de l'ordre, 1295/1300.

図 1–4　Antonio Stella（CC BY-SA 4.0） https://commons.wikimedia.org/wiki/File:La_Sacra_di_san_Michele_008.jpg

図 1–5　金沢百枝撮影。

図 1–6　Umberto Eco, *Il nome della rosa*, Bompiani, 2010, p. i, Copyright © 2020 La nave di Teseo Eeditore "from U. Eco, Il nome della rosa".

図 1–7　St. Gallen, Stiftsbibliothek, Cod. Sang. 1092: Plan of Saint Gall（https://www.e-codices.unifr.ch/en/list/one/csg/1092）.

図 1–8　J. Rudolf Rahn, *Geschichte der Bildenden Künste in der Schweiz: Von den Ältesten Zeiten bis zum Schlusse des Mittelalters*, Verlag von hans staub, 1876.

図 1–9　Facundus, Madrid, Biblioteca Nacional de España, Ms. Vitr. 14–2, f. 186v.

図 1–10　Umberto Eco, *Il nome della rosa*, Bompiani, 2010, p. 323, Copyright © 2020 La nave di Teseo Eeditore "from U. Eco, Il nome della rosa".

Ⅱ

図 2–1　著者撮影。Umberto Eco, *Beatus de Liébana. Miniatures du "Beatus" de Ferdinand Ier et Sanche*（*Manuscrit B.N. Madrid Vit. 14–2*）(Milano/Paris: Franco Maria Ricci, 1982).

図 2–2　著者撮影。

図 2–3　著者撮影。

図 2–4　Saint-Sever, Paris, Bibliothèque Nationale, MS lat. 8878, f. 139v.

図 2–5　Escorial, Real Biblioteca del Monasterio（San Lorenzo de El Escorial）, Cod. & II. 5, f. 94r.

図 2–6　Saint-Sever, Paris, Bibliothèque Nationale, MS lat. 8878, f. 141r.

図 2–7　Girona, Arxiu de la Catedral, ms. 7, f. 154v.

図師宣忠　ずし のぶただ

甲南大学文学部教授。専門は、西洋中世史。京都大学大学院文学研究科博士後期課程研究指導認定退学。博士（文学）。
著書に、『はじめて学ぶフランスの歴史と文化』（共著、ミネルヴァ書房、2020年）、訳書に、J・H・アーノルド『中世史とは何か』（共訳、岩波書店、2022年）などがある。

あなたにとって本とは何ですか？

じつは最近、購入する本の半分くらいがKindle版の電子書籍になっている。すぐダウンロードできてタブレットで手軽に読めるし、メモを取り、ハイライトも付けられる。複数の端末からアクセスできるし、我が家の限られた本棚スペースにも優しい。何とも便利な代物ではないか！

だけど、こう言いつつ、やっぱり紙の本への未練もある。本とは何だろう？「モノとしての本」について思いを馳せてみる。凝った意匠で装丁された本を開く楽しみ。フォントやレイアウトの妙。ページをめくるとき紙の手触りがよいとなぜだかグッとくる。本には書かれた中身だけではなく、テクストの外側にも読み取られるべきいろいろなメッセージが込められているのだろう。書き手が紡いだテクストは、編集者によって丁寧にチェックされ、紙が選ばれ、デザインが整えられる。何百枚もの無地の紙に文字が載っていき、バラバラだった紙が冊子へと結い合わされていく。そうして形をなした紙の本は、全国へと配送され、書店から読み手のもとへ――。

今、手に取っているこの本が、私たちの目の前に届くまでに関わったさまざまな人たち。本づくりに携わり、本を大切にする人たちの気持ち。一冊の本にはそうした人たちの想いも詰まっているように思う。デジタルの手軽さや便利さも捨てがたいけれど、テクストを取り巻くさまざまな要素も含めて本との対話をじっくりと楽しみたい。

シリーズウェブサイト　https://www.keio-up.co.jp/sekayomu/
キャラクターデザイン　中尾悠

世界を読み解く一冊の本
エーコ『薔薇の名前』
――迷宮をめぐる〈はてしない物語〉

2021年 4 月 30 日　初版第 1 刷発行
2022年 12 月 15 日　初版第 2 刷発行

著　者――――図師宣忠
発行者――――依田俊之
発行所――――慶應義塾大学出版会株式会社
〒108-8346　東京都港区三田 2-19-30
TEL〔編集部〕03-3451-0931
〔営業部〕03-3451-3584〈ご注文〉
〔　〃　〕03-3451-6926
FAX〔営業部〕03-3451-3122
振替　00190-8-155497
https://www.keio-up.co.jp/
装　丁――――岡部正裕（voids）
印刷・製本――株式会社理想社
カバー印刷――株式会社太平印刷社

Printed in Japan　ISBN 978-4-7664-2559-8

世界を読み解く一冊の本　刊行にあたって

書物は一つの宇宙である。世界は一冊の書物である。事実、人類は世界の真理を収めるような書物を多数生み出し、時代や文化の違いをこえて営々と読み継いできた。本シリーズでは、作品がもつ時空をこえる価値を明らかにするのみならず、作品が一冊の書物として誕生し、読者を獲得しつつ広がっていったプロセスにも光をあてる。書物史、文学研究、思想史、文化史などの第一人者が、古今東西の古典を対象として、その作品世界と社会や人間に向けられた眼差しをわかりやすく解説するとともに、そもそもその書物がいかにして誕生し、読者の手に渡り、時代をこえて読み継がれ、さらに翻訳されて異文化にも受け入れられたのかを書物文化史の視点から考える。書物の魅力を多角的にとらえることで、その書物がいかにして世界を読み解く一冊の本としての位置を文化のなかに与えられるに至ったかを、書物を愛する全ての読者に向かって論じてゆく。

二〇一八年十月

シリーズアドバイザー　松田隆美

せかよむ★キャット

あたまの模様は世界地図。
好奇心にみちあふれたキラめく瞳で
今日も古今東西の本をよみあさる！